은원, 은, 원

은원, 은, 원

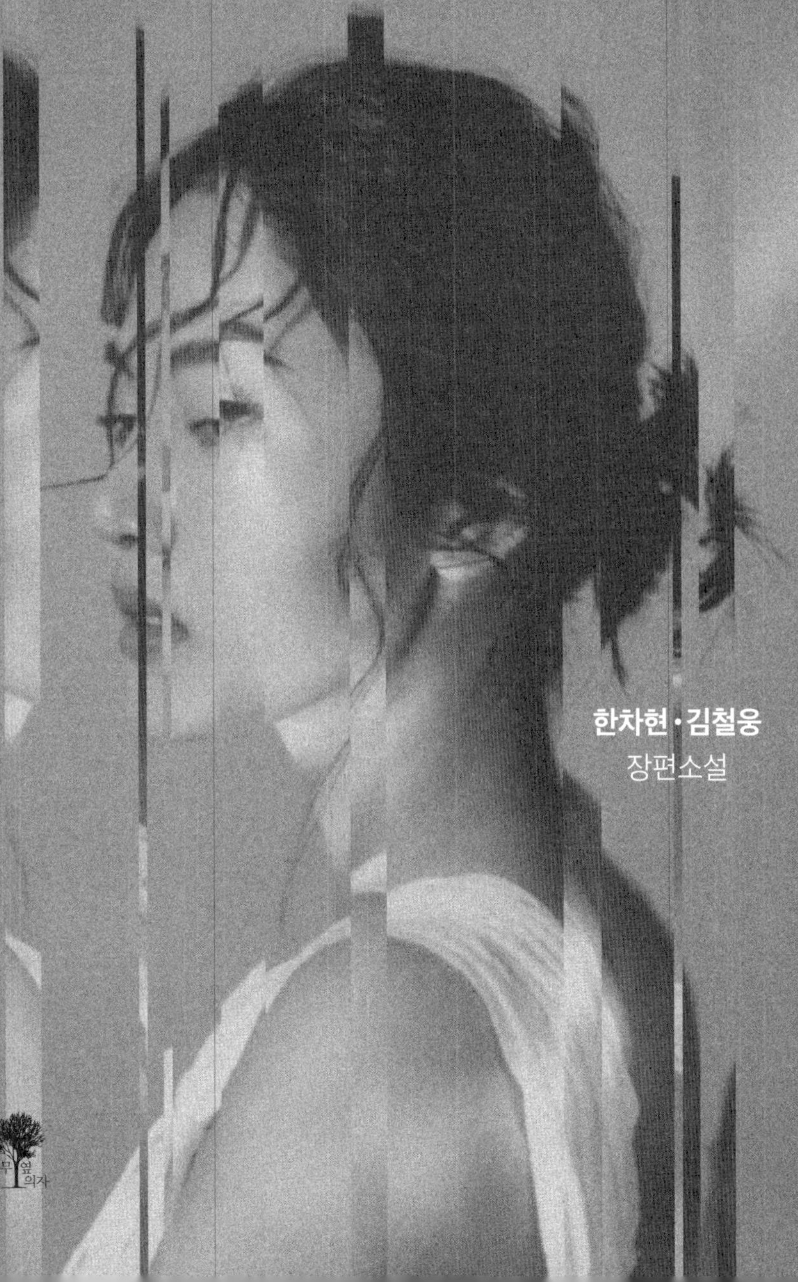

한차현·김철웅

장편소설

나무옆의자

차례

은원, 은, 원 7

01

    은원이 이상하다. 전화를 받지 않는다. 카톡을 보내면 대답커녕 확인도 하지 않는다. 문자 메시지 역시 마찬가지다. 알 수 없는 일이다. 화가 났을까. 뭔가 서운했을까. 그래서 이러는 것일까. 그런 적이 있었다, 차연은 눈치조차 못 챈 어떤 문제로 단단히 마음 상해서 만 이틀 전화도 문자도 피했던 적이 딱 한 번, 작년 10월 셋째 주에. 이번에도 그런 경우일까. 그리하여 차연이 간절하게 건네는 전화와 메시지를 열심히 외면하는 중일까. 하지만 그럴 일이 뭐였을까. 제주도 여행이 문제였을까. 하지만 그럴 일이 뭐가 있었을까. 다른 곳도 아닌 제주도에서. 이틀 지나 사흘, 벌써 80시간째. 은원은 여전히 전화를 받지 않는다. 카톡도 문자도 마찬가지다. 바쁜 것일까. 전화나 문자에 응하기 여의치 않은 상황이 쉴 새 없이 이어지는 중일까. 회의 중이거나, 전화기를 가방 깊이 넣은 채 어디로 이동 중이거나. 피트니스 센터에 있는 중이거나. 평소에 열 번을 전화하면 두 번은 그같은 이유로 통화가 불발되곤 했다. 그러고는 한두 시간 뒤에 어김없이 전화가 걸려오곤 했다. 안녕. 전화 못 받았네요. 걱정이다. 걱정이 커진다. 좋지 않은 상상이, 입에 올리기도 두려운 별별 상상들이 갈수록 성가시게 차연을 괴롭히고 있다.

02

닷새째 되는 일요일 오후, 은원을 찾아 나선다. 정릉1동. 710번 버스에서 내려 횡단보도를 건넌다. 병원 건물 왼편으로 이어지는 얕은 비탈길을 올라간다. 편의점과 오래된 도서대여점을 지난다. 커피전문점과 분식집을, 재가복지센터와 공인중개사 사무실을 지난다. 여태 다섯 번을 찾아왔던 동네다. 오후 2시 43분이다. 두 번째 편의점 앞에서 걸음을 멈춘다. 상가 안쪽으로 아파트단지 입구가 이어진다. 서글프게 화창한 날이다. 끔찍하게 평화로운 휴일이다. 107동이 마주 보이는 놀이터에 아이들이 모여 악을 쓰고 있다. 고개 들어 504호를 가늠한다. 아마도 저쯤이다. 창문을 3분의 2쯤 가린 청회색 블라인드가 눈에 익는다.

공동현관문 앞으로 다가가자 마침 문이 열린다. 젊은 부부가 건물 밖으로 나서는 중이다. 여자가 아기를 안고 있다. 차연이 옆으로 한 발 비켜선다. 양손에 짐을 든 아기 아빠가 말없이 목례하며 차연을 스쳐 간다. 엘리베이터를 타고 5층으로 간다. 503호와 504호 사이에 선다. 복도는 조용하다. 503호도 504호도 미심쩍도록 조용하다. 504호를 바라본다. 물끄러미 바라본다. 벨을 누를까 하다가 폰을 꺼낸다. 단축번호 1번을 길게 누른다. 통화 연결음이 이어진다. 폰을 오른뺨에 붙인 채 현관문에 왼뺨을 가져간다. 그 너머 기척에 가만 귀 기울인다. 텅 빈 정적. 아무 소리도 들리지 않는다. 오른쪽 귓가에는 밭은 신호음이 이어지는데 왼쪽 귀로는 어떠한 변화의 기척도 엿들을 수 없다. 신호음이 이내 끊기고 친숙한 목소리가 이어진다. 지금 고객님께서 전화를 받을 수 없습니다. 다음에 다시 걸어주세요. 도어록에 손을 가져간다. 비밀번호 일곱 자리를, 503호 쪽을 힐끔거리며, 빠르게 입력한다. 밝고 경쾌한 신호음에 이어 차라락, 자물쇠 풀리는 쇳소리. 현관문을 열고 들어선다. 등 뒤로 문을 닫으며 신을 벗는다. 친숙한 온기가 차연을 반긴다.

"나 왔어요."

나직이 중얼거린다. 돌아오는 대꾸는 없다.

"없어요? 나 왔다고요."

03

재작년 12월 24일이었다. 은원, 은원의 여자친구, 은원의 여자친구의 남자친구, 은원의 여자친구의 남자친구의 남자친구, 차연까지 다섯 사람이 504호에 모여 밤늦도록 함께 놀았다. 은원의 집에 초대받은 것도 은원으로부터 은원의 아는 사람(들)을 소개받은 것도 그날이 처음이었다. 자정 가까울 때까지 삼겹살을 굽고 월남쌈을 만들고 와인을 마시고 팥빙수를 주문해서 먹고 트럼프를 했다. 은원의 여자친구의 남자친구의 남자친구가 자정쯤 대리운전을 호출하고는 가장 먼저 자리에서 일어났다. 40분쯤 뒤에는 은원의 여자친구와 그녀의 남자친구가 현관 앞에 서서 두꺼운 외투를 챙겼다. 그날의 온도와 냄새와 맛들을,

시종 이어지던 케이티 페리와 픽시 로트와 크리스티나 아길레라의 노래들을, 처음 만난 사람들의 다정하고 유쾌한 표정들을, 내내 고전하던 끝에 2포카드를 받아 들던 순간을 지금도 생생하게 떠올릴 수 있다.

마침내 둘만 남아, 연일 이어지는 집들이에 이골 난 신혼부부처럼 부지런히 빈 병들을 치우고 설거지를 하고 잡다한 것들을 분리수거하고 엉망이 된 식탁을 닦았다. 쪼그려 앉아 종량제 쓰레기봉투를 묶고 있는데 은원이 다가와서 허리를 굽혔다. 그리고 차연의 왼쪽 뺨에 입술을 가져갔다. 고생했어요. 은원의 여자친구는 은원이 그러하듯 차연보다 여섯 살이 많았고, 은원의 여자친구의 남자친구는 은원과 은원의 여자친구보다 여섯 살이 많았다. 차연으로서는 막내삼촌뻘 띠동갑 두 명과 함께 크리스마스이브를 보냈으니 버겁지 않았느냐는 의미였다. 조금 불편하긴 했다. 잘 마시지도 못하는 와인을 몇 잔씩 비워야 했고 처음 보는 띠동갑 친구들로부터 잘 알지도 못하는 증권시장 이야기를 듣는 일도 썩 흥미롭지는 않았다. 그러나 거룩한 밤이었다. 세상 어떤 불편이나 비호감도 은원과 관계되는 종류라면 더이상 불편이나 비호감일 수 없었다.

고생 안 했어요. 재미있었어요.

작년 2월. 토요일. 종로에서 1시쯤 은원을 만나 함께 바지락칼국수를 먹었고 길 건너 익선동으로 가서 커피를 마셨다. 며칠 심하던 한파가 많이 수그러든 날이었다. 찻집에서 나와 여기저기 비좁게 이어지는 골목 구석구석을 걸었다. 골목마다 보석처럼 자리 잡은 가게들과 그 앞에 바글바글 모인 사람들을 구경했다. 은원이 어느 베이커리 앞에서 걸음을 멈추었다. 잠깐만요. 가게 밖에 남겨진 차연이 은원을 기다렸다. 거의 10분을 기다렸다. 그럴 줄 알았다면 처음부터 은원을 따라갔을 것이다. 베이커리 앞에서 은원을 기다리던 그 시간이 유난히 기억에 남는다. 마침 그때 어떤 구체적이며 동시에 몽환적인 장면 하나가 머릿속에 반짝 떠올랐고 그 순간의 신비로운 느낌이 내내 차연을 낯설게 했던 때문이다. 머지않은 미래 어느 날이었다. 8년 뒤 또는 9년 뒤, 봄날이 멀지 않은 2월의 토요일이었다. 그만큼 나이 먹은 은원과 차연이 종로에서 만나 바지락칼국수를 먹고는 익선동의 좁은 골목을 함께 걷는 중이었다. 늦겨울 햇살이 노란 풍선처럼 반짝이는 중이었다. 알 수 없이 아름답고 슬픈 풍경이었다. 잠시 후 가게에서 나온 은원의 손에 뭔가 들려 있었다. 빨간 끈으로 매듭진 하얀 종이상자. 다음 주 월요일에 생일을 맞는 차연의 것이었다. 차연에게 종이박스를 건넨 은원이 중얼거렸다.

가만있자. 케이크에 초 꽂아야 하는데.

어디서요?

그러게.

잠시 고민하던 은원이 제안했다.

집에 가요. 가서 생일축하 노래 불러요.

설 연휴 지나고 첫 번째 토요일이었으며 두 번째로 찾아가는

504호였다. 그날 오후 5시부터 다음 날 오후 2시까지, 늦은 일요일 점심을 먹으러 집 앞으로 나서기 전까지, 두 사람이 은원의 싱글침대에서 거의 함께 살았다. 화장실을 가고 물을 마시고 이를 닦고 폰을 충전하는 등 잠시 다른 짓을 할 때를 제외하고는 내내 그렇게.

아까 매그놀리아 앞에서, 무슨 일이 있었던 줄 알아요?

자정 깊은 밤 시간. 어둑한 침대 방. 등 뒤에서 은원을 안고 누운 차연이 은원의 목덜미에 대고 속삭였다. 차연의 생일케이크를 산 익선동 골목의 베이커리 이름이 그러했다.

미래를 봤어요. 갑자기 그런 일이 있었어요.

미래?

8년 뒤. 아니면 9년 뒤. 은원과 나의 미래가 보였어요. 우리가 그곳에 함께 있는 모습이.

갑자기 왜.

…….

별일이네. 8년 뒤라니. 9년 뒤라니.

늦은 겨울이었어요. 2월 말이지만 춥지 않은 날이었어요. 주말이었고, 은원과 내가 익선동 골목을 함께 걷는 중이었어요. 8, 9년 뒤였으니 우리도 그만큼…….

쉿.

은원이 천천히 돌아누웠다. 차연의 얼굴을 가슴에 품었다.

안 궁금해요. 말하지 말아요. 그런 이야기 무서워.

무섭기까지?

무섭고 슬퍼요.

은원의 가슴 깊이 파묻혀, 그만 질식할 것 같았다. 은원이 속삭였다.

지금은 그냥 지금 이야기만 해요. 그게 제일 좋아.

04

 은원 없는 은원의 집을 서성인다. 현관에서 들어오면 왼편의 작은 방을 지나 오른편으로 거실이, 방금 전 놀이터 앞에 서서 올려다보았던 베란다 창문과 그를 3분의 2 정도 가린 청회색 블라인드가 나온다. 팔걸이에 읽던 책을 엎어둔 3인용 소파 맞은편에는 벽걸이 TV가 있고 그 옆에 나무 식탁이 놓였다. 식탁 위의 꽃이 없는 빨간 꽃병을, 한데 모아둔 고지서 몇 장을, 의자 등받이에 걸린 노란색 카디건을, 칸딘스키 그림이 놓인 선반의 마블 어벤져스 피규어들을 바라본다. 공연히 화장실에 들어선다. 세면대에 칫솔걸이가, 거울 아래에는 작은 디퓨저가, 샤워부스에는 헤어밴드가, 양변기 구석 플라스틱바구니에는 락스 통과

청소 솔이 담겨 있다. 부엌으로 가 냉장고를 연다. 비닐 랩이 씌워진 그릇 몇 개. 그 안에 뭐가 들어 있을지 모를 편수냄비 하나. 비닐 덮개를 벗기지 않은 두부 한 모와 계란 몇 알. 캔 맥주 두 개와 잡다한 소스 병들. 냉동실 두 번째 칸에는 내용물이 3분의 1 정도 찬 2리터들이 음식물쓰레기봉투가 꽁꽁 얼어붙었다.

눈 가는 곳마다 일상의 흔적들이 가득하다. 손 가는 구석마다 평소 은원의 냄새가 친숙하다. 멀지 않은 어딘가에 볼일이 있어 잠깐 외출한 것 같다. 3분 뒤에 돌아온다 해도 그런가 보다 할 분위기다. 다만 은원이 없다. 은원만이 흔적조차 찾아볼 수 없다. 은원은 어디 있을까. 지금 어디서 무엇을 하고 있을까. 무엇을 하기에 며칠째 전화 한 통 못 받고 있는 것일까.

마지막으로 집을 비운 게 언제쯤일까 생각한다. 언제쯤이면 다시 집으로 돌아올까 생각한다. 별안간 오싹 소름이 돋는다. 별 근거는 없지만, 아무래도 생각보다 오래전에 집을 비운 것 같다. 불길한 추측일 뿐이지만, 아무래도 생각보다 오래도록 집에 돌아오지 않을 것 같다. 눈 가는 곳마다 일상의 흔적들이 가득할수록, 손 가는 구석마다 은원의 냄새가 친숙할수록, 오히려, 알 수 없이 불편하고 불길한 예감이 더욱 거세게 차연을 등 떠밀고 있다. 인정하기 싫지만 이제 어떤 가능성을 사실로 받아들여야 할 것만 같다.

은원이 사라졌다.

은원이 사라졌다.

05

　월요일 아침이다. 저녁 같은 아침이다. 은원 없는 은원의 집에서 은원 없이 눈을 뜬다. 은원은 아직 귀가하지 않았다. 여전히 전화도 받지 않고 카카오톡 메시지에도 응답하지 않는다. 한없이 찜찜한 마음으로 504호를 나선다. 어제 오후보다 두 배는 울적하게 아파트단지를 가로지른다. 내리막길을 걸어 내려와 병원 앞에서 횡단보도를 건넌다. 6분을 기다려 171번 버스를 탄다. 평소의 은원이 이와 같았을 것이다. 차를 끌고 나오지 않는 날이면, 매일 아침 이 시간 이 길을 걷고 이 정류장에서 이 버스를 기다려 타고 이 거리를 달렸을 것이다.

　마포 대흥동. 퍼플마켓은 건물 7층과 8층을 쓰고 있다. 은원이 일하는 곳은 7층이라고 들었다. 엘리베이터에서 내려 복도를 걷는다. 퍼플마켓 로고가 붙은 유리문이 굳게 잠겨 있다. 잠시 고민하던 차연이 벨을 눌러 누군지 모를 누군가를 호출한다.

—예.

"실례합니다. 문은원 씨 자리에 계시나요?"

—안 계시는데요.

"아."

기대는 하지 않았다. 이 시간 변함없이 자기 자리를 지키고 있는 은원을 만나게 된다면 오히려 그것이 심상치 않은 문제의 시작일 것이다.

—……어떻게 오셨죠?

"아, 저는."

대답을 궁리하는데 탁, 잠금장치 풀리는 소리가 들린다. 두꺼운 유리문을 밀어 열며 들어선다. 사무실 특유의 차분한 공기가 조심스럽다. 복도를 지나 첫 번째 책상에 도착할 때쯤 누군가 차연 앞에 나선다. 사원 카드를 목에 건 직원 두 명이다. 남자 직원이 방금 전 목소리의 주인공일 것이다.

"문은원 팀장 찾아오셨다고요. 실례지만 어떻게……."

남자보다 키가 작고 나이가 많아 보이는 여자 직원이 방금 전 들은 질문을 비슷하게 반복한다.

"친구예요. 은원 씨가, 며칠 동안 연락이 안 돼서요. 갑자기."

동그란 안경을 쓴 여자가 어딘지 낯익다. 지난 3월, 점심시간

19

에 맞춰 은원의 회사로 찾아왔을 때, 우연히 스쳐 갔던 얼굴 가운데 한 명 같다.

"걱정도 되고. 회사 동료들이 혹시 뭐 아시는 게 있지 않을까 싶어서."

그러자 동그란 안경 너머 큰 눈을 세 번 빠르게 깜빡인다.

"문 팀장님 일주일째 결근 중이세요. 연락도 안 되고요. 영문을 모르겠어요. 저희도 걱정이에요."

"그렇군요. 아아."

차연이 중얼거린다.

"혹시 여기서, 무슨, 안 좋은……."

"회사 내부의 무슨 문제 때문에 그러시는 게 아닌지 물으시는 거라면 그런 일은 전혀 없다고 말씀드릴게요. 어쨌거나 그래서 저희들도 이만저만 걱정스럽고 곤란한 상황이 아니에요."

남자 직원의 설명이다. 차연이 궁리한다.

"일주일째 결근이라면, 그렇다면 마지막으로 출근했던 날이……."

"지지난 주에 휴가 내셨거든요. 목요일부터 월요일까지."

동그란 안경이 조심히 종알거린다.

"그러니까 오늘로 딱 일주일째 되는 거죠."

"아, 휴가."

따지고 보니 그렇다. 은원을 마지막으로 만난 게, 은원과 마지막으로 헤어진 게, 그러고 보니 지난주 월요일이다. 휴가 마지막 날. 김포공항. 저녁 8시. 지금에야 처음으로 깨달을 만한 사실은 아니지만, 새삼스럽게도 그렇다. 문득 떠오르는 장면이 있다. 덩달아 떠오르는 목소리가 있다.

안녕. 나 먼저 갈게요.

"혹시 무슨 짐작 가는 거라도 없으세요? 저희 입장에서는 정말 영문을 모를 노릇이라서요. 전화도 도통 안 받으시고. 대표님은 자꾸만 물어보시고."

정작 자신이 묻고 싶은 이야기였기에, 차연이 길고 시커먼 한숨을 뱉어낸다.

"저도, 아아, 정말 답답하네요."

06

600일 기념 여행. 만난 지 600일째를 기념한다기보다는 어쩌다 함께 여행을 떠나게 되었는데 마침 600일 즈음이더라는 편이, 100일 300일 500일 등을 따로 기념한 적이 한 번도 없었기에, 정확하겠다. 은원의 여름휴가 중 하루와 쓰지 않은 월차 하루, 토요일과 일요일을 합쳐 4박 5일 일정이었다. 그나마 첫날은 오후 반차를 냈다. 목요일 오후 3시에 김포공항에서 만나 3시 50분에 출발하는 비행기를 탔다. 제주공항에 도착해 짐을 찾고 렌터카를 빌리고 그 차를 몰아 협재해수욕장 근처의 숙소에 도착하니 7시 넘은 시간이었다. 숙소 근처의, 스마트폰으로 검색한 식당에 찾아가 서울에서는 구경도 할 수 없는 크기의 갈치구

이와 자리물회로 저녁을 먹었다.

"처음?"

"그렇다니까요. 차연도 처음?"

제주도 여행의 첫 번째 식사를 시작하며, 시작하자마자, 뜻밖의 쌍둥이 같은 사실을 우연히 알게 되었다. 두 사람 모두 제주도가 처음이며 지금 제주도에서의 난생 첫 번째 식사를 시작하는 중이라는.

"왜 이야기 안 했나요. 처음에 여행 계획 짤 때."

"굳이 말할 필요 없을 것 같아서요. 아닌가?"

"하긴 나도 제주도는 처음이라고 하려다 말았으니."

"그랬더라면 나도 반갑게 실토했을 거예요. 제주도 가본 적 없다고."

"그랬겠죠. 반대였다면 나 역시 마찬가지였을 테고."

"그렇다면 차연은, 내가 제주도에 당연히 가봤을 거라고 생각했던 건가요?"

"모르겠어요. 그런 거 같아요. 은원은 어떤가요?"

"글쎄요. 딱히 그렇게 구체적으로 생각을 했다기보다, 아마도 그렇지 않을까 정도."

"나도요."

"제주도에 와서야 피차 이런 사실을 알게 되다니."

"평생 몰랐겠지요. 제주도 아니었다면."

"아니, 그나저나, 차연은 여태 제주도 한 번 안 가보고 뭐했나요?"

"은원은요."

둘째 날은 성산으로 갔다. 렌터카를 타고 두 시간 넘게 84킬로미터를 달렸다. 제주도를 서쪽에서 동쪽으로 비스듬히 가로지르는 코스였다. 성산일출봉이 바라보이는 브런치 카페에서 차가운 샌드위치로 늦은 아침을 먹고 뜨거운 차를 마셨다. 흐리고 바람 심한 날이었다. 성산항으로 가서 1시 30분 배를 탔다. 섬을 떠나 10여 분 만에 섬에 도착했다. 우도. 소를 닮았대서 소섬. 평일이고 휴가철도 아니었지만 하우목동항 주변은 관광객들과 현지 상인들로 심심치 않았다. 자전거로 섬을 한 바퀴 돌 계획이었다. 렌터카를 성산항 주차장에 놓고 온 것은 그래서였다. 대여소를 향해 걸으며 어제저녁의 진실게임이 재차 이어졌다.

"자전거 탈 줄 아나요?"

"당연히."

"당연히 탈 줄 모른다고?"

"에이……. 차연은요?"

"탈 줄 알죠. 당연히."

"나도요."

"어쨌거나 우리 모두, 제주도에서 자전거 처음 타보는 거 맞죠?"

"아마도."

"그냥 자전거도 아니라 전기자전거를?"

"당연히."

하루에 열두 번 변하는 제주도 날씨였다. 성산항 떠날 때는 그렇게 흐리고 바람 심하더니 우도는 화창하기가 4월 봄날이었다. 자전거를 타고 섬 일주도로를 왼쪽으로, 왼편에 바다를 끼고 돌았다. 은원의 자전거를 앞서게 하고 차연의 자전거가 3미터 뒤에서 달렸다. 큰소리를 내지 않아도 앞서가는 사람이 알아들을 거리를 유지하면서. 시야 왼쪽으로 까만 돌담이, 진초록 들판이, 검푸르게 반짝이는 바다가, 그 길을 앞서 달리는 은원의 뒷모습이 시종 희번하게 어우러졌다. 눈에만 담기에 아까운 풍경을 만나면 잠시 멈춰 서로의 모습을 폰에 담았고 함께 셀카를 찍었다. 섬의 절반을 찬찬히 둘러보는 데 채 한 시간이 걸리지 않았다. 등대 있는 곳에서 한 번 더 멈추어 쉬기로 했다. 가파른 언덕길이었지만 전기자전거의 힘센 모터 덕분에 평지를 달리듯 페달이 가벼웠다. 날은 여전히 화창했지만 바람이 제법 심했다. 방문객들이 많았다. 여기저기서 연신 사진을 찍어대는 관광객들의 목소리들이 하나같이 들떠 있었다. 우도봉 비탈에, 윤기 가득한 밤색 말 서너 마리가 정물처럼 멈춘 채 풀을 뜯는 중이었다. 등대와 바다와 초원과 도시에서는 보기 쉽지 않은 생명체가 만들어내는 장면과 분위기에 취해 있던 은원이 느닷없이 탄식했다.

"아아, 가기 싫다. 진심으로."

"어딜 가기 싫다는?"

"돌아가야 할 거 아녜요. 일상으로. 며칠 뒤에는."

"아하."

"어이가 없네. 안 그래요?"

"……."

"이런 데를 놓고 굳이 서울로 돌아가야 한다니. 서울 가서 뭐 그렇게 대단한 일을 할 거라고. 이런 데가 있다는 걸 몰랐다면 모를까, 알면서도 그런 어처구니없는 짓을 해야 한다니. 이게 말이나 되냐고요."

차연이 은원의 어깨를 톡, 톡, 톡, 두드려주었다.

"은원은 여기서 살 수 있을 것 같나요?"

"물론이죠."

"평생?"

"못 할 것 없지 뭐. 평생 감옥살이하는 사람도 있는데."

"요컨대 우도 밖으로는 1년에 한 번밖에 못 나간다고 해도? 제주도 밖으로는 10년에 한 번밖에 못 나간다 해도?"

"차연은 그렇게 못 살 것 같은가요."

"갑갑할 것 같은데. 경치 좋은 것도 하루 이틀이지."

"갑갑한 건 서울이 최고 아닌가? 거기서 제주도까지 오는 데 35년이 걸렸는데."

"35년. 아아."

"왜, 좀 늦었어요?"

07

대흥동에서 일산 가는 버스를 탄다. 성이연에게 가는 길이다. 오전 내내 우울하고 혼란하던 와중에 벼락처럼 그 이름을 떠올릴 수 있었던 자기 자신이 대견하다. 덕분에 캄캄하던 시야가 조금은 밝아진다. 성이연. 송파구에 있는 여고를 함께 다녔다는 은원의 친구. 성이연이라면 은원에 대해 은원의 일상사에 대해, 차연도 미처 모르고 있던 가장 내밀한 부분까지, 누구보다 섬세한 정보를 가지고 있을 것이다. 성이연이라면 은원의 잠적 또는 실종에 대해, 누구보다 신뢰할 만한 대답을 가지고 있을 것이다.

성이연을 여태 세 번 만났다. 재작년 12월 크리스마스이브가 처음이었다. 은원의 집에 처음으로 초대받았던 그날은 처음으로 은원의 친구 성이연과 성이연의 남자친구와 성이연의 남자친구의 남자친구를 한꺼번에 소개받은 날이기도 했다.

두 번째는 작년 1월, 오후 한때 눈이 조금 흩날리던 세 번째 금요일이었다. 며칠 만에 기온이 영하 17도까지 뚝 떨어진 저녁이고 소극장에서 단 이틀간 진행하는 단편영화제의 두 번째이자 마지막 날이었다. 저녁 7시부터 프로그램이 시작되었다. 짧게는 4분짜리부터 길게는 20분 넘는 것까지 모두 여덟 편의 단편영화들을 연속해서 감상했다. 다섯 편째부터는 앞에 본 작품들과 그 내용이 뒤죽박죽 헷갈리기 시작했다. 밤 9시 넘어 소극장을 나온 차연과 은원과 성이연 세 사람이 인근의 골뱅이 술집으로 자리를 옮겼다. 무척 추웠고 밤이 깊을수록 더욱 추워지는 중이었다. 골뱅이무침이 놓이고 가스버너 위의 맑은 골뱅이 탕이 끓기 시작할 즈음 몇 사람이 더 합류했다. 그렇게 자리가 커졌다. 뒤늦게 등장한 이들 역시 세 명으로 가장 마지막에 상영되었던 23분짜리 단편영화의 감독, 작품에서 시각장애 바이올리니스트 역을 맡았던 여자배우, 그녀의 연인이자 촬영감독이 그들이었다. 따지고 보면 모든 것이 성이연으로 인해 가능한 날이었다. 일산의 어느 동물병원에서 월급쟁이 수의사로 일하는 성이연은 촬영감독의 사촌누나였고 덕분에 영화제 초대권을 얻었던 데다 폐막작이라고 할 작품의 주인공들과 함께 골뱅이 술상에 마주 앉을 수 있었다. 창가 자리에 앉아 꽁꽁 언 창문 밖으로 어리비치던 밤거리를, 손가락 끝에 달큼하게 비릿하게 물든 골뱅이 냄새를 어제 일처럼 또렷하게 기억할 수 있다. 은원에게 계속해서 술을 권하고 계속해서 사생활에 관련된 질문을 건네던 감독의 눈빛을, 별로 그럴 만한 일이 아님에도 틈만 나면 큰 소리로 웃음을 터뜨리던 촬영감독의 입가 무성하던 수염을 지금도 눈앞에 자세하게 그려볼 수 있다.

세 번째로 성이연을 만난 것은 올해 3월, 삼일절 휴일이었다. 물론 그날도 은원과 함께였다. 누군가 결혼하는 날이었다. 신부가 은원의 대학 1년 선배였다.

"내가 가도 되나요?"

"당연히."

"대학 선배면 아는 사람들 많이 만나겠네."

"왜, 무서워요?"

"무섭기는."

"몇 사람 안 올 거예요. 학교에서는 되게 얌전한 사람이거든. 이름은 알지만 얼굴 아는 사람이 별로 없을 정도로."

"그런데 어떻게 친했었네요."

"나랑 비슷한 캐릭터라서."

"학교에서는 되게 얌전한?"

"그렇죠."

"학교 밖에서는 되게 설치고 다니는?"

"갈 생각 있나요 없나요. 3월 1일이에요."

신부 입장 때 그날의 주인공을 처음 만났다. 1년 선배지만 삼수를 했던 탓에 은원보다 세 살이 많다는, 흰색 꽃과 연두색 이파리가 어우러진 화관을 쓴 채 홀로 묵묵히 버진로드를 걷는 신부는 누군가와 무척 닮은 얼굴이었다. 누군가와 놀랍도록 비슷한 인상이었다. 단체사진 찍는 사람들을, 신부로부터 세 칸 떨어진 자리에 서서 얌전히 미소 짓는 은원을 먼발치에서 구경하면서, 그래서 내내 기분이 묘했다.

"닮았더라."

북적거리는 피로연장 구석에 겨우 자리를 잡고 차연이 말했을 때, 은원은 누가 누굴 닮았느냐고 묻는 대신에 접시 위의 연어초밥을 입에 집어넣었다.

"쌍둥이냐고 묻는 사람도 있었죠."

"쌍둥이는 심했네, 사촌언니라면 모를까."

"그런데 왜 기분이 묘했나요?"

"은원도 저런 모습일까. 나중에 웨딩드레스를 입었을 때."

"참 나."

"같은 생각, 했었죠?"

"아뇨."

"왜?"

"왜는 왜. 그런 생각이 안 났으니까 안 했지."

예식장이 일산 호수공원 근처였다. 잔뜩 먹은 뷔페 음식을 소화시킬 겸 호수공원을 걷기 시작했다. 오른편에 호수를 끼고 천천히 걸었다. 3월이지만 쌀쌀하고 바람 거센 날이었다. 산책로를 절반 정도 지나던 즈음, 오랜 통화를 마친 은원이 말했다.

"이연이 알죠?"

"알지요. 그 친구랑 통화한 건가요."

"잠깐 만나기로 했어요. 괜찮지요?"

"당연히."

"근무 중이래요. 오래는 못 보고."

"동물병원이 이 동네라고 했던 거 같은데."

"맞아요."

호수공원을 나와 백석역 쪽으로 걸었고 이마트 근처로 와서 약속한 찻집을 찾아 나섰다. 그날의 장면들을 지금도 밝히 기억할 수 있다. 은원의 크림색 슬렉스 바지와 체크무늬 쇼트 재킷을. 흙먼지 냄새 물씬하던 3월 오후 바람을. 앞서 걷다가 잠시 멈춰 선 은원이 '이상하다 이 길목이라고 했는데.' 낮게 종알거리던 목소리를. 바로 그 순간 차연의 오른손을 3초가량 잡아 쥐던 은원의 왼손을. 휴일 오후를 맞은 4차선 이면도로의 고즈넉한 소요와 고요를. 인형 뽑기 가게 앞에 비스듬히 세워진 경차와 그 사이를 일렬로 걸어가는 청소년들의 뒷모습을.

카페 2층, 수의사 가운 위에 카디건을 걸친 성이연이 창가에 앉아 있었다. 은원과 성이연이 서로를 향해 활짝 웃었고 성큼 다가갔고 와락 포옹했다. 잘 다녀왔어? 응. 좋았어? 완전 좋았어. 다행이다. 곁에 서서 다정한 해후 장면을 지켜보던 차연이 은원 몫의 아메리카노와 성이연이 마실 바닐라 크림 프라푸치

노 등을 주문하기 위해 1층으로 내려가야 했다. 음료 세 잔을 쟁반에 받쳐 들고 돌아와 보니 테이블 위에 낯선 물건들을 늘어놓은 두 사람이 껴들 틈 없이 바쁜 대화에 한창이었다. 리투아니아 라트비아 등등 먼 나라를 2주가량 여행 다니다가 이번 주 초에 귀국한 성이연이었다. 은원을 위해 챙겨 온 기념선물 몇 가지 중에 고맙게도 그리고 뜻밖에도 차연의 것까지 있었다. 오스트리아 판도르프 아웃렛에서 구입했다는, 그 나라 국기가 동그랗게 새겨진 키링이었다. 지금 와 생각해보니 기념품들 가운데 하나가, 차연이 1층에 다녀오는 사이, 차연을 위한 것으로 정해진 것 같기도 했다. 그게 지난 3월. 불과 3개월 전이었다.

08

셋째 날 아침은 서귀포 RAN호텔에서 맞았다. 올레를 걷는 것이 그날의 핵심 일정이자 목표였다. 제주도가 처음인 두 사람이 선택한 것은 올레 6코스. 쇠소깍에서 출발해서 길 왼편에 바다를 끼고 제지기오름 입구, 구두미 포구, 섶섬과 검은여 쉼터, 소정방폭포까지 향하는 대략 11킬로미터의 여정이었다. 모두 26개 구간 총 245킬로미터에 달하는 제주올레 가운데 난이도 '하'로 분류된 구간이었다. 호텔 조식을 포기하고 바닷가로 나와 옥돔구이와 흑돼지볶음을 비롯해 나물 반찬 몇 가지가 나오는 가정식백반을 사먹었다. 은원이 말렸지만 차연이 한사코 밥값을 냈다. 계속 은원만 돈을 쓰게 할 수는 없었다.

바닷물과 민물이 만난다는 쇠소깍에 가서 염료 한 포대 풀어놓은 것 같은 물길을, 줄 서서 테우에 올라타는 사람들을 잠깐 구경했다. 어슬렁거리며 테이크아웃 커피를 한 잔씩 마시고는 본격적으로 올레길을 시작했다. 아침부터 흐리다가 비가 오는 듯 마는 듯 한두 방울, 그러다가 볕이 났다가 바람 불었다가 오락가락하는 날이었다. 실은 걷고 싶은 마음이 아니었다. 어디 전망 좋은 찻집의 푹신한 소파에 파묻혀서 몇 시간 쉬었으면 딱 좋을 것 같았다. 어젯밤에 술을 괜히 마셨어. 취한 상태로 섹스를 너무 많이 했어. 둘 중에 하나만 했어야 했어. 아니, 그래도 제주도에서의 섹스는 처음이었으니까. 은원이 귀신처럼 차연의 속마음을 알아챘다.

"걷기 싫어요?"

"싫은 건 아니고. 몸이 좀 찌뿌드드."

"자전거 좀 탔다고?"

"그건 아니고."

"힘 좀 내요. 20대가 뭐 그래."

"30대가 뭐 그렇게 힘이 넘치나요."

"나이 먹으면 정신력으로 사는 거예요."

제주도 아니면 볼 수 없는 풍경들이 끝도 없이 변주되며 길목마다 이어졌다. 길이 끊어지거나 갈림길이 나오는 지점이면 나뭇가지, 표지판, 전신주 등에 묶어놓은 리본들이 어김없이 그들을 반겼다. 앞서 올레를 걸어간 순례자들이 뒷사람들을 위해 손

쓴 배려였다. 파란색 리본은 제주 바다를, 주황색 리본은 제주 밀감을 상징한다고 했다. 한 시간 지나고 두 시간째. 걸음이 계속될수록 두 사람의 말수가 점점 줄어들었다. 그것이 서로에게 조금도 불편하지 않았다. 걸을수록 걸을 만했다. 쇠소깍에서 시작할 때보다 오히려 몸이 가벼워진 것도 같았다.

"아, 드디어 올레길을."

은원이 별안간 감탄했다.

"말했죠? 제주올레를 8년 전부터 생각했다고."

"축하해요."

"제주도에서 처음으로 운전도 하고. 제주도에서 처음으로 밥도 먹고. 제주도에서 처음으로 자전거도 타고. 제주도에서 처음으로 말도 구경하고. 제주도에서 처음으로 제주올레도 걷고."

제주도에서 처음으로 섹스도 하고. 차연이 껴들려다 말았다.

09

일산 백석동. 정류장에 내려서서 폰의 지도 앱을 연다. 목적
지를 검색해 위치를 확인한다. 지금 있는 위치로부터의 방향과
거리와 동선을 확인하며 걸음을 시작한다. 먼저 횡단보도를 건
넌다. 왼편으로 30미터 정도 걷다가 작은 횡단보도를 한 번 더
건넌다. 지도 속 화살표와 점선이 가리키는 대로 자동차대리점
건물 옆 편의점을 끼고 골목으로 들어선다. 길 오른편 두 번째
건물. 1층. 노란색 동물병원 간판을 바라본다. 지갑에서 명함 한
장을 꺼낸다. 재작년 12월에 받은 것이다. 지갑 안에 이 물건을
넣어두고 있었다는 일에 대해, 이 와중에 그를 용케 기억해냈던
일에 대해 다시금 안도한다.

24시 모두사랑동물병원

수의사 성이연

☎031—943—XXXX

명함 속 그것과 같은 글자고 모양이다. 제대로 찾아왔다.

딸랑.

유리문을 열자 맑은 종소리가, 방향제 냄새 속에 뒤섞인 동물 냄새가, 덩치 작은 강아지들이 어디를 향해서랄 것 없이 일시에 짖어대는 소리가 쏟아진다. 꽤 넓다. 잠시 서성이던 차연이 칸막이 안전철문을 훌쩍 타 넘어 실내에 들어선다. 접수대 앞에 선다. 담당직원이 창백하게 인사한다.

"안녕하세요. 접수하실 건가요?"

"성이연 선생님 혹시 계시나요."

"무슨 일 때문에 그러시지요?"

"잠깐 뵐 수…… 친구입니다."

"약속은 하셨나요?"

"아뇨. 지나가는 길에 들렀어요."

"실례지만 성함이."

"한차연이라고 합니다. 한, 차, 연."

"잠깐 기다리시겠어요? 진료 중이시라서."

대기실 소파에 앉는다. 옆자리 중년 여인을, 여인의 허벅지에 쪼그려 앉은 강아지를 바라본다. 마르고 늙은 치와와다. 그 큰 눈이 지금 극한의 경계심으로 흔들리고 있다. 띵동. 대기번호가 바뀌는 소리다. 자주색 교복치마를 입은 학생이 자리에서 일어서 진찰실로 향한다. 하얀 털 뭉치 같은 고양이를 안고 있다.

복도 저편. 문 여닫는 소리가 들린다. 누군가의 발소리가 다가온다. 그 누군가 이내 모습을 드러낸다. 성이연이다. 차연이 유령처럼 일어선다. 성이연과 눈이 마주친다. 그녀에게 다가가는 몇 걸음이 까마득하게 길다.

"안녕하세요."

"어머나."

"오랜만이에요."

"그러게 말이에요."

성이연은 뜻밖에 차분하다. 차분한 데다 뭔가 조금 흥미로운 표정이다.

"불쑥 찾아와서 죄송합니다."

"무슨 용건인지 여쭤봐도 될까요. 죄송하지만 오래는 시간 못 낼 것 같은데."

"아, 저는."

그렇게 전개되어야 마땅한 일이다. 그런데 이상한 노릇이다. 기이한 노릇이다. 알 수 없는 노릇이다. 요컨대 차연이 마주친 상황은 다음과 같다.

복도 저편. 문 여닫는 소리가 들린다. 누군가의 발소리가 다가온다. 그 누군가 이내 모습을 드러낸다. 성이연이다. 차연이 유령처럼 일어선다. 성이연과 눈이 마주친다. 그녀에게 다가가는 몇 걸음이 까마득하게 길다.

"안녕하세요. 어떻게 오신⋯⋯."

"어어, 성이연 씨 좀 뵐 수 있을까요."

"제가 성이연인데요."

"예?"

그렇지 않다. 여자는 성이연이 아니다. 비슷한 나이와 체구의 여성이지만, 흰색 가운의 명찰에 새겨진 이름은 틀림없이 성이연이지만, 기억 속 성이연과 조금도 닮지 않았다. 전혀 다른 사람이다.

"저어, 실례지만."

머릿속이 간질간질 달아오른다.

"여기 성이연 씨가 또 계시나요?"

"무슨 말씀이신지."

"그러니까 성이연이라는 이름을 가진 분이 또."

"아니요. 저뿐인데요."

"⋯⋯."

"그런데 어디서 오셨나요. 한차연 씨라고요?"

성이연 아닌 성이연이 의아한 얼굴로 접수처 직원의 의아한 얼굴을 돌아본다.

"죄송한데요, 이 근처에."

차연이 울상이다. 귀에서 뚜우우 이명이 시작되고 있다.

"병원이, 여기 비슷한 동물병원이 또 있나요?"

주머니에서 명함을 꺼내 든다.

"이게…… 분명히……."

"어라."

성이연이 차연의 손에 들린 것을 냅다 빼앗아 든다.

"내 거 맞는데? 이 명함 이거, 어디서 나셨나요?"

심상찮은 얼굴이다. 적잖이 경계하는 얼굴이다. 차연의 얼굴이 목매어 죽은 시체처럼 창백해진다. 도대체 뭐가 문제인가. 내가 문제인가. 지금 내 기억에 어떤 문제가 있는 것인가. 그리하여 눈앞의 성이연을 못 알아보는 중인가. 하지만, 그렇다면, 성이연이 차연을 몰라보는 것은 어째서인가.

"죄송합니다. 제가 뭔가 착각을."

황망히 돌아선다. 몹시 불편한 걸음으로 실내를 가로지른다. 뒤통수가 따갑다. 딸랑. 유리문을 밀어 열고 밖으로 나선다. 참았던 숨을 크게 들이마신다. 미지근한 골목길 공기를 폐부 가득 채운다. 고개 들어 노랗게 빛바랜 하늘을 바라본다. 아침나절의 혼란함이 끈적끈적 되살아나고 있다. 명함 속 주소를 찾아가면서, 의도했던 상황이 술술 진행되리라고 확신한 적은 없었다. 은원의 행적에 대해, 은원의 실종에 대해, 은원의 숨은 사정에 대해 아주 약간의 힌트를 얻을 수 있다면 다행이겠지만 아니어도 할 수 없다고 생각했었다. 아무 소득 없거나, 나아가 뭔가 불편하고 당혹스러운 상황을 만날 수도 있으리라고 생각했었다.

그래도 할 수 없는 일이라고 각오했었다. 하지만 이 정도는 아니었다. 이렇게나 괴이한 상황까지는 아니었다.

물속에 들어가려는 사람처럼 재차 깊은숨을 들이마신다. 노란색 동물병원 간판을 노려본다. 간판 한 귀퉁이, 초등학생이 색칠한 것 같은 고양이와 강아지 일러스트를 노려본다. 아랫입술을 깨문다. 이대로 돌아설 수는 없다. 다시 병원 문을 열고 들어선다. 딸랑. 종소리가 울리고, 덩치 작은 강아지들의 짖는 소리가 차연을 반긴다. 저편에서 성이연이 접수직원과 대화를 나누고 있다. 화난 사람처럼 성큼성큼 다가오는 차연을 보고는 크게 놀란다.

"이보세요. 또 무슨 일이세요!"

접수직원이 나선다. 곱지 않은 목소리다.

"성이연 씨, 나 모르겠어요?"

차연이 성이연 아닌 성이연 앞에 선다. 화난 사람처럼 묻는다.

"나 한차연이에요. 기억 안 나요?"

성이연이 한 걸음 물러선다.

"우리 만났었잖아요. 은원과 함께, 세 번이나 봤잖아요."

차연이 한 걸음 다가선다. 성이연이 두 걸음 물러선다.

"오스트리아 열쇠고리 생각 안 나요? 산울림소극장. 단편영화제. 골뱅이 술집."

"저기요! 자꾸 이러면 신고할 거예요."

접수직원이 수화기를 집어 들며 새파랗게 외친다. 겁에 질린

성이연이 아무 말도 못 하고 얼어붙는다. 대기실의 시선들이 이 편으로 하나둘 모여든다. 심상치 않은 분위기가 빠르게 퍼져 나 간 모양이다. 남색 유니폼의 남자 간호사 두 명이 성큼성큼 다 가온다.

"무슨 일인가요?"

접수직원이 하소연한다.

"이분 좀 내보내주세요. 자꾸 이상한 소리를 하시네."

"이상한 소리라뇨."

"모르겠어요. 직접 물어보세요."

"아는 분이에요?"

그러자 성이연이 화들짝 손사래를 친다.

"처음 보는 사람이에요. 어떻게 좀 해주세요."

차연이 눈을 감는다. 감은 눈을 뜨면 이 모든 장면이 시야에 서 말끔히 사라져 있기를 바라며.

"선생님. 여기 동물병원입니다. 무슨 볼일이 있으신 건가요?"

정중하게 그러나 단호하게 묻는다. 차연이 대답 못 한다. 남 자 간호사가 후우, 한숨을 쉰다.

"나가주세요. 방문객들이 선생님 때문에 불안해하고 있어요."

한 손으로 차연의 손목을, 또 한 손으로 차연의 어깨를 잡는 다. 잡은 채 뒤로 떠민다. 대단한 악력이다. 붙잡힌 손목이 끊어 질 듯 아프다. 붙들린 어깨가 부서질 듯 아프다.

"아, 아아."

"나가라고."

허우적허우적 엎어질 듯 끌려 나간다. 저항할 마음도 생기지 않는다. 대기실 소파에 앉은 사람들이 힐끔힐끔 그 뒷모습을 지켜본다. 유리문이 열리고 차연이 그 밖으로 거의 던져진다. 남자 간호사가 나직이 속삭인다.

"꺼져 미친놈아. 또 나타나기만 해봐."

10

그 사람들을 우연히 만난 것은 올레 6코스가 거의 끝나가던 즈음이었다. 서귀포 KAL호텔을 지나서 좁은 산길을 걷다가 소정방폭포로 향하기 직전, 숲속에 숨어 있던 허니문하우스가 느닷없는 모습을 드러낸다. 드넓은 통창이 멋진 카페다. 은원이 창가에 자리를 잡고 차연이 당근주스와 제주녹차를 받아온다. 그러던 와중이다. 때마침 카페에 들어선 사람들이 차연과 은원 곁을 지나쳐 갔고, 개중에 한 명이 걸음을 멈추더니 대뜸 아는 체를 한다.

"문은원 씨."

"어머나."

은원이 발딱 일어선다. 진심으로 놀란 얼굴.

"이사님! 어머나 세상에."

"여기서 다 만나네."

"그러게 말이에요. 아이고 놀래라."

중년 여인이 방그레 웃는다.

"여행 오셨나 봐?"

"예. 휴가를 좀 일찍."

여인이 은원을, 쟁반 위의 당근주스와 녹차를, 이어 차연을 바라본다. 차연 향해 안녕하세요, 상냥하게 인사 건넨다. 차연이 어정쩡하게 고개를 숙여 보인다.

"이사님도 여행 오신 거예요?"

"어제 내려왔어요. 애들이 겨우 시간을 내줘서. 은원 씨는?"

"며칠 됐어요. 내일 올라가요."

"그랬구나."

여인 뒤에 선 일행이 세 명이다. 하와이안 티셔츠를 입고 연한 색안경을 낀 중년 사내. 중년 사내를 쏙 빼닮은, 대학생쯤 되어 보이는 남자. 여인과 입술 모양이 비슷한, 고등학생쯤 되어 보이는 여자.

"장 대표 잘 계시고?"

"여전하세요. 모두 안녕하시죠?"

"힘들다고 안달이지 뭐."

"하하."

은원은 어딘지 안절부절 수줍고 불편한 표정이다. 첫 회식 자리에서 자기 소개를 하는 신입사원 같은 표정이다. 여인이 하와이안 티셔츠를, 대학생쯤 되어 보이는 남자를, 자신과 입술 모양이 비슷한 여학생을 차례로 가리키며 소개를 덧붙인다. 우리 남편이에요. 여기가 큰 애고, 우리 딸. 그럴 때마다 은원이 안녕하세요, 고개를 숙여 보인다.

"그럼 재미나게 보내다 가요."

"예 이사님. 나중에 서울에서 뵐게요."

짧고 어수선한 안부 인사가 짧고 어수선하게 오고 간다. 차연과 재차 말 없는 목례를 나눈 여인이 일행과 함께 멀어진다.

다시 둘이 된다. 그러나 분위기는 다시 돌아오지 않는다. 은원은 여전히 수줍고 불편한 얼굴이다. 아직 첫 회식 자리를 벗어나지 못한 신입사원 같다. 그 차이가 차연은 미안하다. 모든 게 자신 잘못 같다. 분위기를 예전으로 돌리고 싶다. 그러나 방법을 알 수 없다. 제주 녹차를 선택했던 은원이 빨대를 입에 물고 당근주스를 쪽쪽 빨아 마시는 중이다.

"잘 아는 분인가 봐요."

"예."

은원이 시무룩이 대꾸한다.

"첫 직장 때 대표이사님이었어요."

"아."

"지금 회사 오너와도 잘 아는 사이고. 어려울 때 도움도 여러 번 주셨고."

"……."

"……."

"나갈까요."

차연의 제안에 은원이 고개를 젓는다.

"괜찮아요."

괜찮다니 이상한 대답이다. 20여 분 뒤 자리에서 일어선다. 빈 컵들을 반납한 차연이 먼저 허니문하우스를 나서고 은원이 2분 만에 뒤따라 나온다. 다시 걷기 시작한다. 예정했던 6코스의 마지막이 얼마 남지 않았다. 오후가 깊어간다. 6코스를 선택한 이유 중 하나, 소정방폭포 앞에서 별안간 길이 막힌다. 보수공사로 출입이 통제되는 중이었다. 뜻하지 않은 상황. 문 닫은 매표소의 안내문을 확인한 은원이 허물어질 것 같은 얼굴이다. 오로지 폭포를 위해 여태 그 먼 거리를 걸어온 사람처럼. 정말 괜찮은 건가요? 차연이 속으로 묻는다. 그 사람들 만나고부터 표정이 좋지 않네요. 혹시 나 때문인가요. 나와 함께 있는 모습을 원치 않게 보여서 그런 건가요.

"괜찮아요."

잠시 후 매표소에서 돌아선 은원이 중얼거린다. 뭐가 괜찮은 것인지 이번에도 차연은 알 수 없다.

"나는 상관없어요. 정말이에요. 그러니 걱정 말아요."

길은 끝났고, 렌터카를 세워둔 쇠소깍 주차장까지 택시를 타고 돌아가야 할 터였다.

"우리에게는 우리만 있으면 돼요. 중요한 건 우리 두 사람이에요. 그게 전부예요. 다른 건 필요 없어요."

은원은 마치 자기 자신에게 말을 건네는 사람 같았다.

"내 말, 믿죠?"

마지막 하루는 제주 시내에서, 동문시장과 용두암 해변 등을 오가며 시간을 보냈다. 유명하다는 고기국수 본점에서 이른 저녁을 먹고 공항으로 가서는 렌터카를 반납하고 곧장 출국장으로 움직였다. 섬을 떠난 에어제주가 김포에 도착한 시간이 오후 8시 10분. 4박 5일 일정이 그렇게 마무리되었다. 함께 저녁식사 같은 건 피차 궁리조차 하지 않은 채, 제주도에서 이른 저녁을 먹기는 했지만, 각자의 집으로 헤어졌다. 은원은 길게 늘어선 공항 정류장들 가운데 한 곳에서 광역버스를 타고, 차연은 5호선 지하철을 타고. 만나고 헤어지는 숱한 날들이면 대개 그러했듯 은원의 아파트단지 근처까지 함께 갈 생각이었다. 차연 생각은 그랬다. 그런데 은원이 손을 저었다. 차연도 피곤하고 나도 피곤하고, 여기서 6622번 타면 집 앞까지 가요. 11분을 기다린 끝에 6622번 버스가 도착하고, 보스턴백을 바꿔 들며 차에 오르려던 은원이 차연의 손을 잠깐 잡았다가 놓았다. 그리고 짧게 나직하게 종알거렸다.

안녕. 나 먼저 갈게요.

그것이 마지막이었다. 그 짧은 장면 속 은원이 현재까지는 기억할 수 있는 가장 최근의 은원이었다. 평범하지만 묘하게 낯설던 인사말 속에 혹시 어떤 평범치 않은 의미가 담겨 있었던 것 아닐까. 이미 그때 은원은 자신의 실종 또는 잠적을 예견 또는 예고하고 있었던 것 아닐까.

모든 것이 순조로웠는데. 둘 사이에 안 좋은 일 같은 것은 없었는데. 말다툼 한 번 안 했던 것 같은데. 4박 5일의 일정 내내, 허니문하우스에서의 돌연한 만남 이후 잠깐을 제외하고는, 물속에 돌아온 물고기처럼 편안하던 은원이었는데. 다만 하루하루 날짜 가는 것을 안타까워하는 모습이었는데.

도대체 어째서.

11

서울 용산구 용산동 3가. CL바이오 본사. 18층 회장실. 넓은,
조용하고 어둑한 공간이다. 어디선가 풀 냄새가, 젖은 풀을 태
우는 냄새가 메케하다. 두 사람이 푹신한 룸 소파에 파묻힐 듯
마주 앉아 있다. 한 명은 뽀얀 피부에 동글동글한 얼굴, 아무리
궁리해도 귀여운 인상이라는 표현 이외의 것을 생각하기 힘든
30대 후반 남성이다. 맞은편에는 각진 턱에 긴 흉터 자국이 있
는, 철사처럼 길고 뻣뻣한 머리칼이 얼굴의 절반을 가린 남자
다. 두 사람이 마주 앉아 실내에 가라앉은 침묵을 조금씩 나눠
마시는 중이다.

CL바이오 회장 천공열이 노란색 포스트잇에 또박또박 뭔가

를 적는다. 그리고 맞은편 남자에게 내민다.

"참 나쁜 사람이야."

권석이 그것을 받아 든다. 검은 장갑 낀 손으로 앞머리를 쓸어 넘기며 노란 종이에 적힌 이름을 물끄러미 바라본다.

"그 인간 때문에 이번에 법안 통과가 막힐 뻔했어. 신사업발표를 고작 보름 앞두고. 이게 말이 돼?"

"……."

"벌써 몇 년째인지 모르겠어. 짜증 나."

"……."

공열이 마티니 잔을 눈앞에 쳐든다. 칵테일 핀을 집어 바닥에 가라앉은 올리브를 꺼낸다.

"사람이고 음식이고 한 곳에 너무 오래 있으면 못써. 맛이 가거든."

올리브를 입에 넣고 우물우물 씹는다.

"알아서 처리해. 어떻게 처리하면 내 기분이 좀 풀릴지, 그런 건 설명 안 할게. 당신이 더 잘 알 테니."

권석이 노란 포스트잇을 입에 구겨 넣고 우물우물 씹는다. 턱 부근의 길고 굵은 흉터가 간헐적으로 꿈틀거린다. 공열이 재떨이 위에 놓인, 가늘고 길고 하얀 연기가 피어오르는 물건을 입에 가져가 짧게 한 모금 빤다. 젖은 풀잎 타는 냄새가 다시 실내 한가득 번진다.

똑똑.

나직한 노크 소리.

소리 없이 문이 열리고 누군가 들어선다. 검은 투피스 바지 정장을 입은 여인이다. 마른 듯 굴곡이 또렷한 체구다. 실내를 빠르게 가로질러 공열 앞에 다가가 선다. 까딱 목례를 한다.

"부르셨습니까."

공열이 천천히 고개 들어 여인을 바라본다. 빤히 바라본다. 여인이 가지런히 두 손을 모은다. 오른손 엄지와 검지로 왼손 검지반지를 만진다. 만지작만지작 그 자리에서 반지를 빙글빙글 돌린다. 반 바퀴를 돌려 손가락 안쪽에 온 핑크사파이어를 엄지로 매만지고, 다시 반 바퀴를 돌려 손가락 위쪽으로 온 것을 검지로 매만진다. 그 행동을 연신 반복한다. 긴장했을 때, 흥분했을 때, 할 말이나 행동을 참고 있을 때 나오는 여자의 손버릇이다.

"어떻게 됐어요?"

공열이 묻고 여인이 대꾸한다.

"뭐 말씀인가요."

"그 아이. 죽은 아이."

검지반지를 만지작거리던 여자의 손가락들이 스르르, 움직임을 멈춘다.

"죽은 상태 그대로입니다. 변함없이."

"변함없이."

"그렇습니다."

"그게 다?"

"……."

"예상수명을 50퍼센트도 채우지 못하고 갑자기 죽었잖아. 그게 다냐고요."

"8년 넘게 아이를 관리해온 입장으로서, 여전히 황망하고 비통한 심정입니다. 며칠째 잠도 제대로 못 자고 있습니다."

"아니 그런 거 말고, 대책."

"죽은 몸을 살리는 일은 불가능할 것이고, 돌연한 사망의 원인과 해결책은 지금 일련의 절차에 따라 정리하는 중입니다. 마무리되는 대로 보고드리겠습니다."

공열이 고개를 끄덕인다. 대단히 못마땅한 얼굴로.

"어제 그제 말한 그거, 새로운 아이를 잠 깨우는 문제는?"

여인이 다시 두 손을 맞잡는다.

"반대 의견이 여전히 많습니다. 정확한 사망 원인이 아직 밝혀지지 않은 상태에서 똑같은 위험성을 안고 있는 생명을 재차 세상에 내놓을 수는 없다는 이유입니다."

"내 의견을 말해볼까요?"

"……."

"다음 달이면 중국 중앙군사위원회 부위원장 일행이 극비리에 방문할 거라는 거. 다름 아닌 당신과 내가 그 사람들을 접대할 거라는 거. 그게 내 의견이에요. 바다 건너 날아온 사람들에게 예고했던 결과물을 보여주지 못할 거라면 애초부터 힘들게 그들을 초청할 필요도 없었다는 거. 바로 그게 내 의견이에요."

"……."

"무슨 말인지 부디 이해했으면 좋겠는데."

여인이 고개를 까닥, 해 보인다.

"바로 진행하겠습니다."

"이번에도 직접 맡아주겠지요?"

"제가요?"

"그래요."

"하지만……."

"하지만 뭐."

"2호 관리인으로 배정되었던 사람은 제가 아니라 강모숙 연구원이었는데요."

"강모숙. 그 사람 요새 어떻게 지내지?"

"……죽었지요."

"아, 맞다. 넉 달 전인가 갑자기 미쳐서 연구소 옥상에서 몸을 날렸지."

"……."

"아니다. 누가 옥상으로 불러들여서 냅다 떠밀었다는 소문도 있던데."

"……."

"책임지고 관리해주세요. 죽은 사람에게 산 사람의 일을 맡길 수는 없잖아. 할 줄 아는 사람이 해야지."

"그렇게 하겠습니다."

"더 할 말은?"

"없습니다."

"좋아요. 가보세요."

여인이 긴 숨을 들이마신다. 공열에게 짧은 목례를 하고 돌아
선다. 멀어지는 여인의 엉덩이를 바라보던 공열이 그쯤을 향해
중얼거린다.

"원망스러우면 죽은 사람을 탓해요. 죽은 아이든지 죽은 강모
숙이든지. 살아 있는 자신을 탓하지는 말고."

12

저물녘이다. 다시 정릉이다. 504호. 일곱 자리 비밀번호를 입력하고 현관문을 연다. 집에 들어서는 순간, 아주 잠깐 차연을 건드렸던 기대감이 미열처럼 사라져간다. 은원은 없다. 아직 돌아오지 않았다. 차연이 없던 새에 잠깐 들렀다 간 것 같지도 않다.

빈집 안에 가득한 빈집 냄새를 가만히 들이마신다. 마루 한가운데 서서 잠시 고민한다. 어떤 행동들에 대해, 그로써 빈집 안에서 벌어질 어떤 장면들에 대해 고민한다. 그래도 괜찮을까. 짧지 않은 고민을 끝마치고는 그 장면들을 떠올리는 것조차 견디기 힘들었던 일을 실행에 옮긴다. 먼저 싱크대로 간다. 설거지 끝내고 식기건조대에 엎어진 그릇과 접시와 냄비 등을 제자리에 착착 가져다 놓는다. 집 안 여기저기 널린 옷들을 거둬들여 세탁기에 넣고 세제를 붓고 표준모드 작동 버튼을 누른다. 냉장실에서 반찬 그릇과 이런저런 음식들을, 냉동실에서 꽁꽁언 음식물쓰레기봉투를 꺼낸다. 상했는지 아직 안 상했는지 모를 음식들을 한데 쓸어 담고 입구를 묶는다. 마지막으로, 그 장면들을 떠올리는 것조차 견디기 힘들었던 것들 중에서 가장 불편했던 일을 실행에 옮긴다. 베란다와 방 창문들을 활짝 열고 작은 방에서 진공청소기를 가져와서 스위치를 켠다. 지나치게 요란스러운 모터 소리가 빈집 안에 함부로 울려 퍼진다.

불을 켜야 할 시간이다. 소파에 앉아 폰을 집어 든다. 카톡을 연다. 대화창 오른편에 노란색 바탕의 카톡 말풍선들이 길게 이어져 있다. 숫자 1이 지워지지 않은 메시지들 아래, 두 줄을 새로 얹는다.

지금 은원 집이에요.
어딘가요. 도대체 무슨 일인가요.

전화기를 내려놓는다. 이내 다시 집어 든다.
1, 1, 2.
그리고 통화 버튼.
오래 망설였던 일을 충동적으로 실행에 옮긴다. 망설이는 마음이 재차 껴들기 전에 부지런히. 실종사건의 골든타임, 48시간. 이미 늦은 시간들.

　—긴급신호 112입니다.

이내 연결된 접수직원의 음성이 뜻밖에 젊고 낭랑하다.

"저기, 실종신고……를 하려고 하는데요."

　—바로 접수해드리겠습니다. 먼저 신고하신 분의 성함을 말씀해주실 수 있을까요.

젊고 낭랑한 음성의 접수직원은 차분하기까지 하다. 실종된 '것으로 의심되는'(이라고 표현했다) 사람의 이름, 성별, 나이와 거주지 주소 등 기본적인 신원을 묻는 음성이 그토록 덤덤하다. 아침부터 차연의 전화를 기다려온 사람처럼.

　—잘 알았습니다. 마지막으로 신고자의 현재 위치가 어떻게 되시는지요.

차연이, 아주 조금 망설인 끝에, 대답한다.

"그분 집에 있어요. 정릉. 말씀드린 주소지에."

　—가까운 지구대의 경찰들이 곧 연락드리고 찾아갈 겁니다. 실종자의 사진 같은 거 미리 준비하실 수 있으면 그렇게 해주시고요. 혹시 허위나 장난전화일 경우 1천만 원 이상의 벌금을 물릴 수 있습니다. 이해하셨나요?

통화 끝나고 바로 핸드폰을 뒤진다. 사진 파일들을 손끝으로 빠르게 훑는다. 아마도 1천 장은 되지 않을까. 은원과 함께한 시간의 흔적들. 은원과 같이 찍은 사진이 있고 은원만 찍은 사진이 있으며 은원과 함께 찾은 장소만 찍은 사진이 있다. 아주 드물게는 그 풍경을 등지고 차연 혼자 찍은 사진도 있다. 장면 장면마다 섬세한 기억들이 효과음처럼 배경음악처럼 잡다하게 따라붙는다. 개중에 몇 개를, 은원이 가장 은원다운 모습으로 남아 있는 은원의 사진 몇 장을 추린다. 남산타워. 가로등 불빛 아래 흐드러진 벚꽃 덕분에 계절과 시간을 짐작할 수 있다. 불빛 아래 하얗게 번지는 꽃잎들 사이에 선 은원이 조그맣게 미소 짓고 있다. 덩달아 차연의 입가가 간질거린다.

그래, 이날.

작년 4월, 아마도 세 번째 토요일이었다. 각별한 날이었다. 굉장한 날이었다. 은원과 함께 보낸 시간들을, 햇수로 3년, 횟수로 178차례 만남들을 거의 정확하게 기억하고 있지만 단언컨대 다른 여느 날들과는 비교가 되지 않도록 위대한 저녁이었다.

13

　명동에서 5시쯤 만나 은원의 차로 경리단 길을 한 바퀴 돌았다. 홍콩음식 전문점에서 국물이 맑은 국수와 새우만두 등으로 저녁을 먹었고, 그새 날이 저물었다. 남산 자동차극장에 갈까 하다가 케이블카를 타기로 했다. 케이블카 건물에 딸린 주차장 진입로에 들어서자마자 마침 빈자리가 하나 보였고, 슬금슬금 후면주차를 시도하려던 참이었다. 그것이 사건의 사소한 발단이었다. 어디선가 쫓아온 승용차 한 대가 바로 그 공간에 냅다 머리를 들이민다. 시커먼 각그랜저다. 후진하던 은원의 차가 덜컥 멈추고, 그랜저 역시 각도 때문에 더는 나아가지 못하고. 빈 주차 공간 하나를 두고 꽁무니로 들어가려는 차와 머리부터 집어넣으려는 차의 대결이 시작된다.

"어쩌자는 거야, 우리가 먼저였는데."

은원이 투덜거리고 그제야 차연이 등 뒤를 돌아본다.

"왜 저러는 거지?"

"배 째라 이거죠. 저렇게는 절대 못 들어가거든요. 뒤로 뺐다가 넣어야 하는데, 그새 우리가 들어갈까 봐 저렇게 버티고 있네."

소리 없이 팽팽한 대치 상황이 길어지고, 잠시 후, 각그랜저가 빵빵 빠앙. 신경질적인 경적을 울려댄다. 이건 좀 지나친 노릇 아닌가 싶다. 이윽고 각그랜저에서 누군가 내려선다. 운전석 문도 닫지 않은 채 성큼성큼 이편으로 다가온다. 급기야 창문을 똑똑.

"어이."

지극히 불량한 목소리. 은원이 차창을 반쯤 내린다.

"지금 뭐 하자는 거요, 에?"

"뭐 하자는 거냐뇨."

"차를 대든가 빼든가, 왜 길을 가로막고 있냐고."

"그쪽이 머리를 들이밀고 있으니 댈 수가 없……."

"뭘 씨발 머리를 들이밀어? 그럼 씨발 딴 데 가면 되잖아."

부담 없는 쌍시옷이 연달아 튀어나온다. 짧게 자른 머리, 커다란 얼굴. 검은 티셔츠를 입은 팔뚝에는 도마뱀인지 악어인지 문신이 육중하게 꿈틀거리고 쥐색 기지바지의 반짝이는 은색 허리띠 버클이 제법 위압적이다.

"차 당장 빼요 응? 씨발 사람 성질 건드리지 말고."

난감했다. 조수석에 앉은 차연이 그저 난감했다. 계속해서 대거리를 주고받을 상황이 아님은 분명했다. 은원의 얼굴이 어두워진다. 슬그머니 기어를 잡아 꺾고 차를 움직여 그 자리에서 벗어난다. 차연의 얼굴이 후끈 화끈 달아오른다. 화는 나지 않는다. 그 따위 장면 속에 은원과 함께 놓이고 말았다는 사실이, 그 몹쓸 상황 속에서 달리 해줄 만한 일이 없다는 사실이 그저 참담하다.

"괜찮아요?"

조심히 묻자 은원이 어깨를 으쓱, 해 보인다. 한순간의 방심 끝에 2인자로 내려선 고등학교 짱처럼.

"기분 풀어요. 저런 놈들 상대해 봐야 시간 낭비지."

주말이라서인지 케이블카를 타려는 사람이 적지 않다. 20여 분을 기다린 끝에 3층 탑승구에 다다르고, 우르르 케이블카에 올라타고는 고작 4분을 이동한 끝에 남산타워에 도착한다. 국사당 터와 팔각정을 지나 타워 쪽으로 천천히 걷는다. 날 저문 지 오래였지만 타워 주변은 한낮보다 화사하다. 탄산수와 솜사탕을 사고 한 무리의 중국인 관광객을 지나 전망대 쪽으로 향한다. 용산 쪽 야경을 등지고 서서 셀카를 찍는 사람들을 구경하며 분홍 솜사탕을 뜯어 먹는다. 지금쯤은 헤어진 연인들의 것이 적지 않을, 철망마다 진딧물 떼처럼 달라붙은 자물쇠들과 거기

깨알같이 적힌 사랑의 언어들을 구경하며 생수를 마신다. 4월 하순, 벚꽃이 한창이다. 일주일 못 갈 벚꽃들이 눈 가는 곳마다 영원할 듯 아찔하다.

발길을 돌려 남산 전망대 뒤편, 비교적 외진 길을 걷는다. 그 쯤에서 주인 없는 비석 같은 석판을 만난다.

"이게 뭐지."

"타임캡슐."

차연이 중얼거리고 은원이 석판 속 글자들을 읽는다.

"1985년 10월, 중앙일보 창간 20주년을 기념하여 5백 년 후인 서기 2485년의 후손들에 전달할 일상 속 물건들을 지금 이곳에 묻는다……."

"일상 속 물건들?"

"멸균·진공·아르곤 처리를 마친 총 310분 분량의 비디오테이프, 2만 5천 페이지 분량의 마이크로필름, 벼·보리·배추·참깨 등 씨앗 17종, 간장·참기름·소주·화학조미료·커피·B형간염백신·인삼·껌·과자·아라미드섬유·셀로판지·시멘트 등의……."

"무시무시하네. 5백 년이라니."

"무시무시할 것까지야."

"……."

"이제 고작 40년 지났네."

"그러게."

"……."

"가죠."

"그래요."

어두운 숲이 울창하게 펼쳐진 계단을 걸어 내려간다. 인적 드물고 비교적 어두운 길이다. 20여 분 걷다 보면 남산도서관이 나오는 방향이다. 타워 주변으로 온통 흐드러지던 벚꽃을, 어쩐 일인지 그 어름에서는 찾아보기 힘들다.

"어라 뭐야, 아까 그?"

그때 불량하고 삐딱한 목소리들이 길을 가로막는다. 어두운 사위를 둘러보던 차연이 아찔해진다. 숲길 계단을 어슬렁어슬렁 올라오던 남자 두 명. 개중 한 명이 눈에 익는다. 정확하게 한 시간 20분 전 케이블카 주차장에서 만났던 악어 팔뚝이다. 악어 팔뚝과 또 한 명의 남자 모두, 엄마 말 잘 듣는 쌍둥이들처럼, 똑같은 쥐색 기지바지와 팥죽색 가죽구두와 단단한 상체를 옥죄는 검정 티셔츠 차림이다. 두 남자 모두 심하게 취해 있다. 그새 어디서 저렇게 처마셨을까. 아까부터 이미 그렇게 취해 있었던 것일까.

"연애하시는 거? 데이트? 씨발 좋네."

악어 팔뚝이 은원과 차연의 중간쯤을 향해 더럽게 씹어뱉는다. 곁에 선 은원이 차연의 등 뒤로 몸을 숨긴다. 짧은 시간 차연이 간절히 기도한다. 텅 빈 머릿속으로 빌고 또 빈다. 이 또한 지나가리라. 지나가려면 어서 빨리 지나가시라.

"야, 가자 가."

길고 넓적한 얼굴에 김밥처럼 굵은 구레나룻을 기른 동료가 재촉한다. 하지만 악어 팔뚝은 그럴 마음이 없어 보인다.

"잠깐만, 아까 주차장에서 만난 여자라니까. 차 빼달라니까 존나게 인상 쓰던."

"뭐 어쩌라고."

"어쩌자는 게 아니라……. 이거 보셔. 어이."

버릇없이 은원을 부르는 목소리. 가슴에서 화라락 불이 인다. 참을 수 없다. 버릇없는 녀석의 버릇없는 손목을 잡아 비튼 차연이 맵게 따귀를 후려친다. 철썩! 그러고 싶다. 그러나 참는다. 참기 힘들지만 꾹 참는다. 못 참고 나섰다가는 바로 그 처지가 될 터였으므로.

"기분 나빠요? 에? 기분 좆같아요?"

"아이 새끼, 그만 가자니까."

"잠깐 있어봐. 이거 봐, 사람 말 안 들려? 운전도 씨발 좆같이 하면서."

전생에 힘없고 죄 없는 사람을 때려죽인 적이라도 있었는가. 그 벌을 지금 제대로 받고 있는 중인가. 차연의 어깨 뒤로 바싹 숨은 은원이 아무 말도 못 하고 있다. 참담하다. 참담함에 그만 죽을 것만 같다.

"저기…… 가던 길 가시죠 그냥."

마침내 차연이 나선다. 우물쭈물 쭈뼛쭈뼛 비굴하게 웃으며.

해맑은 바보 천치처럼.

"아깐 저희가 실수했습니다. 사과할 테니 기분 푸세요."

그러자 악어 팔뚝이 구레나룻을 돌아본다. 키들키들 어깨를 떨며 웃는다.

"쫄까고 있네 씨발."

"야, 이제 가자고. 가서 캔 맥주나, 응?"

김밥 구레나룻이 팔을 당기자 못 이기는 척 팔뚝 악어가 끌려 가고, 두 마리 불한당이 그제야 어슬렁어슬렁 눈앞에서 사라져 간다. 저벅저벅. 등 뒤로 여유작작 멀어지는 발소리. 차연이 비로소 이를 악문다. 눈물이 날 것 같다. 세상에, 이렇게 불의할 수가. 세상에, 이렇게 원통할 수가. 그럼에도 세상에, 이렇게 다행스러울 수가. 불쾌했고 치욕스러웠지만 예의 상황에서 벗어났다는 안도감은 그 두 가지를 잊게 할 정도다. 그래, 똥이 더러워서 피하지……까지를 생각하던 순간이다. 생각지 못한 반전이 데걱 고개를 쳐든 것은.

"야!"

화가 났던 것일까. 끓어오르는 울분을 참을 수 없었던 것일까. 여태 숨죽이고 있던 은원이 남자들의 뒤통수에 대고 맵게 쏘아붙인다. 차연은 온몸의 털이 바짝 곤두선다. 눈앞이 새카매진다. 다른 의미에서 눈물이 찔끔 날 것만 같다. 아이고 지금 뭐 하는 거예요, 허둥지둥 말려보려 했지만 지옥문은 이미 열린 뒤다. 걸음을 멈춘 악어와 김밥이 삐거덕 고개 돌린다. 은원을, 은원과 차연을 멍히 쳐다본다.

"왜 자꾸 시비야?"

은원이 다시 일갈한다.

"취했으면 다야? 씨발 성질나게."

14

폰이 운다. 밝게 울기 시작한다. 화들짝 놀란 차연이 그 살벌
하던 남산 산책길에서 돌아온다. 은원인가. 은원에게서 온 전화
인가. 폰을 확인한다. 아니다. 모르는 번호다.

"여보세요."

─한차연 선생님이신가요?

"그런데요."

─성북경찰서 실종수사전담팀 남승민 순경입니다. 조금 전
에 실종신고 접수하신 분 맞으시죠?

"아 예."

─실례지만 선생님, 아까 전화로 말씀하신 위치 그대로인가

요? 저희는 지금 107동 앞에 와 있습니다.

두 명의 제복 경찰이다. 방금 전 통화한 여자 경찰과 그보다 높은 계급의 남자 경찰. 현관문을 열고 그들을 집에 들인다. 여자 경찰은 차연보다 어려 보이고 남자 경찰은 차연보다 나이 들어 보인다.

"실례지만 저어, 실종된 것으로 의심되는 분과 어떤 관계이신 지요?"

"어, 사귀는 사람입니다."

그렇게 대답하면서 내심 걱정스럽다. 사귀는 사람, 이라는 표현이 어떻게 받아들여질지 모르겠다. 더 곤란한 질문이 이어지면 어쩌나. 그러나 두 사람은 더없이 진지하다.

"법적 보호자 외에는 원칙적으로 가출신고 접수가 불가해서요. 하지만……. 예, 연락이 끊긴 지는 얼마나 되나요?"

"일주일쯤 되는 것 같아요."

"일주일?"

"지난주 화요일부터 회사를 무단결근했거든요."

"신고자분도 같은 회사에 다니시나요?"

"그건 아니고요."

"그건 아니시고."

남자 경찰이 차연을 바라본다.

"실례지만 실종되었다고 판단하시는 이유가 뭔지 말씀해주실 수 있을까요?"

"······지난주부터 갑자기 전화를 안 받았어요. 벌써 일주일째 예요. 카톡도 문자도 마찬가지고. 확인해봤더니 회사에도 거의 같은 시기부터 무단으로 결근하기 시작했다더군요. 여기 이 집도 여러 날 비어 있는 중이고. 여태 이런 적이 한 번도 없었거든요."

"누구나 여태 이런 적이 한 번도 없었던 일을 느닷없이 벌이곤 하지요."

"예?"

"사귀신 지 얼마나 되시나요, 실례지만."

"햇수로 3년째······요."

"피해자를 마지막으로 만난 것은 언제인가요?"

"피해자?"

"아, 실례했습니다. 실종자를 마지막으로 만난 게 언제인가요?"

"지난주 월요일이었어요. 함께 제주도 여행을 다녀왔거든요. 4박 5일. 김포공항에서 헤어졌어요. 밤 8시쯤이었나."

"두 분, 혹시 싸우셨나요?"

"제주도에서요?"

"제주도에서건, 그 이전에건."

"아니요."

"단 한 번도?"

"헤어지거나 연락을 끊을 정도로 심하게 싸운 적이 있느냐고 물으시는 거라면, 예, 제주도에서건 그 이전에건."

"그렇다면 선생님은, 말하자면, 문은원 님이 왜 실종되었는지 알고 계시나요?"

차연이 일순 복잡해진다. 남자 경찰의 질문이 이상하다. '그렇다면 선생님은, 말하자면, 문은원 님이 왜 실종되었는지 전혀 모르시는 건가요?'라고 물어야 하는 것 아닌가.

"문은원 님이 평소에 즐겨 가는 장소나 모임 같은 게 혹시 있을까요. 병원, 학원, 성당, 교회, 산악회, 동호회. 그 밖의 어떤 것이건."

"제기 알기로는, 예, 없었어요."

가족관계가 어떻게 되는지. 특이한 병력이나 특히 우울증 같은 게 혹시 있는지. 최근에 금전 문제나 다른 이성과의 문제로 곤란을 겪은 일은 없었는지. 별별 질문이 쌓여가고 그럴수록 차연이 난감해진다. 척척 대답할 만한 것들이 그다지 많지 않은 때문이다. 마지막으로 특별히 하고 싶은 말이나 참고가 될 내용이 있으면 뭐건 이야기해 달라는 질문에 재차 난감해지고 만다. 아까 일산 모두사랑동물병원에서 만난, 숨 막히도록 기이한 일화를 참고삼아 이야기하는 것이 좋지 않을까. 짧고 깊은 고민 끝에 그러지 않기로 한다. 예의 착란 같던 상황들을 일목요연하게 설명할 자신도 없는 데다 그것이 실종된 은원의 소재를 파악해내는 데 어떤 도움이 되어줄 것 같지도 않다.

"……없습니다."

"없으시다. 그러시군요. 잘 알겠습니다."

"⋯⋯."

"믿고 기다려보세요. 감히 충고드립니다."

여태 잠잠하던 여자 경찰이 뭔가 조금 미안한 얼굴이다.

"대한민국은 실종 공화국이에요. 시간당 18세 미만 미성년자 3명, 성인 5.3명이 실종이나 가출로 신고 접수됩니다. 매일 미성년자 71명과 성인 127명의 실종신고가 발생한다는 것이지요."

치익치익. 경찰 두 명의 조끼 가슴주머니에 달린 무전기에서 연신 모래바람 소리가 이어지고 있다. 그 소리가 차연의 신경을 한없이 흐트러뜨리고 있다.

"천만다행으로, 그들 중 거의 95프로가 일주일 안에 실종 해제 처리되곤 해요. 결국은 아무 탈 없이 귀가한다는 의미예요. 세상 모든 실종은 세상 사람들 숫자만큼이나 다양한 이유를 갖고 있지요. 그러니 너무 걱정 마세요. 제 말씀은, 걱정을 너무 심하게 하지는 마시라는 겁니다."

경찰들이 떠나가고 504호에서 다시 혼자된다.

밤 8시가 넘었다.

배가 고프다. 종일 먹은 게 전혀 없다.

싱크대 서랍을 뒤지니 라면 한 봉이 나온다. 유통기한이 일주일 지났다. 공교롭게도 지난주 월요일까지다. 냄비에 물을 올리고 김치를 찾아 냉장고를 뒤적이며 은원을 생각한다. 식탁에 라면 냄비를 올리고 의자를 당겨 앉으며 다시 은원을 생각한다.

뜨거운 면발을 입안 가득 후룩 후루룩 몰아넣으며 여지없이 은원을 생각한다. 소리 없이 현관문이 열리고 은원이 들어서는 장면을 상상한다. 어이없는 눈빛으로 차연을 쳐다보는 은원의 얼굴을 상상한다. 깜짝이야. 지금 뭐 하는 거예요? 그래도 괜찮겠다. 어떤 민망한 장면이라도 상관없겠다. 은원이 돌아온다면. 그러기만 한다면.

우울하다. 은원 생각에 우울하다. 은원 없는 은원 집에 한바탕 들이닥쳤다가 훌쩍 떠나간 성북경찰서 실종수사전담팀 탓에 더욱 우울하다. 은원에 대해 아는 것이, 누군가 은원에 대해 물었을 때 대답할 것들이 뜻밖에 많지 않다는 점이 뜻밖에도 우울하다.

은원을 안다고 믿었는데.

600일. 햇수로 3년.

은원을 아는 그 누구보다 은원에 대해 많이 이해하고 있다고 자신했는데.

15

남산 산책길의 아찔한 저녁시간. 남산도서관 방면으로 이어
지는, 어둑하고 인적 드문 계단참. 거기서 다시 마주친 남자들
의 무례한 위협과 그들을 향해 또박또박 강단지게 따져드는 은
원. 파랗게 독 오른 그 얼굴. 차연은 그야말로 죽고 싶은 심정이
었다. 시련이구나. 실로 최악이로구나.

"허허 참 나."

이번에는 악어 아니라 김밥이다. 만면에 온화한 미소를 머금
은 그가 두 손바닥을 마주 비비며 저벅저벅 세 걸음을 다가온다.

"뭐라고 아줌마? 다시 말해봐."

다행인지 불행인지, 아마도 불행일 테지만, 은원은 요만큼도

기가 죽지 않은 것 같았다.

"못 들었어? 왜 자꾸 시비냐고 했다."

"우리가 씨발 언제 시비를 걸었는데."

"그랬잖아 방금. 운전 좆같이 한다고. 기분 좆같으냐고."

"……허허."

"동네 양아치 티 내는 거야? 사람이 그렇게 하찮게 보여?"

은원이 또박또박 따져들고, 온화하던 미소를 거둬들인 김밥이 고개 돌려 제 동료를 바라보고, 악어가 어깨를 떨며 키들거리고, 차연은 거듭 죽고만 싶다.

"그래서 어쩌라고. 씨발 그래서 뭘 어쩌자고, 응?"

"사과해."

"뭐?"

"사과하라고."

"우헤헷."

등 뒤에서 악어가 웃는다. 소름이 오싹 끼치도록 쾌활한 웃음이다. 김밥 구레나룻이 팔짱을 끼고 길쭉한 턱을 쳐든다. 악어와 달리 그는 기분이 점점 더 안 좋아지는 것 같다.

"못하겠다면?"

누군가 소곤거리며 계단을 타고 내려온다. 나이 어린 연인 한 쌍이다. 그들이 이편의 험악한 상황을 발견하고는 걸음을 멈춘다. 슬그머니 가던 길로 돌아선다. 구원을 청할 곳은 세상 어디에도 없다. 최악의 위기가, 죽음의 검은 그림자가 들불처럼 번지는 중이다. 그걸 막아세울 방법이 보이지 않는다. 저기요, 이러지 마시고……. 차연이 용기 내어 나서며 두 팔을 흔들어 보인다. 그러나 은원과 김밥 어느 쪽으로부터도 관심을 얻지 못한다.

"사과 못 하겠다면 어쩔 건데 씨발년아."

"……미치겠네."

"같이 미쳐볼까?"

"씨발 새끼들."

"허허, 이런 좆같은 년이……."

억센 손아귀가 은원의 머리채를 움켜쥔다. 움켜쥐고는 사정없이 흔들어댄다. 2초가량? 차마 눈 뜨고 못 볼 만큼 포악한 행동은 그러나 오래가지 않는다.

획.

어둑한 허공을 플래시 불빛처럼 가르는 무엇이 있다. 한순간 그런 움직임을 본 것 같다. 은원의 주먹 같다. 날렵하게 날아든 주먹이 녀석의 턱 아래 어디를 톡, 가볍게 끊어치는 것 같다. 하도 순식간이라 확실치는 않지만 목울대 근처 어디쯤이었던 것 같다.

"컥."

살짝 스쳐 간 것 같은데, 정통으로 와그작 얻어맞은 것도 아닌데, 입을 떡 벌린 구레나룻이 어쩔 줄을 모른다. 잘은 모르겠지만 숨이 막힌다는, 숨을 쉴 수 없어 죽을 것 같다는 표정이다. 지켜보기 안쓰러운 그 모습 역시 오래가지 않는다. 은원이 한 걸음 나아가며 빙그르 몸을 돌린다. 몸을 돌리며 날카롭게 접어 세운 팔꿈치로 그의 안면을, 회전력을 충분히 살려, 후려갈긴다. 강력하고 정확한 백스핀 엘보. 덜커덕, 턱뼈 돌아가는 소리. 두 손으로 목을 잡고 괴로워하던 그가 휘청, 찍소리도 못 내고 꼬꾸라진다. 계단 위에 풀썩 엎어지더니 더는 움직이지 못한다. 길게 뻗은 두 다리가 푸드득, 풀벌레처럼 요동친다.

"뭐야? 씨발 이거 뭐야?"

악어 문신이 놀란다. 발정 난 고양이처럼 카아아, 하악질을 한다. 돌계단에 길게 엎어진 친구와 은원을 번갈아 바라보면서.

"너 이 씨발년 이리 와."

성큼성큼 달려드는 녀석을 은원이 날렵하게 걷어찬다. 퍽. 사타구니 가장 깊숙한 곳에 발목이 정확하게 작렬한다. 지켜보던 차연의 미간이 절로 찌푸려진다. 터진 거 아니겠지. 성불구 되는 것은 아니겠지.

"이 씨…… 씨발년……."

고통스럽게 허리를 꺾은 악어가 주춤주춤 물러서고, 단 몇 분 사이에 무슨 년 무슨 년 평생 들을 욕을 다 들은 은원이 허공으로 풀쩍 날아오른다. 엄청난 높이다. 순식간에 악어의 등 뒤로 넘어서더니 찰싹 달라붙는다. 그 굵은 목덜미에 매달린 채 체중을 싣는다.

"놔! 씨발 이거 놔!"

녀석이 잔등에 칼 맞은 곰처럼 발버둥 친다. 대롱대롱 매달린 은원이 끈질기게 버틴다. 목을 감은 오른팔과 오른 팔꿈치에 걸어 잠근 왼팔의 삼각형 각도를 유지하면서. 악어의 온 얼굴이 시뻘겋게 일그러진다. 니어 네이키드 초크다. 그 기술이 거의 완벽하게, 교과서처럼 들어갔다. 필사적으로 몸을 털어대던 악어의 저항이 점점 둔해진다. 마침내 털썩 무릎을 꿇는다. 허물어지듯 갸우뚱, 모로 눕는다. 초점 잃은 두 눈. 표정 없는 얼굴. 잠든 아기처럼 곱게 실신한다. 녀석을 발바닥으로 밀쳐내며 은원이 일어선다. 팔소매를 툭툭 털며 차연을 돌아본다.

"이게…… 뭔가요. 도대체 이게 무슨 일이야."

차연이 떡 벌어진 입을 다물지 못한다.

"무슨 일은요. 때리니까 기절하고 목 조르니까 기절한 거지. 까불다가 혼난 거지."

"격투기 배웠어요? 태권도? 주짓수? 그런 거예요?"

"정식으로 배운 적은 없고. UFC는 좋아해요. 자주 봐요."

배시시 웃는다. 홍조 띤 얼굴.

"열 받으니까 갑자기 그 동작들이 나오네. 나, 재능 있나 봐."

16

토요일 오후다. 언덕길 따라 이어지는 동네 주택가. 6월 오후 햇살이 아스팔트를 청명하게 달구고 있다. 언덕 꼭대기, 한낮의 적막 가득한 동네 풍경이 한눈에 내려다보이는 위치. 두 사람이 서 있다. 큰길까지 내려가는 길을 굽어보고 있다. 전장에 선 장수들처럼 비장한 얼굴들이다.

"5분이면 되겠어?"

민규가 묻자 수이가 고개를 젓는다.

"걸어도 5분이면 가겠다. 난 3분."

"정말?"

"정말."

"그럼 나도 3분."

민규가 손목과 발목을 빙글빙글 돌리며 몸을 푼다.

"5만 원 빵?"

검은 레깅스 차림의 수이가 난간에 발을 올리고 길게 스트레칭을 한다.

"콜."

"좋았어. 저녁에 삼겹살이나 굽자."

"잘 먹을게."

"국가대표 1차 선발전이 다음 달이야. 부상 조심."

"오빠도."

"무리다 싶은 동작은 되도록 시도하지 마. 낯선 동네니까."

"걱정 마시고."

두 사람이 툭, 주먹을 마주친다.

민규가 트레이닝복 바지춤 안에 헐렁한 윗옷자락을 쑤셔 넣는다. 그러곤 끈으로 허리춤을 질끈 동여맨다. 수이가 절레절레 고개를 젓는다.

"참 문제야. 저렇게 자세가 안 나올까."

"자세는 실전에서 나오면 된다. 자, 준비하시고."

두 사람이 출발선에 선다. 장거리경주를 시작하는 육상 선수처럼 준비자세를 잡는다. 한낮의 정적. 아주 작은 긴장감이 흐른다. 민규가 대뜸 묻는다.

"근데 출발 신호는 누가?"

"가위 바위 보로 정해."

"오키."

"안 내면 술래, 가위 바위 보!"

수이와 민규가 똑같이 가위를 낸다.

"다시, 가위 바위 보!"

이번에는 수이가 가위. 민규는 바위.

"앗싸."

민규가 오른 주먹을 불끈 쥔다. 다시 출발점이다.

"준비해. 셋 센다."

"좋아."

"셋, 둘……."

"하나!"

수이가 외치며 재빨리 튀어 나간다. 민규가 인상을 쓰며 뒤를 쫓는다.

"저 새끼가!"

두 사람이 다람쥐처럼 골목길을 달려 나간다. 거의 굴러 내려간다. 주차된 승용차를 홀쩍, 가뿐하게 뛰어넘어 달린다. 벽을 만나자 사다리를 타오르듯 가볍게 넘어선다. 낮은 난간은 몸을 뒤틀며 단숨에 뛰어넘고 높은 난간은 손을 짚으며 붕, 경쾌하게 타 넘는다. 좁은 공간에서는 좌우 벽과 벽 사이를 번갈아 차오르며 나아간다. 마주 선 건물과 건물 사이를 풀쩍 넘어서더니 바닥을 사뿐 구른다. 난간 기둥을 붙들고 그 아래를 바람처럼 통과한다. 제법 고난이도의 파쿠르 기술을 선보이며 앞서거니 뒤서거니 달려 나간다. 조용한 동네에 두 사람의 발소리가 타닥타닥 울려 퍼진다. 부광약국 앞. 오후 햇살이 젖어드는 가게 앞에서 빈 종이박스를 접어 정리하던 할머니 약사가 놀란다. 사람만 한 다람쥐들의 질주에 놀라 고개를 쳐든다.

"뭐야, 어디서 영화 찍나?"

17

눈부시도록 짧은 대결을 끝마친 두 사람이 차연을 찾아간다.
바로 그 언덕길 꼭대기, 마을버스 정류장에서 4분을 걸으면 차
연 사는 전세집이 나온다. 신영빌라 A동 102호. 현관에서 여섯
계단을 내려가야 하는 반지하층이지만 그럼에도 102호다. 현관
문을 두드리자 누구세요, 소리도 없이 철컥 문이 열린다.

"왔어?"

며칠째 안 씻었는지 덥수룩한 머리. 거칠게 자란 수염. 자다
가 깬 듯 시무룩한 얼굴.

"오랜만."

"들어와."

"자, 이거."

수이가 비닐봉투를 내민다.

"뭔데."

"먹을 거."

"뭘 이런…… 고마워."

차연이 봉투 안을 들여다본다. 편의점에서 사온 2+1 컵라면, 1+1 삼각김밥, 3+1 탄산수.

"몰골이 말이 아니네. 왜 이렇게 말랐어 오빠."

"좀 피곤해서."

차연이 시커멓게 자리 잡은 턱수염을 매만진다. 민규가 입술을 일그러뜨린다.

"집구석에서 꼼짝도 안 하는 놈이 피곤은."

그새 5킬로그램이 빠졌다. 계산상으로는 하루에 0.4166킬로그램씩 몸무게가 줄어든 셈이다. 그렇다면 몇 달 후에는, 요컨대 몸무게가 10킬로그램 이하로 떨어질 수도 있을지 모르겠다. 세 사람이 거실이랄 것도 없는 거실을 지나 방에 들어선다. 민규가 침대 모서리에, 차연이 책상 의자에, 수이가 벽에 기대어 방바닥에 앉는다. 수이와 민규가 사온 탄산수를 차연이 수이와 민규에게 하나씩 건넨다. 세 사람 모두 파쿠르 동아리 '스쿼럴'의 회원들이다. 대학후배 수이를 통해 스쿼럴에 가입한 게 2년 전이다.

"……아직도?"

수이가 조심히 묻고 많이 생략된 질문의 의미를 쉬 알아들은 차연이 고개를 끄덕인다.

"정말 걱정이네. 하루 이틀도 아니고."

"……."

"가족들에게는 연락해봤어?"

차연이 고개를 젓는다.

"그걸 잘 몰라. 어머니가 안양 근처에서 꽃집을 하신다고 했지. 그게 전부야."

"안양도 아니고 안양 근처라."

가족에 대해, 은원은 별다른 이야기를 하지 않았다. 의도적으로 피하는 게 아닌가 싶을 정도였다. 우리 엄마, 하며 폰에 담긴 사진을 한 번 보여주긴 했지만 그뿐, 꽃집이 안양 근처 어디인지, 집은 어딘지, (아마도 은원의 아버지일) 남편과 함께 사는지 아니면 혼자인지, 형제들은 있는지, 은원은 그중에서 몇 번째인지, 큰 언니인지 막내인지, 그래서 아는 바가 거의 없었다. 가족뿐 아니었다. 자기 자신에 대해, 자신의 과거에 대해, 지나온 삶에 대해, 은원은 별다른 이야기를 하지 않는 편이었다. 만난 지 600일이 되었지만 그래서 은원에 대하여 차연이 아는 것들은 대체로 만난 지 600일이라면 굳이 설명하지 않아도 자연히 알게 되는 내용들이 대부분이었다. 이를테면 구두보다 운동화를, 특히 끈이 달린 하얀색 운동화를 즐겨 신는다는 것. 술을 마실 때는 꼭 과일 안주가, 사정이 여의치 않으면 양상추 샐러드라도 있어야 한다는 것. 차연이 썰렁한 농담을 건네면 대체로 세 번은 웃고 일곱 번은 말없이 입가를 찌푸린다는 것. 손발이 유난히 차가운 편이고 그래서 추위를 잘 탄다는 것. 몸이 좀 피곤하다든가 하면 약국에 가서 쌍화탕을, 그것도 약성 강한 '원처방' 쌍화탕을 사 마시곤 한다는 것. 굳이 고르자면 영화관보다는 미술관을, 백화점보다는 공원을, 그 같은 공간성을 보다 더 선호한다는 것. 제주올레를 8년 전부터 꿈꾸었지만 불과 며칠 전인 서른다섯 살에 처음으로 제주도를 찾았다는 것. 거리에서 길냥이를 만나면 거의 예외 없이 울 것 얼굴이 되곤 하는데 안쓰러움과 쓰다듬고 싶은 마음과 결국은 그러지 못할 두려움이 그 안에 3분의 1씩 섞인 표정이라는 것.

비밀이 참 많은 사람 같아요. 은원은.

언젠가 어떤 와중이던가 차연이 대뜸 말했을 때 은원은 그게 무슨 말인가요, 묻지 않았다.

자신이 없어서 그래요.

응?

기억이 불편하고 자신 없어서.

차연으로서는 요만큼도 이해할 수 없는 말이었다.

그런 사연이 있었거든요. 나중에 다 설명할 때가 있을 거예요.

은원이 실종된 지 12일째. 그간 단 한 차례도 연락이 되지 않았으며 단 하나의 헛소문도 접하지 못했다. 예전과 조금도 다를 바 없이 딱 한 사람 은원만이 감쪽같이 삭제된 일상은 뒤죽박죽 불안한 미지의 영역을 향해 엉망으로 흐트러지는 중이었다. 하루하루가 괴롭고 순간순간이 힘들었다. 다른 말로, 은원이 몹시도 걱정스러웠다. 그건 시간 갈수록 더해가는 그리움과는 결이 많이 다른 고통이었다.

"600일 때문인 것 같아."

차연이 느닷없이 웅얼거리고 수이와 민규가 어리둥절, 서로를 바라본다.

"만난 지 한 달 정도라면, 두어 달 되는 사이라면, 그렇다면 이렇게 힘들지는 않았을 거야. 반대로, 요컨대 사귄 지 5년이 넘었다면, 7~8년 넘게 사귄 사이라면, 열흘 넘게 연락이 끊기고 도통 행방을 알 수 없는 상황이 걱정스럽기는 할지언정 이렇게나 괴롭고 두렵지는 않았을 거야. 결국은 600일이 문제야."

"하지만 어째서 600일이……."

"딱 그 정도거든. 곁에 있던 사람이 갑자기 사라졌을 때, 그보다 짧게 사귀었을 때보다, 그보다 길게 사귀었을 때보다, 딱 괴로워 죽기 좋은 연애 기간. 내 생각이지만."

"힘내라 오빠."

"……."

"은원 언니, 곧 돌아올 거야. 모든 게 예전대로 돌아갈 거야. 내가 기도할게."

"그럴 수 있을까."

"물론이지. 내 말 믿어."

은원은 지금 어디 있을까. 어디서 무엇을 하는 중일까. 걱정하는 주변 사람들의, 특히나 차연의 시르죽어가는 마음을 모르지 않을 텐데, 도대체 어떤 상황이기에 전화 한 통 하지 않고 있는 것일까.

"그런데 있잖아, 미안한데, 어…….."

파쿠르 국가대표 상비군, 스쿼럴의 회장 민규가 뭔가 조심스러운 얼굴이다.

"실종된 거 확실해?"

차연이 민규를 돌아본다.

"영화 보면 왜 그런 거 있잖아. 납치된 줄 알았더니 납치범과 한패고. 킬러에게 살해당한 줄 알았더니 멀쩡하게 살아서 킬러를 죽일 궁리를 하고. 실종된 줄 알았더니 정반대고."

"은원 언니가 어디로 숨기라도 했다는 거야?"

수이가 미간을 찌푸린다.

"내 말은…… 갑자기 연락이 뚝 끊겼잖아. 전화도 안 받고 문자도 계속 씹고. 집에도 없고 회사에도 안 나오고. 갑자기 그런 일이 생긴 거잖아. 그리고 차연이 너는 은원 씨가 왜 사라진 것인지 감조차 못 잡고 있잖아. 우리가 아는 건 그게 다잖아."

"그런데?"

차연 아니라 수이가 따지듯 묻는다.

"결국은 우리가 모르는, 전혀 예상 못 하는 어떤 사연이 있지 않겠느냐 이거지. 영화의 반전 같은 사연이."

"웬만하면 좀 닥치고 있지 그래?"

수이의 타박에 민규가 탄산수 병을 입에 물고 꼴깍꼴깍 빨아 마신다. 수이 말이라면 꼼짝을 못 하는, 그렇게나 수이를 좋아하는 민규다.

"나도 모르겠어."

차연이 힘없이 웅얼거린다.

"처음 며칠은 그저 애가 타고 걱정스러웠는데, 이제는 정말 모르겠어. 나를 피해서 어디로 사라진 건지, 민규 형 말처럼 뭔가 엄청난 사연이 숨어 있는 것인지."

수이가 말없이 민규를 노려보고 민규가 말없이 그 눈빛을 외면한다.

"그냥 나는, 지금 생각이지만, 아무 일 없었으면 좋겠어. 그저 무사하기만 하면 좋겠어."

"조금만 더 기다려보자. 응? 사라진 이유가 있다면 돌아올 이유도 있겠지."

수이가 차연의 어깨에 왼손을 탁, 올려놓는다.

"기운 좀 내. 그리고 있잖아, 앞으로 뭐 필요한 게 있으면 바로 말해. 뭐든 도와줄게."

민규가 차연의 어깨에 올라간 수이의 왼손을 바라본다.

"우리 수이 마음도 예뻐. 천사."

"됐고, 5만 원이나 빨리 줘."

"뭐야, 스타트 때 반칙해놓고."

수이가 입술을 일그러뜨린다.

"치사하게 정말 이럴 거야?"

18

거짓말 같은 일이다. 기적 같은 일이다. 놀라 자빠질 일이다. 수이의 기도가 통했다. 은원이 곧 돌아올 거라는, 모든 게 예전대로 돌아갈 거라는 축원이 현실로 이루어졌다. 사라진 이유가 있다면 돌아올 이유도 있을 거라더니 그 예측이 적중했다. 이틀 뒤, 월요일 오전 11시, 은원의 어머니로부터 불쑥 전화가 걸려오면서부터.

낯선 번호다. 의아함 속에 통화 버튼을 건드리자 침묵, 또 침묵, 얕은 숨소리가 들릴락 말락, 그러다가 실례지만 한차연 씨 되시냐고 물어온다.

─핸드폰에서 연락처를 알아냈어요. 고민 끝에 어렵게 연락

드려요.

차분하고 예의 바른 음성이었다.

―우리 은원이에게 큰 힘이 되어주실 것 같았어요. 잘 알지
도 못하면서, 감히 그런 생각이 들었어요.

"어디신가요? 은원 씨에게 무슨, 무슨 일이라도 있는 건가
요?"

그러자 다시 침묵. 들릴락 말락 얕은 숨소리.

―은원이, 지금 병원에 있어요.

"아."

―놀라지 마세요. 생명에는 전혀 지장 없어요.

심박수가 일순 180을 넘어선다. 아찔하다. 딛고 선 바닥이 꺼
지고 한없이 무너져 내린다. 온몸과 온 마음이 정신없이 추락하
고 있다. 도대체 무슨 일이냐고 물어볼 용기가 나지 않는다.

―우리, 좀 만나주실 수 있나요?

우리가 누굴 칭하는지 종잡을 수 없지만 그걸 따질 계제가 아
니다.

"그래요. 그래야지요."

차연이 폰 속으로 비집고 들어설 듯 대답한다.

"시간 장소 말씀해주세요. 전 어디건 어느 때건 상관없습니
다."

19

경기도 광주 도척면 능성리 1109.

9월임에도 시리도록 춥던 물류센터의 야간 아르바이트.

가장 힘든 것은 거기까지 오가는 길이요 만만치 않은 대중교통 사정이었다. 지하철을 타고 다다를 수 있는 경기도의 가장 외진 동네까지 가서, 지하철역에서 저만치 떨어진 정류장에서 20분마다 한 대씩 오는 승합버스를 타고 물류단지로 가서는 또 한참 걸어야 했다. 가는 데만 두 시간이 걸렸으며 오는 길은 시간을 떠나 고달프기가 그 이상이었다. 자정 넘어 일이 끝나면 예의 지하철역까지 가서 지하철 아니라 서울로 향하는 심야버스를 타야 했는데 그때쯤이면 물류센터에서 몰려나오는 사람들 때문에 앉을 자리는커녕 서 있을 공간조차 넉넉지 않았다.

토요일 일요일 껴서 딱 2주를 일했다.

오후 3시 출근이 기본이었는데 그보다 적어도 20분 전에는 도착할 필요가 있었다. 두 번째 날에는 정확히 3시 4분 전에 도착했다가 대기에 걸리고 말았다. 작업할 자리가 남아 있나 30여 분을 기다린 끝에 결국 현장에 투입되지 못한 채 발길을 돌려야 했다. 셔틀버스 회차 지점은 물류센터 A동에서 가까웠고 2주 내리 일한 곳은 D동이었다. 건물 왼쪽 출입구로 들어가서 비상용 승강기를 타고 지하 1층으로 내려가면 복합물류 도크 S팀이 나왔다. 먼저 체온을 재고 사무실에 가서 QR코드를 찍고 출근부를 작성하면서 일과가 시작되었다.

냉장 피킹을 5일, 냉동 피킹을 9일 배정받았다.

산더미처럼 출력된 송장을 하나씩 확인한 뒤 오만 가지 물품 가운데 해당하는 것을 '피킹'해서 바구니에 싣고 컨베이어벨트에 올려 내보내는 일이었다. 요컨대 송장에 d27-13-4가 적혀 있으면 d칸 27번 캐비닛의 13번 라인에 있는 네 번째 물건을 찾아서 바구니에 넣고 이동. 어렵지 않았지만 그 넓은 창고를 연신 움직여 다니며 똑같은 일을 하염없이 반복하자니 그게 질렸다. 어쩌다 생수나 세제처럼 무거운 상품을 옮겨야 할 때면 허리에 얇은 비닐막이 끼는 기분이었다. 무엇보다 추웠다. 작업장 온도가 영상 5도 정도라고 했는데 체감하기는 그 이하였다. 냉동 피킹 때는 드라이아이스를 만져야 하는 경우가 많았는데 그게 툭하면 장갑에 달라붙어 고역이었다. 창고 정리와 청소 등 잡일도 적지 않았다. 오후 3시 35분부터 자정 지나 45분까지가 근무 시간이었고 6시 반 저녁식사 때 한 시간 20분, 10시와 11시에 각각 20분의 휴식이 주어졌다. 그렇게 일곱 시간 근무에 시급은 1만 4천4백 원. 소중하고도 야릇한 액수였다.

드넓은 창고를 탈출해서 험난한 여정을 뚫고 귀가하면 새벽 2시거나 3시경이었다. 몸속이 텅 빈 것 같았지만 뭘 좀 먹고 싶은 생각은 전혀 들지 않았다. 따뜻한 물에 샤워를 하고 누우면 오래지 않아 잠에 빠질 수 있었는데 깊이 잠드는 대신 창고 속 수많은 물건들과 송장 속 수많은 숫자들로 조합된 꿈속을 하염없이 헤매야 했고, 눈뜨면 날이 훤히 밝아 오전 11시에서 12시 사이였다. 오늘 다시 일하러 갈 것인가 말 것인가 고민이 시작될 즈음, 간밤에 일한 시급이 입금되었다는 문자가 어김없이 찍혔다. 시급 1만 4천4백 원이 지금 나에게 그렇게 중요한 숫자일까. 살다 보면 돈이 뚝 떨어져도 당장 아무 걱정조차 필요 없는 날이 하루쯤 있지 않을까. 그러다 보니 2주가 금방이었다.

5일째 되는 날이고 저녁식사 시간이었다. 나흘간의 추석 연휴를 하루 앞둔 토요일이었다. 휴게실 의자에 길게 드러누워 바나나를 먹고 있었다. 바나나를 우물거리며 책을 읽고 있었다. 저녁 안 드세요? 누군가 묻는다. 그로부터 대략 4초 뒤, 차연이 책 모서리 바깥으로 고개를 내민다. 테이블 위에 올라앉은 누군가 차연을 내려다보는 중이다.

"그냥, 쉬는 게 더 좋아서요."

테이블에 앉은 여자가 다시 묻는다.

"저녁식사 대신 스티븐 킹을 읽으면서?"

차연이 소파에서 몸을 일으킨다.

"첫날이신가요. 못 뵙던 분 같은데."

대단히 어색한 데다 거짓에 가까운 인사다. 도크 S팀에서 일하는 하루살이 근무자는 20명이 넘었는데 그들 모두를 매일매일 기억한다는 게 사실상 가능한 일이 아니었다.

"맞아요. 처음이에요."

"왜 저녁 드시러 안 가시고."

"혼자 가기 싫어서요."

"여기서는 누구나 혼자예요. 일할 때도 쉴 때도 밥 먹을 때도."

"그런 거 같더군요."

"그나저나 알바 5일째 만에 처음이네요."

"뭐가요."

"누구랑 대화하는 거."

가방을 열고 바나나 한 다발에서 두 개를 힘차게 뜯어 건넨다.

"드세요."

은원이 그것을 받아 들며 와아, 감탄한다.

"웬 바나나를 그렇게 가지고 다니나요."

"동네 마트에서 할인하더라고요. 한 다발에 3천 원."

"잘 먹을게요."

"왔다 갔다 하는 데만 20분 걸리거든요. 돈도 돈이고."

며칠 일하며 터득한 것 중 하나가 물류창고 A동까지 가서 6천 5백 원짜리 구내식당 백반을 사먹느니 김밥 한두 줄 챙겨 와서 대충 먹고 쉬는 게 저녁 휴식시간을 가장 현명하고 알뜰하게 보내는 방법이라는 사실이었다. 차연이 선배 된 마음으로, 어쨌거나 며칠 선배임에는 분명했으니까, 그런 경험담이자 요령을 일러주었다. 은원은 뭔가 재미있다는 얼굴이었다. 은원이 은원임을 미처 모르던, 요컨대 여섯 살이나 많으리라고는 생각 못 하던 그때.

20

명동 근방의 작고 오래된 호텔이다. 화창한 날이다. 바람이 불고 나뭇잎이 반짝이고 초여름 햇살이 부서진다. 그 모든 것들이 차연을 아프게 만든다. 은원을 다시 만날 수 있으리라는 기대감과 알 수 없이 불길한 두려움에 속이 타들어간다. 토할 것 같다. 2층 커피숍. 두 명의 중년 여인을 만난다.

"와주셔서 감사해요. 앉으세요."

"안녕하세요."

개중 한 사람이 낯익다. 언젠가 은원이 보여주었던 폰 사진 속 어느 얼굴을 닮았다. 그녀가 차연과 눈을 맞춘다.

"제가 은원이 엄마예요. 이쪽은 고모."

"처음 뵙겠습니다. 한차연입니다."

"좋은 자리에서 봤으면 더 좋았을 것을."

고모라는 여인이 대뜸 한숨을 뱉어내고 어머니라는 여인이 조심히 사과한다.

"이제야 연락드려서 미안해요. 은원이에게 계속 전화하고 문자하신 거 알아요. 저희가, 마음 정리가 되지 않아서, 차마 응답 못 하고 고스란히 놔뒀던 거예요."

창밖을 바라본다. 남산 1호 터널로 향하는 길 위의 속도들이 분주하다. 화창한 날이다. 바람이 불고 나뭇잎이 반짝이고 다시금 가슴이 아파온다.

"그런데 은원 씨가, 지금 병원에…… 도대체 무슨 일이."

문장이 되지 못할 말들을 떠듬거린다.

"……사고가 났던 건가요."

"다친 건 아니에요. 다친 데는 없어요."

"……."

"갑자기 정신을 잃었죠. 기절한 채로, 계속 잠들어 있다가, 사흘 전에 의식이 돌아왔어요."

잠깐 자리를 비웠던 고모가 쟁반을 들고 돌아온다. 하얀 사기 잔 세 개를 탁자에 올려놓는다.

"아무거나 시켰어요. 한잔하시고 마음 좀 가라앉혀요."

"감사합니다."

달리 할 말이나 행동이 생각나지 않았으므로 부지런히 잔을 들어 입에 가져간다. 뜨겁다. 진한 한약 냄새가 난다.

"남자친구는 모르죠? 은원이에게 무슨 병이 있는지."

고모가 묻자, 옆자리 은원의 어머니가 울상이 되어 고모를 돌아본다.

"그거부터 아셔야 할 거예요. 그게 순서일 거예요."

"……."

"베르니크 코스타로프 증후군. 아이고 이름도 어렵지."

북유럽 통계에 따르면 800만 명 가운데 한 명꼴로 발병하는 희귀한 기억상실증. 외부적 물리적 충격이 아니라 뇌신경계 이상 등 아직 정확하게 알려지지 않은 신체적 결함으로 인해 어느 날 갑자기, 별다른 전조증상 없이, 개인 고유의 과거 정보들을 거의 대부분 회상 못 하는 해리성 기억상실증이 발병하는데 이 증상이 개인에 따라 1년에 한 번 또는 7~8년에 한 번 예고도 없이 반복된다. 발병 간격을 늘여주고 증상을 줄여주는 약물치료법이 있지만 그 효과는 통계도 잡히지 않는 수준이다. 은원의 경우는 중학교 3학년 때가 처음이었다. 체육시간. 200미터 달리기의 자기 차례를 기다리다가 갑자기 허물어지듯 운동장 흙바닥에 쓰러졌다. 만 하루하고 열한 시간 동안 잠만 잤다. 아무리 깨워도 일어나지 않았다. 신체 수치들은 모두 정상이었다. 더 큰 병원으로 가보시는 게 좋겠다고, 아무래도 뇌하수체 쪽에 문제가 있는 것 같다고 의사들이 겁을 주었다. 그리고 이틀째 저녁, 비교적 건강한 모습으로 잠에서 깨어났다. 진짜 걱정거리는 그제야 시작이었다.

"여기가 어디…… 그런데 아줌마 누구세요?"

곁에 앉아 열심히 손을 주물러주던 어머니 차진선에게 은원이 처음으로 한 말이다. 엄마도 친구들도 선생님도 알아보지 못했다. 언제 어디서 어쩌다가 쓰러졌는지, 자기 이름이 무엇인지 자기가 누구인지조차 기억 못 했다. 이날 이후, 모든 것이 새로 시작되어야 했다. 열여섯 살 은원의 일상이, 처음부터 다시. 거의 모든 상황들이 거의 원래대로 되돌아가기까지 4개월 이상이 걸렸다. 당사자는 물론 가족들의 질긴 헌신이 없었으면 불가능한 일이었다.

두 번째 발병은 대학교 3학년 1학기 때였다. 그간 주기적으로 병원에 다니며 나름 검사도 받고 관리도 했지만 그런 식으로 막을 수 있는 일이 아니었다. 불행 중 다행이랄까 일요일 오전, 집에서였다. 처음과 거의 똑같은 상황이 거의 비슷한 과정으로 재현되었다. 갑작스러운 실신. 오랜 시간 얌전히 잠들었다 깨어나서는 아무도 아무것도 자신조차 전혀 기억 못 하는 백지상태. 의료진과 가족들 모두, 가장 먼저, 이것이 언제 또다시 재발할지 모르는 잠재적 증세임을 현실로 받아들이지 않을 수 없었다. 은원을 향한 치료―일상 회복 훈련은 5년 전과 거의 같은 방식으로 진행되었다. 심리적인 안정을 절대적으로 유지하는 속에서 현재의 특수한 상황을 은원 스스로 충분히 납득할 수 있도록 도와주는 방식으로. 은원 자신과 주변 사람들을 위해 은원이 알아야 할 과거와 현재들을 기본적인 수준의 정보부터 가능한 한 세밀한 부분까지 체계적으로 반복적으로 학습하는 방식으로. 그 모두를 은원 스스로 자신의 것으로 받아들일 때까지 시간 여유를 가지고 참을성 있게 기다려주는 방식으로. 일련의 과정은 대체로 긍정적이었다. 정서 나이와 상관관계가 있는 것인지, 중학교 때와는 달리 이번에는 단 2주 만에 70퍼센트 이상의 사회화 과정이 완성되었다. 은원이 두 번째 발병 이전의 은원과 70퍼센트 가까운 존재로 돌아오기까지 16일이 걸렸다는 의미다. 그것이 13년 전 일이다. 그리고 지지난 주 화요일. 잊고 있던 베르니크 코스타로프가 은원의 일상에 다시금 검은 그림자를 드리웠다. 10년 넘도록 별다른 이상 상황이 발생하지 않았기에 가족도 의료진들도 예의 증상에 대한 경각심이 조금은 늦추어져 있을 수밖에 없던 즈음이었다.

"지지난 주 화요일이요?"

"맞아요. 제주도 다녀온 다음 날."

그렇게 종알거린 차진선이, 차연의 황망한 얼굴을 힐끗 쳐다보고는, 빠르게 실토한다.

"미안해요. 은원의 폰에서 봤어요."

고모가 한마디 거든다.

"애가 아무것도 기억을 못 하니까, 전화기가 아주 요긴하더라고."

은원의 폰에 저장된 것들에 대해, 거기 남겨졌을 차연의 흔적들에 대해 생각한다. 카톡에 남겨진 대화들에 대해. 무수하게 저장된 사진 파일들에 대해. 거의 매일 주고받았던 통화 기록들에 대해. 4박 5일 제주도를 누비며 은원의 폰으로 은원과 함께 찍은 사진이 적어도 100장은 넘을 것이다.

"이번에도 갑자기, 정신을, 잃은 건가요."

"그 직전에 연락을 해왔어요. 뭔가 낌새가 이상했던 모양이지요."

화요일 아침 7시 40분. 바쁘게 출근을 준비하던 즈음이었다. 평소 다니던 병원에 전화한 은원이 '몸에 힘이 없고 몹시 어지럽다.'는 증상을 호소했다. 19분 만에 앰뷸런스가 도착했을 때 은원은 침대 귀퉁이에 미동도 없이 드러누워 있었다. 깊이 잠든 상태. 호흡 맥박은 거의 정상이었다. 병실로 옮겨지고, 이내 가족들이 찾아왔다. 죽은 듯 잠들어 있다가 스물여섯 시간 만에 눈을 떴다. 우려했던 대로 은원은 자신에게 무슨 일이 있었으며 일어나고 있는지 자신이 누군지 전혀 기억 못 하는 상태였다. 13년 만에 다시 시작, 처음의 처음부터 다시 시작이었다.

화요일 아침 7시라면 월요일 저녁 김포공항에서 헤어지고 대략 열두 시간 뒤다. 제주공항에서 탑승을 기다리던 즈음부터 이상하게 피곤하다고 투덜거리더니 그런 징조였던가. 나 먼저 갈게요. 6622번 버스에 오르며 속삭이던 작별인사는 그 같은 암시였던가. 가슴속 가장 높은 곳에서 가장 낮은 바닥으로 무겁고 단단한 물건 하나가 툭, 떨어진다.

"감당할 수 있겠어요?"

고모가 묻는다.

"우리는 잘 모르잖아요. 당사자들이 아니니까. 그러니 힘들어도 지금 분명하게 물어볼 수밖에 없겠어요. 서로를 위해서 그게 좋을 것 같아요."

"……."

"어떻게, 은원이 만나러 갈 건가요? 그럴 마음이 있겠어요?"

은원의 어머니가 몹시 불편한 얼굴로 손사래를 친다.

"아이고 고모는 참."

고모는 진지하다.

"이제 은원이에 대해서 들어 아셨잖아. 무슨 병을 시한폭탄처럼 안고 살아가는 애인지."

"……."

"그런 은원이를 다시 만나서 도와주실 수 있을지. 다시 예전처럼 아껴주고 사랑할 수 있을지. 자기 배 아파 낳은 부모도 아니고, 정말 그럴 수 있겠는가 하는 말씀이지요. 솔직하게."

차연이 두 손으로 탁자를 잡는다. 탁자 모서리를 두 손으로 꽉 쥔다.

"은원 씨, 지금 어디 있나요. 병원이 어딘가요."

날개 달려 어디로 날아가려는 물건을 한사코 붙들듯.

"연락 주셔서 감사하다는 말씀, 먼저 드릴게요. 가능하다면 빨리 은원 씨를 만나보고 싶어요. 지금 당장이라도."

"고마워요. 정말 고마워요."

차진선이 안도의 한숨을 가늘게 뱉어낸다.

"그렇게 말씀해주시기를 얼마나 기다렸는지 몰라요."

다탁 아래, 차진선이 두 손을 모으고 있다. 오른손 엄지와 검지로 왼손 검지에 낀 반지를 만지고 있다. 만지작만지작 반지를 돌리고 있다. 반 바퀴를 돌려 손가락 안쪽에 온 핑크사파이어를 엄지로 매만지고, 다시 반 바퀴를 돌려 손가락 위쪽으로 온 그것을 검지로 매만진다. 그 행동을 계속 반복하는 중이다.

21

다음 날. 경기도 광주시 도척면 물류창고. D동 3층 휴게실. 지하 1층 도크 S팀의 차연과 지상 2층 입고팀의 은원이 다시 만났다. 어제와 거의 같은 시간 같은 장소다.

"춥지 않나요."

"추워요. 손이 제일 시려요. 장갑을 두꺼운 걸 끼면 작업하기 불편하고."

"핫팩 가지고 다니는 분들도 있던데."

"나도 그럴까 봐. ……이거 드세요."

이번에는 은원이 먹을 것을 건넨다. 샌드위치다. 편의점 아니라 전문점에서 파는 두툼한 클럽샌드위치와 플라스틱병에 담긴 과일주스다. 받아 들기는 했지만 어제 은원이 그랬던 것처럼 스스럼없기는 힘들다. 다발에서 한두 개 뜯어주는 바나나와 종이 봉투째 건네는 샌드위치가 같을 수 없다.

"뭐 쓰는 건가요."

테이블 위에 펼쳐놓은 스프링노트를 바라본다.

"아."

차연이 대답 대신 노트를 덮는다.

"소설? 시나리오?"

"그런 거 아니에요. 소설이라니."

어제의 스티븐 킹 단편집이 그런 연상으로 이어졌을 것이다.

"그렇게 글 쓰는 거 오랜만에 보네요. 연필과 종이. 아, 연필 아니라 볼펜."

"노트북은 불편해서."

"볼펜과 종이가 더 불편하지 않나요."

"쓰는 느낌이 다르더라고요."

"쓰는 느낌이라. 글 쓰시는 분 맞네."

"아니라니까요."

"그럼 뭔데요. 가계부는 아닐 테고."

"가계부 맞아요."

"아닌 거 같은데."

"……"

"사실 나도……."

초대형 물류센터에서 며칠 야간작업을 하다 보면, 그 많은 사람들 속에서 매일 아홉 시간씩 입을 꾹 닫고 일하다 보면 누구라도 대화가 고프기 마련이다. 아마 은원도 그러했을 것이다. 만난 지 하루밖에 안 되는 이에게 말해도 상관없을지 모르는 이야기를 술술 늘어놓았던 것을 보면.

"시나리오를 쓴 적이 있거든요."

"시나리오?"

"장난처럼. 아주 잠깐."

"오오오."

시나리오를 쓴 적이 있다. 시나리오를 쓴 적이 있다. 은원의 느닷없는 고백이 알 수 없이 신비로웠다. 은하계 밖 저 먼 곳으로부터 대기권을 막 뚫고 도착한 전파 신호의 불규칙한 화음처럼.

"영화 공모전 같은 데 내본 적 있나요."

"두 번이요. 다 떨어졌고."

"장르가 어떻게 되나요. 제 취향은 SF랑 스릴러 쪽인데."

"그건 잘 모르겠네요."

"본인이 모르면 누가 아나요."

"SF나 스릴러는 분명히 아니에요."

"보고 싶어요. 쓰신 작품."

"그럴 일은 없을 거예요."

"어째서요?"

"남은 게 없으니까."

은원이 앞머리를 쓸어 넘긴다.

"어느 날 갑자기, 무슨 마음이 들어서 파일을 죄다 지워버렸거든요."

어디선가 나직이 코 고는 소리가 들려온다. 저편 소파에 작업복을 덮고 잠든 누군가가 있다. 거기서 나는 소리다. 컥. 코를 골던 남자가 느닷없는 소리를 뱉으며 옆으로 돌아눕는다. 그 모습을 바라보던 은원이 중얼거린다.

"부럽다. 아, 졸려."

22

월요일이다. 은원을 찾아간다. 느닷없이 연락 끊기고서 딱 2주 만이다. 대학병원이 아니라 강남구 논현동 대로변에 위치한 클리닉이다. 1층에 수입자동차 대리점이 들어선 건물 3층과 4층, 10년 넘게 은원의 건강을 관리해준 곳이다. 4층까지 엘리베이터 아니라 계단을 타고 올라간다. 한 발 한 발 계단을 밟으며 한없이 복잡한 머릿속을 정리한다. 그러나 쉽지 않다. 여기저기 뒤엉킨 실타래를 어디서부터 어떻게 풀어나가야 할지 감을 잡을 수 없다. 차연을 알아보지 못할 은원이라니 짐작이 가지 않는다. 그간 함께했던 시간들을 전혀 기억 못 할 은원이라니 상상이 되지 않는다. 그런 은원에게 다가가 처음 만나는 사람에게 그렇게 하듯 인사를 건네야 한다니 상상이 되지 않는다. 그 와중에 자꾸 예전이 떠오른다. 은원을 처음 만났던 처음 며칠이 떠오른다. 경기도 광주 물류센터. 나흘간의 추석연휴를 앞둔 화요일. D동 3층 휴게실에서의 장면 장면들이.

물류센터 아니라 클리닉 4층 휴게실에 들어선다. 저편 원형 탁자에 앉아 있던 세 사람 가운데 한 명이 차연을 발견하고는 성큼 일어선다. 하얀 의사 가운을 입은, 반짝이는 은테안경을 끼고 포마드 바른 머리칼을 잘 빗어 넘긴 남자다. 남자의 맞은편에 앉아 있던 이가 뒤이어 천천히 일어선다. 이편을 향해 조심히 고개 돌린다. 은원이다. 살구색 줄무늬 환자복을 입은 은원이다. 의사가 차연 앞에 다가온다.

"한차연 님이시죠."

"그렇습니다."

"기다리고 있었습니다."

"……아."

의사가 저편을 힐끔 쳐다보고는 나직하게 빠르게 말한다.

"설명 들으셨죠? 자연스럽게 대해주세요. 평소처럼. 예전처럼. 늘 그랬던 것처럼. 그게 도움이 됩니다."

"노력할게요."

"하지만 너무 심하게 평소처럼 예전처럼은 곤란합니다. 말이 복잡한데, 요컨대 당황할 것 같은 말이나 행동은 되도록 삼가주시라는 겁니다."

"……."

"꾸미지 마세요. 뭔가를 묻는다면 충분히 대답해주셔도 좋아요. 하지만 강요하지는 마세요. 자꾸 뭘 기억시키려고 애쓰시지도 말고."

"알았습니다."

"첫날이니까, 음, 오늘은 두 시간만 드릴게요. 한꺼번에 너무 많이 진행하는 것도 무리가 생길 수 있으니까요."

"감사합니다."

"그럼 두 분, 천천히 말씀 나누세요."

의사가 떠나고 차연이 길게 숨을 들이마신다. 은원 향해 걸어간다. 열한 걸음, 저벅저벅, 호의적이고 상냥한 속도로. 은원 앞에 선다. 은원을 바라본다. 은원이 불규칙적으로 눈을 깜빡인다. 조금은 긴장한, 조금은 어리둥절한, 조금은 불편한, 조금은 궁금한, 조금은 수줍은 기색이다.

"은원 씨."

그러자 은원이 우물쭈물 고개를 까딱인다.

"안녕……하세요."

가슴이 철렁 내려앉는다. 은원인데, 분명 은원의 얼굴인데, 분명 은원의 목소리인데, 차연을 차연으로서 기억 못 하고 있음을 그 얼굴 그 목소리로부터 여실히 확인할 수 있다.

"한차연이라고 합니다. 문은원 씨의, 어, 남자친구죠. 기억 못 하시겠지만 최근까지도 그랬지요. ……꽤 가까운 사이."

오래 궁리했던 인사말을 요령 없이 우물거린다. 더없이 친숙하면서도 묘하게 낯선 은원이 더없이 친숙하지만 묘하게 낯선 표정으로 재차 고개를 까딱인다.

"알아요. 들었어요."

"아, 그러셨군요."

"……."

"몸은, 좀 어떤가요."

차연이 밝은 표정을 지어 보인다. 그러려고 애쓴다. 쉬운 일이 아니다. 반갑고 그 이상으로 조심스럽고 야릇하며 알 수 없이 헷갈린다. 자신의 폰에 담긴 수많은 것들을 은원은 이미 여러 번 확인했을 것이다. 무수한 장소에서 다양한 모습으로 찍었던 사진 파일들을. 매일매일 이어지는 통화 기록들을. 카톡 창에 수두룩하게 남겨진 대화들을. 끝내 응답 없이 남겨진 메시지들을. 거기 가득한 차연의 흔적들을.

"2주 만에 다시 만나는 거라고……."

"맞아요. 지지난 주 월요일 저녁에 마지막으로 헤어졌으니까."

"……."

"……."

"놀라셨겠어요. 갑자기 연락이 뚝."

"걱정했죠. 엄청나게 걱정했죠. 그래서 은원 씨 집에 며칠씩 가 있기도 했죠."

"제 집에?"

은원이 아주 조금 놀란다. 차연이 아주 조금 후회한다. 의사가 주의하라고 했던 게 이런 장면이었구나 싶다.

"그 이야기는, 음, 나중에 다시 하기로 하죠. 괜찮겠지요?"

"아. 예. 그래요."

"……."

어렵구나. 쉽지 않구나.

"커피, 마실래요?"

은원이 제안한다.

"복도 끝에 캡슐커피 자판기가 있더라고요."

"좋습니다."

함께 휴게실을 나서 나란히 복도를 걷는다. 함께 자판기 앞에 서서 마실 것을 고른다. 커피가 만들어지는 시간을 함께 기다리며, 기다리다가, 우연찮게 서로의 눈빛이 마주친다.

"점심 드셨나요."

은원이 묻고 차연이 되묻는다.

"은원 씨는요."

"먹었지요. 병원 밥."

그러고는 3초 만에 진술을 번복한다.

"실은 건너뛰었어요. 입맛도 없고."

차연이 종이컵을 들여다본다. 거기 일렁일렁 검게 어리비치는 자신을 바라본다.

"우리 처음 만났을 때가 생각나네요. 지금과 비슷한 말을 은원 씨가 했거든요."

"아, 그래요?"

"하도 느닷없어서, 그게 나한테 하는 말인지도 미처 몰랐지요. 처음에는."

은원이 고개를 갸웃거린다.

"뭐라고 했는데요."

"저녁 안 드시나요."

"응?"

"저녁 안 드시나요."

23

용산 CL바이오 본사 18층. 나직한 노크 소리에 이어 문이 열리고 누군가 들어선다. 집무용 테이블에 누군가 앉아 있다. 그 앞에 다가간 누군가 깍듯이 허리 숙인다.

"왔습니다."

천공열 회장이 대충 고개를 까딱인다.

"앉아요."

드넓은 12인용 응접소파 한 곳에 자리 잡은 차진선이 자랑스럽게 말한다.

"드디어 오늘 만났습니다. 오후 2시부터 두 시간 8분 동안."

"차연인가 하는?"

"예."

공열이 푹신한 가죽의자에서 기우뚱 몸을 일으킨다. 탁자에서 느릿느릿 돌아 나온다.

"두 사람의 드라마틱한 첫 만남. 역사적인 사건이었어요. 한 순간도 놓칠 게 없었어요. 고스란히 기록해두었으니 시간 내서 확인해보세요."

"나 드라마 안 좋아하는데."

"드라마가 아니에요."

"그럼?"

"그 이상이지요. 감정에 대한 문제, 타인에게 반응하고 사고하는 문제, 무엇보다 기억에 대한, 자연스레 형성되는 기억과 만들어진 기억의 차이에 대한 문제, 기억하는 것과 기억하고 있다고 믿는 느낌 사이의 이질성에 대한 문제 등 가히 혁신적인 정보들을 숱하게 얻어낼 수 있었다니까요."

"원 맙소사."

공열이 고개를 젓는다.

"간만에 옛 남자친구를 만나고 온 사람이 은원인지 당신인지 모르겠군."

차진선이 자신의 상기된 뺨에 손을 가져간다.

"제가 조금 들떴던 모양이네요. 결과가 기대 이상이라서."

"다행이군."

공열은 여전히 마뜩잖은 얼굴이다.

"그런데 나, 아직도 이해 못 하겠어. 솔직히 그래."

"어떤 점을 말씀인가요."

"어디서 굴러먹던 놈인지도 모를 녀석에게 우리 아이를 만날 기회를 선뜻 줄 필요가 있었는지. 굳이 그렇게까지 나설 이유가 뭐였는지. 그러잖아도 위태위태 깨지기 쉬운 아이인데."

"그거예요. 위태위태 깨지기 쉬운, 바로 그 아이를 위해서. 차연이 아니라."

차진선이 진지하다.

"보시면 이해하실 거예요. 차연을 처음 마주하는 은원의 반응이 어떠했는지. 얼마나 높은 신뢰도를 보였는지. 예의 남자친구가 과거 함께했던 시간들에 대해 이야기하며 무심코 주입하는 정보를 자기화하는 속도가 어떠했는지. 나아가 그 같은 관계 정서가 자기동일성을 완성하는 데 얼마나 큰 역할을 해줄 것인지."

"알았어요. 알았어."

공열이 손끝으로 눈앞의 뭔가를 가볍게 쳐내는 시늉을 한다.

"나야 과학자가 아니라 사업가니까. 연구자가 아니라 끝도 없는 연구비용을 대느라 바쁜 전주니까. 누군가 미래의 희망을 노래할 때 그 옆에서 만일의 사태라는 저주를 읊어대야 하는 사람이니까."

"무슨 말씀이신지 충분히 이해합니다."

"충분히 이해하는 정도로는 충분치 않은데."

소파 주변을 서성거리던 공열이 차진선 맞은편에 풀썩 내려 앉는다.

"어쨌거나 끝까지 신경 좀 써줘요. 별문제 생기지 않게. 차연이란 놈이 뭔가 눈치를 챈다든지. 그 비슷한 이유로 무슨 문제가 불거진다든지. 느닷없이 골치 아픈 일을 만나는 거, 딱 질색이니까."

"명심하겠습니다."

"당장 다다음 주 화요일이에요. 그날 어떤 행사가 있는지, 그날 저녁 은원이 만나야 하는 사람들이 누군지, 다시 강조할 필요 없겠지요?"

"물론이지요. 맹세하겠습니다. 아무 탈 없이 진행되도록."

"맹세는 나한테가 아니라 저쪽에다 하셔야지."

공열이 차진선의 뒤편 어딘가를 향해 손가락을 콕 찌른다.

"궂은일 생기면 늘 바빠지는 건 내가 아니라 저 사람이니까."

차진선이 고개를 돌려 공열이 손가락질한 방향을 바라본다. 그리고 조금 놀란다. 블라인드가 굳게 쳐진 창가 구석, 누군가 그림자 속 그림자처럼 도사리고 있다.

"어머나, 계신지도 몰랐네. 안녕하세요?"

권석이다. 여태 미동조차 없던 그가 검은 가죽장갑 속 중지를 세워 검은 선글라스를 쓱, 고쳐 쓴다. 동시에 한쪽 입가를 찡그린다. 차진선의 인사에 미소로 답하는 것인지 그 반대인지, 검은 선글라스 탓에 해석하기 쉽지 않다.

24

다음 주부터 다시 장마가 시작된다고 했다. 구름 많고 습한 날이다. 그러나 마음만은 반짝반짝 화창한 날이다. 종로1가. 버스에서 내려 관철동 쪽으로 길을 건넌다. 발바닥이 간지럽다. 간질간질 자꾸 허공에 떠오른다. 그럴 때마다 걸음의 속도를 줄이고 둥실 뜬 신체 일부가 지상에 살랑살랑 내려앉기를 기다린다.

은원을 만난다.

은원을 다시 만난다.

지난주에 논현동 클리닉에서 서먹한 두 시간을 함께 보냈고, 그 며칠 뒤인 일요일 오후에는 퇴원해 정릉 집으로 귀가하는 길을 몇몇 사람들과 함께 지켜주었다. 오늘이 세 번째 만남이다.

뜻하지 않았던 실종사건의 잡다한 소동과 마음고생들이, 느닷없이 밝혀진 사건의 전말과 이후의 크고 작은 혼란들이 말끔히 종결되고 남은 지금. 이제는 두 사람을 위한 시간이다. 두 사람만을 위해 새로 시작되는 시간이다. 배스킨라빈스 앞이다. 12시 반까지는 11분이 남아 있다. 건물과 건물 사이 좁은 골목에서 바람이 불어온다. 미지근한 6월 바람 속에 어떤 냄새가 섞여 있다. 올리브오일에 마늘과 말린 고추를 볶는, 근처 식당에서 흘러나오는 냄새다.

아이스크림가게를 등지고 서서 오가는 사람들을 바라본다. 삼삼오오 점심을 먹으러 가는 사람들을 지켜본다. 저편에, 드디어, 은원의 모습이 나타난다. 편의점 골목에서 돌아 나오는 은원과 눈이 마주친다. 차연 향해 반짝 손을 흔들어 보인다. 차연이 그보다 큰 동작으로 손을 흔들며 화답한다.

"안녕."

은원이다. 변함없는 은원이다. 변함없는 은원의 눈매다. 변함없는 은원의 목소리다. 변함없는 은원의 이마고 콧등이고 입술이다.

"일찍 왔어요?"

"아뇨. 방금 전에."

"……."

"몸은, 좀 어떤가요."

"좋아요."

"다행."

"몸은 늘 좋았어요. 머리가 가끔씩 어지러워서 그렇지."

"……."

"……."

"되게 오랜만이네요. 이렇게 만나는 거."

"아, 그래요?"

"따지고 보니 한 달 전이네. 제주도 갈 때 김포공항에서 만나고 제주도에서 돌아와서 김포공항에서 헤어지고, 그 직전에 마지막으로 봤던 게 6월 3일 토요일이었거든요."

"6월 3일."

"강남역에서 11시에 만나, 은원의 차를 타고 온종일 돌아다녔지요."

쓸데없이 이야기가 길어진다 싶지만 중간에 멈추기는 힘들다.

"북악스카이웨이를 한 바퀴 돌고, 서촌을 구경하다가 손뜨개질로 만든 주황색 동전지갑도 하나씩 사고, 저녁에는 세검정 만두전골집을 찾아가고. 그렇게 돌아다니면서 제주도 여행 계획도 세우고."

"……."

"가요. 점심 먹으러."

"그래요."

차연이 앞장선다.

"뭐 먹나요."

은원이 뒤따르며 차연의 왼쪽 팔꿈치를 잡는다. 엄지와 검지로 팔꿈치의 옷자락 끝을 살짝 잡았다가 놓는다. 은원 특유의, 팔짱을 끼는 것에 준하는 손버릇이다. 차연의 왼쪽 팔꿈치가 그 감각을 명징하게 기억한다.

"뭐 먹을까요."

"글쎄요."

"아침은?"

"안 먹었어요."

"나도요."

"……."

"뭐 먹지."

골목 좌우로 식당들이 이어지고 있다. 식당이라기보다 술집이다. 낮보다는 저녁시간이 더욱 활기찬 동네다. 아직 문을 열지 않은 곳도 많고 저녁과는 다른 종류의 점심 장사를 하는 곳도 종종 눈에 뜨인다. 개중의 한 곳에서 걸음을 멈추고 입간판에 적힌 메뉴를 바라본다.

"어때요?"

차연이 묻고 은원이 고개를 끄덕인다.

"난 좋아요."

고깃집이다. 저녁이면 불판에 삼겹살 목살 돼지갈비를 구워가며 술을 마시는 집이다. 편한 자리에 앉으세요. 직원이 물통과 컵을 들고 다가온다. 기름 연기 가실 날이 없는 공간인지라

나무 식탁 가장자리가 끈적끈적하다. 늘 그랬던 것처럼 차연이 은원과 자신의 자리에 냅킨을 깔고 숟가락 젓가락을 내려놓는다. 늘 그랬던 것처럼 은원이 컵 두 개에 부지런히 물을 채운다.

"뭐 드실래요."

은원이 메뉴판을 들여다본다. 나름 진지한 얼굴이다. 차연이 참지 못하고 덧붙인다.

"여기, 예전에 왔던 데예요."

"그래요?"

"작년 11월."

"아."

"이 집이 특별히 기억나는 게, 잠깐 사이에 음식 주문을 열 번 정도 했거든요. 정신없이."

"아니 왜요?"

"사연이 길어요."

"무슨 사연이기에."

"처음에는 내가 김치찌개, 은원이 육회비빔밥을 주문했어요. 그랬더니 일하는 분이 '김치찌개는 2인부터 주문 가능하다.'는 거예요. 그러자 은원이 '그럼 나도 김치찌개.'라고 했고, 나 역시 마음을 바꿨지요. '김치찌개 안 먹어도 돼요. 나도 비빔밥 먹을게요.'"

"……."

"그러자 직원 아주머니가 묻는 거예요. '육회비빔밥 두 개 드려요?' 그래서 내가 손을 저었어요. '아뇨, 저는 그냥 비빔밥 주세요.' '그럼 육돌 하나 그냥 돌솥 하나?' '예?' '육회비빔밥 나물비빔밥 전부 돌솥에 나오거든요. 손님은 나물돌솥 말씀하시는 거죠?' '예, 육회 안 들어간 거.' '예, 그렇게 하나씩 드릴게요.'"

"복잡하네."

"복잡하죠."

"그래서 결국, 나는 육회돌솥비빔밥을 먹고 차연은 나물돌솥비빔밥을······."

"아뇨."

"아니라고?"

"어렵게 주문받고 떠난 점원 아줌마가 돌아오더니 미안한 얼굴로 이러더군요. '손님 죄송한데요, 육회비빔밥 안 된다고 하네요. 재료가 떨어졌다고.' 그래서 다시 은원이 나섰지요. '그럼 비빔밥 말고 김치찌개 2인분 주세요.'"

"아하, 결국은 그렇게 김치찌개를······."

"아니요. 그 순간 갑자기, 알 수 없도록 김치찌개가 먹기 싫어지는 거예요. 오기가 난다고 할까, 김치찌개가 싫은 게 아니라 돌솥비빔밥이 맹렬히 먹고 싶어지더라고. '김치찌개 싫어요. 돌솥비빔밥 먹을래요. 돌솥 바닥에 누룽지, 갑자기 그게 먹고 싶어.' 그러자 은원이 흔쾌히 양보했죠. '그래요. 그럼 나도 돌솥비빔밥.'"

차연이 물 잔을 들어 한 모금 마신다.

"그렇게 돌아갔던 아주머니가 금방 또 돌아오더군요."

"아니 왜."

"저기요 손님들. 김치찌개랑 돌솥이랑 하나씩 드릴까요? 주방에 얘기했더니 김치찌개 1인분 해드릴 수 있다고 해서.'"

"와, 복잡하네요."

"장난이 아니죠."

"결국은 처음에 주문한 대로 김치찌개 하나랑 나물돌솥비빔밥 하나?"

"돌솥비빔밥 하나에 김치찌개 2인분. 아주머니가 양을 엄청 많이 주셨거든요."

"하하."

"이 정도면 특별히 기억할 만하지 않나요."

"그러네요. 작년 11월."

"함께 동묘에 가서 구제시장 골목을 구경하고 고기튀김을 사먹은 게 11월 26일 토요일이었거든요. 그 전 주 금요일이었을 거예요."

"어머나."

점심시간 끝난 골목은 아까보다 오가는 사람들이 더 줄었다. 큰길로 나선다. 탑골공원 쪽으로 횡단보도를 건넌다. 인사동 가는 길을 걷는다. 걷다가 악기점 옆의 프랜차이즈 찻집에 들어선다. 예전에 은원과 한 번 왔던 곳이다. 1층 지나 2층. 그 넓은 실내에 빈자리가 한 곳도 없다. 3층까지 올라가서야 좁은 테이블

을 겨우 차지한다. 메고 있던 가방을 내려놓은 차연이 다시 1층
으로 향한다. 그 전에 묻는다.

"뭐 드실래요."

"같이 가요."

"화장실 좀 다녀오려고요. 뭐 마실 건가요."

"나는……."

은원이 눈을 반짝인다.

"맞춰봐요. 함께 밥 먹고 찻집 왔을 때, 평소에 내가 뭘 마시던
가요."

차연은 갑자기 웃음이 나올 것 같다.

"무조건 아이스아메리카노."

은원이 고개를 젓는다.

"라떼 마실래요. 따뜻한 거."

"라떼?"

"시럽은 두 번. 아니 세 번."

"알았습니다."

"갑자기 단 게 땡기네. 생리하니까."

그러더니 헤헤 웃는다.

"우리, 이렇게 편하게 말하는 사이 맞나요?"

3층 창가 자리에서 차를 마신다. 함께 밥을 먹고 함께 찻집으
로 자리를 옮겨 저마다의 찻잔을 앞에 두고는 창밖 오후를 함
께 바라본다. 열 번을 만나면 예닐곱 번은 의례적으로 맞이해온

일상이다. 불과 몇 주 전만 해도 그다지 소중한 줄 몰랐던 일상의 조각이다. 불과 며칠 전만 해도 두 번 다시 그럴 수 있을까 그립고 아프던 세상 속 풍경이다. 창밖으로 덩치 큰 골든리트리버 두 마리가 보인다. 커다란 개들을 앞세운 채 노부부가 걷는다. 목줄을 쥐고 천천히 그 뒤를 따른다. 차연이 재차 제주도 여행 이야기를 꺼낸다. 기억을 잃기 전, 가장 최근에 함께했던 시간들에 대해 이야기한다. 애월에서의 첫날을, 성산과 우도에서 전기자전거를 타고 달리며 만난 풍경들을, 서귀포 둘레길을.

"그런데요, 기억력이 원래 그렇게 좋은 편인가요?"

4박 5일 장황한 일정이 끝나갈 즈음 은원이 묻는다.

"어쩌면 그렇게 조목조목 시간순으로 세세한 것까지……. 미리 정리하신 건가요? 나한테 이야기해주려고?"

"잡스러운 것들에 유난히 집착하는 편이거든요. 머릿속에 서랍장이 많이 있어서 그런 것들을 차곡차곡 정리해두는 게 취미죠. 변태처럼."

"그런 거 같네요, 변태."

"더 해볼까요? 2021년 9월 19일부터 지금까지 우리가 몇 번을 만났는지. 어느 날 언제 어디서 만나 그날 하루 뭐 하고 지냈는지. 아니면 2021년 10월 22일부터."

"2021년 9월 19일? 10월 22일?"

"우리가 처음 만난 날이에요. 우리가 사귀기로 한 날이고."

"나중에 이야기해주세요. 천천히 조금씩. 오늘은 여태 들은 이야기만으로도 배가 터질 것 같으니까."

찻집을 나와 금강제화가 있던 건물 앞 사거리에 선다. 차연이 택시를 부르려 하자 은원이 아니라며 손을 젓는다. 버스를 타겠다고 한다. 기억이 원활히 돌아오려면 사람 많은 곳에서 많이 걷고 많이 움직이는 게 좋다고 의사가 말했단다. 정류장까지 함께 걷는다. 어느덧 퇴근 나절이다.

"오늘 재미있었어요."

은원의 한마디에 차연은 하루의 피곤이, 피곤할 일도 없었지만, 비 맞은 눈처럼 녹아내리는 기분이다.

"다음에 더 재미있고 유익하게."

"기대할게요."

"정말 혼자 갈 수 있겠어요?"

"물론이죠. 공부 많이 했어요. 걱정 마세요."

"집에 가면 뭐 할 건가요."

"누워야죠."

은원이 입가를 찡그린다.

"타이레놀 하나 먹고. 아 허리 아파."

"아이고."

"잘 가요. 오늘 재미있었어요."

은원이 손을 내민다. 차연이 그 손을 잡는다. 가볍게 악수를 주고받는다. 은원의 오른손, 검지와 엄지 사이, 작은 자국이 있다. 초승달과 별 무늬가 어우러진 검은색 그림.

"타투를 했더라고요."

자신의 손을 바라보는 차연의 시선을 향해 은원이 중얼거린다. 남의 이야기 하듯. 차연에게도 물론 익숙한 타투다. 익숙한 정도가 아니다. 그런데, 어? 놓으려던 손을 다시 쥔다. 짧은 순간 유심히 살핀다. 무늬를 자세히 들여다본다. 이상하다. 뭔가 이상하다. 차연의 얼굴이 굳는다. 이상한 일이다. 해괴한 일이다. 그럼에도 따져들지 않고 스르르 은원의 손을 놓는다. 조금씩 굳어가는 얼굴을 어색한 미소로 감춘다.

"알죠."

"……."

"작년 2월에 한 거예요."

"그래요?"

좁고 깊은 함정에 한쪽 발목이 풀썩 빠지고 만다. 눈앞의 장면을 어떻게 이해하고 받아들여야 할지 알 수 없다. 하지만 내색을 해서는 아니 된다. 어떤 이유에서건 은원에게 혼란을 줄 수 있는 행동을 해서는 아니 된다. 지금 가장 중요한 문제는 그것 하나뿐이다.

25

토요일 오후, 잠실 종합운동장 주경기장 안쪽 공터. 흐린 날이다. 어제는 온종일 비가 쏟아졌지만 오늘은 잠시 그쳐 있다. 덕분에 일주일에 한 번 있는 스쿼럴 멤버들의 오프 모임이 성사되었다. 오늘도 20명 넘는 회원들이 출석해서 삼삼오오 무리를 이루고 있다. 담벽과 난간, 계단, 철봉 등 일상 속 지형지물을 이용한 기어가기(Crawling), 뛰어넘기(Vaulting), 통과하기(Passing), 구르기(Rolling), 도약하기(Jumping), 올라가기(Climbing) 등 기본자세와 그로부터 파생된 다양한 난이도의 기술들을 반복해서 배우고 익히는 중이다. 10대부터 30대까지, 열정적이고 진지하면서도 간간이 터져 나오는 웃음소리가 더없이 밝은 분위기다. 오늘은 차연도 간만에 모임에 출석했다. 지금은 멀찌감치 떨어진 곳에 앉아서 그 모습들을 지켜보고 있다.

"그래도 다행이다. 돌아왔잖아."

수이의 미소가 축하 인사만큼이나 애매하다. '거봐 내가 뭐랬어. 은원 언니, 곧 돌아올 거라고 했지? 모든 게 예전대로 돌아갈 거라고 했지? 내 말 믿으라고 했지?' 아마도 수이는 그렇게 의기양양 떠들어댔을 것이다. 이런 경우가 아니라면, 베르니크 코스타로프 증후군이 아니었다면, '내 기도가 단숨에 통했군. 술사.'라며 자기 일처럼 기뻐했을 것이다.

"오빠가 마음이 여러모로 복잡하겠네. 그래도 기운 내. 이제 더 이상 걱정 안 해도 되는 거잖아. 그게 어디야."

"되게 이상하겠다. 기억상실증이라는 거, 영화에서나 봤는데."

민규가 조심성 없이 껴든다.

"느낌이 어때? 나를 전혀 기억 못 하는 사람을 예전처럼 상대하는 느낌이. 낯설어?"

차연이 고개를 갸웃.

"낯설지는 않아. 그건 아니야. 아니지만……."

"예전 같지 않겠지. 당연히 그렇겠지. 하지만 어쩌겠어. 은원 언니가 그러고 싶어서 그러는 것도 아니고."

다시 수이.

"잘 해줘. 오빠도 힘들겠지만, 신경 좀 많이 써줘. 나아질 거야. 예전과 똑같아지기는 어려울지 모르지만, 시간 지나면 지금보다는 더 좋아질 거야. 분명히. 안 그래?"

"그래. 그래야지."

"갑자기 옛날 그 드라마 생각난다."

민규가 중얼거리고 수이의 눈매가 날카로워진다.

"또 무슨 헛소리를."

"장서희 나왔던 거 있잖아. 아내의 의혹인가. 똑같은 사람인데 사라졌다가 눈 밑에 점 하나 새로 찍고 나타나는 거."

"이 상황에 그런 농담을 꼭 해야 해?"

"꼭 해야 한다기보다, 그냥, 갑자기 생각이 나서."

"하여튼."

은원은 정말 은원일까. 기억만이 사라졌을 뿐 예전 은원과 같은 사람일까. 차연이 혼란스럽다. 또는 두렵다. 은원을 다시 만난 이후로 하루 또 하루, 어느결에 나쁜 풀처럼 싹트고 자라고 번진 혼란이다. 곁에서 걱정해주고 격려해주는 친구들이 눈치챌까 봐 혼란스러운 두려움이다.

차이.

보이지 않는 차이.

은원을 다시 만나, 많이 반갑고 조금 서먹한 속에서, 어딘지 이상하다는 마음을 지울 수 없었다. 모르는 사람들은 모르고 넘어갈 수 있지만 차연으로서는 미세하게나마 껄끄러운 느낌으로 남겨지는 찰나들. 콕 찍어 이야기하기는 힘들지만 아프도록 외면하기 힘겨운 다름과 차이의 순간들. 그러나 모른 체했다. 일단은 그래야 할 것 같았다. 살아온 기억을 송두리째 잃고 만 사람이니 당연히도 그러하겠지. 이를테면 큰 내과수술을 마치고 며칠 만에 회복한 사람도 종종 외모가 변하고 성격마저 변하는 경우가 흔한데 예전과 전혀 아무런 차이가 없다면 그게 이상한 일이겠지. 그러나 은원의 오른손에서 다시 타투를 만났을 때 더 이상 어떤 식의 변명도 변호도 쉽지 않았다. 엄지와 검지 사이에 조그맣게 어우러지는 초승달과 별 그림. 작년 4월. 은원의 서른네 번째 생일에 함께 홍대에 가서 했던 타투. 그 속에 이해 못할 차이와 다름이 존재했다. 지난번보다 초승달이 더 컸고 지난번처럼 아래편으로 치우쳐야 할 별은 초승달 옆에 나란히 있었다. 작은 차이를 한눈에 알아본 것은 선택의 기억 때문이었다. 타투가게에서, 거의 비슷한 두 종류 도안을 두고 은원과 의견을 나눈 기억 때문이었다.

"차연 형."

스쿼럴의 막내 지호가 뛰어온다. 중학교 3학년. 나이는 제일 어리지만 어마어마한 운동신경을 소유한, 장차 대한민국 파쿠르 종목을 이끌어갈 가능성이 큰 친구다. FC서울 유스팀에서 주전 미드필더로 뛰고 있는 축구선수기도 하다.

"누가 왔는데요."

차연이 고개를 쳐든다.

"응?"

"형을 찾아요. 여기 계신 거 알고 있다고."

"누군데."

"몰라요."

"……."

"저기, 저분들."

잠실 주경기장 관리소 사람들인가. 저번에도 스쿼럴 식구들이 이곳 공터에 모여 훈련하는 문제를 두고 안전사고 운운하며 안 좋은 소리를 들은 적이 있다. 사정사정해서 겨우 허락을 받은 적이 있다. 고개 들어 지호가 손짓하는 곳을 바라본다. 그러고는 눈을 의심한다. 앉은 자리에서 슬그머니 일어선다. 소현정. 며칠 전에 은원의 어머니와 함께 만났던 은원의 고모다. 작은 키. 짧은 파마머리. 검은 바지에 연회색 블라우스까지 며칠 전 그대로다. 상상도 못 한 일이다. 이해할 수 없는 일이다. 누군가 이곳으로 차연을 찾아왔다는 사실도 뜻밖이지만 그게 은원의 고모라니.

26

4일간의 추석 연휴가 시작되던 다음 날 그 시간, 은원은 3층 휴게실에 나타나지 않았다. 6시 반부터 7시 50분까지 주어지는 저녁 휴식시간이 끝나도록 은원을 만날 수 없었다. 그러고는 지긋지긋한 야간 근무가 재개되었다. 여기서 내일 다시 만나요. 그런 약속을 나눈 적이 없었음에도 차연은 뭔가 속은 기분이었다. 왜냐하면, 이라고 할 수는 없지만, 그날 오후 집을 나와 경기도 가장 외진 곳에 위치한 지하철역에서 복합물류센터까지 가는 승합버스를 기다리며 은원 생각을 세 번인가 했던 때문이다. 다음 날도 마찬가지였다. 오후 늦게 출근해서부터 야간 근무 끝나고 사람들 가득한 심야버스에 올라탈 때까지, 휴게실을 비롯한 물류센터 어디에서도 은원을 만날 수 없었다.

그만둔 모양이군.

시급이 비교적 괜찮고 다음 날 어김없이 입금되는 반면에 일은 따분한 데다 힘들고 교통 환경마저 좋지 않은 물류센터 아르바이트 자리는 매일 들고나는 사람들 숫자가 극히 변덕스러웠다. 한 달 넘게 일하는 사람이 있는가 하면 단 하루 왔다가 그만두는 사람도 태반이었다. 당장 내일을 기약할 수도 그럴 이유도 없는 세상이었다. 그저께가 마지막이었구나 싶었다. 다시는 만날 일 같은 건 없겠구나 싶었다. 다시는 만날 일 같은 건 없을 사람이 그런데 이상하게도, 자꾸 생각났다. 뭔가 이야기할 때 어딘지 유난하던 그 입술 모양이 자꾸 생각났다. 도대체 왜 이러지 싶었다. 이러다가 하루 이틀 지나면 말겠지 싶었다.

27

여전히 흐린 날이다. 비가 올 것 같지는 않다. 등 뒤 어디선가 환호성과 휘파람 소리가 터져 나온다. 스쿼럴 멤버 가운데 누군 가 고난이도 기술에 도전해서 끝내 성공한 모양이다.

"어, 안녕하세요."

"잘 지냈나요."

소현정은 웃지 않는다.

"여긴…… 어떻게……."

"차연 씨를 만나러 왔지요."

"아 예에."

"미리 말씀드릴게요. 우린 오늘 만난 적 없는 거예요. 언제 어디서도."

"예?"

"자, 이쪽으로."

그녀를 뒤따라 몇 걸음 걷는다. 옥외주차장 구석, 검은색 11인
승 스타렉스가 세워져 있다. 다가가자 슬라이딩 도어가 스르륵,
미끄러진다.

"타세요."

소현정이 먼저 조수석에 앉고 차연이 2열에 올라탄다. 문이
닫히고 차내에 감쪽같은 어스름 고요가 내려앉는다.

"안녕하세요."

운전석에 누군가 앉아 있다. 그가 고개 돌려 차연에게 인사한
다. 소현정보다 작은 체구, 피로에 지친 얼굴.

"남편이에요."

차연이 자세를 고쳐 앉는다.

"아, 그럼 고모부님?"

"……."

"……."

소현정도 운전석의 남자도 가타부타 대답하지 않는다. 차연
이 내심, 뭔가 말실수를 한 것일까, 걱정스럽다.

"갑자기 찾아와서 죄송해요. 전화로 드릴 말씀은 아니라서."

소현정이 뒤도 돌아보지 않고 말한다.

"확인하고 싶은 게 있어서요. 급하게."

"확인……이요?"

"신중히 생각하고 대답해주세요. 아주 중요한 문제니까."

소현정은 며칠 전에 만났던 소현정이 아닌 것 같다. 소현정을 많이 닮은, 알 수 없는 이유로 화가 난, 다른 사람 같다.

"은원이가 행복하기를 바라나요."

"아."

"장차 어떠한 경우건, 은원이를 여전히 은원이로서 이해해주고 아껴줄 수 있나요."

이상하다. 이상한 일이다. '은원이가' 첫 마디에 명치 아래를 세차게 얻어맞은 느낌이다. 묵직하게 아프다. 갑자기 눈물이 날 것 같다. 갑자기 은원이 그리워진다. 소현정의 언어 속에 대체 어떤 비결이 숨어 있는 것일까. 은원의 오른손 엄지와 검지 사이에 작게 자리 잡은 달과 별. 그 미세한 차이로부터 비롯되었던 방금 전까지의 혼란이 거짓말처럼 사라지고 있다. 다만 목이 메도록 은원이 보고 싶다.

"……물론입니다."

"반가운 대답이군요."

"……."

"좋아요. 그렇다면 은원이를 위해서, 은원이와 차연 씨 모두를 위해서, 차연 씨가 해줄 일이 하나 있어요."

"뭔가요."

"쉬운 일이에요. 조금 복잡하긴 하지만."

반으로 접힌 종이쪽지를 내민다.

"다음 주 화요일. 7월 11일이에요. 여기 적힌 곳으로 은원이를 데려오세요."

"……."

"정각 4시. 시간 맞춰 그곳에서 만나요. 이 차를 타고 3분 정도 이동할 거예요. 최종 목적지에 도착하면, 그때 모든 게 충분히 설명될 거예요."

"그게 다인가요."

"일단은 그래요."

"어렵지 않군요. 그런데……."

"일요일쯤 은원이에게 전화해서 약속을 잡으세요. 화요일 오후에 만나자고 하세요."

"……."

"선약이 있다고 할 거예요. 저녁에 약속이 있어서 곤란하겠다고."

"선약?"

"그래도 잠깐 보자고 하세요. 3시쯤 집 근처로 갈 테니 얼굴만 잠깐 보자고. 어떤 핑계를 대서라도 꼭 나오게 하세요."

"……."

"지하철을 타고 세화역까지 이동하세요. 세화역 4번 출구로 올라가서 곧장 택시를 잡으세요. 우리가 만나기로 한 장소까지 택시로 2분 거리니까 시간 조절을 잘하셔야 해요. 나를 만났었다는 말도 나를 만나러 가는 길이라는 말도 하지 마세요. 중간에 뭔가 이상한 낌새를 눈치채지 않도록 하세요."

"……."

"하필 7월 11일로 정한 것은, 바로 그날 저녁 은원이에게 중요한 일정이 있는 때문이에요."

"예?"

"그게 예정대로 진행되어서는 안 돼요. 우리가 보여주려는 진실이, 은원과 차연 씨가 알아야 할 세상이 바로 그 지점과 긴밀하게 연결되어 있어요. 막아야 해요. 기회는 한 번뿐이에요."

"도대체…… 이해가 가지 않는군요."

"이해는 나중에 하세요. 그럴 시간이 있을 거예요."

"……."

"어때요. 할 수 있겠어요?"

"어렵지는 않을 것 같지만."

외부와 완벽히 차단된 차 안의 어스름이, 고요가, 조금씩 불편해지고 있다.

"자, 이거."

소현정이 이상한 물건을 건넨다. 여러 겹의 은박지와 비닐로 만든 봉투 혹은 주머니다. 그렇게밖에는 설명할 수 없는 물건이다.

"지하철을 타기 전, 은원에게 핸드폰을 잠깐 달라고 하세요. 여기 넣고 입구를 잘 봉해주세요. 그리고 나를 만날 때까지 절대 돌려주지 마세요."

"핸드폰은 또 어째서."

"위치추적기능 무력화."

"위치추적?"

차연이 긴 숨을 들이마신다.

"설명을 좀 해주세요. 이게 무슨 일인가요. 도대체 무슨 일이 벌어지고 있는 건가요."

소현정이 앉은 채 몸을 돌려 뒷좌석을 바라본다. 종잡을 수 없는 눈빛이다.

"은원이에게 출생의 비밀이 있어요."

"……."

"아프겠지만 이제 은원이가 알아야 해요. 그래야 파멸을 막을 수 있어요."

"혹시, 어어, 베르니크 코스타로프 증후군 말씀하시는 건가요."

"전혀 다른 이야기예요."

말문이 막힌다. 운전석의 남자, 이인태가 오랜 침묵을 끊는다.

"은원과 차연. 두 분만이 희망입니다. 우리 모두를 위해서. 세상을 위해서. 하지만 믿어달라는 말은 하지 않겠습니다. 믿음이란 그렇게 생기는 게 아니니까."

소현정이 껴든다.

"알아두셔야 할 게 있어요."

"또 뭔가요."

"차진선은 은원의 어머니가 아니에요. 나 역시 은원의 고모가 아니고."

"예?"

"저번에 차진선과 나를 만났던 일. 만나서 주고받았던 이야기들. 모두 무시하세요. 가짜였으니까. 모두 거짓말이었으니까."

"……."

"어떤가요. 이 정도 솔직함이면 우리를 믿고 따라와도 될 것 같지 않은가요."

28

또 하루가 지났다. 물류창고에서 일한 지 9일째 되는 날이다. 늦잠에서 깨보니 12시 30분. 미친 듯 서둘러야, 씻지도 않고 점심도 생략하고 부지런히 집을 나서야 늦지 않게 물류센터에 다다를 수 있을 터였다. 그런데 목이 아팠다. 몸살 기운인지 몸도 무거웠다. 다시 말해 일하러 가기 싫었다. 돈이야 늘 필요한 것이고 늘 더 있을수록 더 좋은 것이었지만 누구처럼 하루도 빠지지 않고 출근 도장을 찍거나 적어도 한 달은 그곳 알바를 채우겠다는 다짐 같은 것은 해본 적 없었다.

관두자. 이만하면 충분해. 충분히 애썼어.

다시 자리에 누워 잠이 들었다. 간만에 늘어지도록 낮잠을 잤다. 한참 만에 전화가 잠을 깨웠다. 반지하 방 안에 어스름이 찾아드는 시간이었다.

—안녕하세요.

저장되지 않은 번호.

—혹시 저 기억하나요.

돌이켜보면 이상한 대사였다. 저 기억하나요. 돌이켜볼수록 야릇한 대사였다.

—3층 휴게실.

"어?"

차연이 손에 든 폰을 새삼 쳐다본다. 플라스틱 케이스 안에 전자부품이 가득 들어찬, 까맣고 네모지고 납작한 물체로부터 이 순간의 찬란한 비밀을 엿보려는 사람처럼.

"그런데 이 번호는 어떻게."

—관리팀에 물어봤어요. 개인정보는 알려줄 수 없다고 하는 거, 겨우 사정해서 알아냈어요. 이 사람과 지금 꼭 통화를 해야 한다고. 아니면 누군가 죽는다고. 그만큼 절실한 일이라고.

"죽긴 누가 죽나요."

—그렇게 우겼다고요.

"관리팀이라면, 어, 오늘 물류 아르바이트 가신 건가요?"

—예.

"아아……."

—휴게실에 왔는데 안 계시기에.

시간을 확인한다. 어느새 저녁이다. 저녁 7시다.

─집이세요?

"예."

─여기 알바 그만둔 건가요.

그건, 아, 내가 묻고 싶었던 말이군요.

"모르겠어요. 12시 넘게까지 늦잠을 자고 일어났는데, 몸살 기운도 좀 있는 것 같고, 그래서 에라 모르겠다 하고 제꼈죠. 여태까지 실컷 잤어요."

─꿀잠 주무셨네.

"덕분이 몸이 가뿐하네요 아주."

─잘했어요.

"……."

차연이 궁리한다. 하고 싶은 말을 어떻게 시작하면 좋을지 궁리하고, 그 말을 섣불리 꺼내도 좋을지 더불어 궁리한다.

"어제는 나갔거든요. 어제는…… 안 나오셨던 것 같던데."

─맞아요. 어제는 안 갔죠.

"그저께도."

─그저께도 안 갔고요. 잘 아시네.

만날 줄 알았거든요. 그런데 계속 안 보이기에, 그런가 보다 생각했지요. 다시는 만날 일 같은 건 없겠구나 싶었지요.

─그럼 내일은, 혹시, 어떻게 하실 생각인가요.

"내일?"

글쎄요. 일주일 했으면 충분한 것 같아서. 차연이 그렇게 대답하지 않는다. 대신에 유치한 질문을 궁리해낸다.

"은원 님은요."

그러자 빠른 대답이 돌아온다.

―저는 나갈 거예요.

유치한 질문을 기다렸던 것처럼.

―내일이면 4일 채우거든요.

"4일?"

29

7월 11일. 화요일. 덥고 햇빛 쨍한 날이다. 정릉 성신여대 근처
에서 은원을 만난다. 오후 3시 2분. 동네에서 가장 크고 오래된
베이커리가 있던, 얼마 전에 패스트푸드 체인점이 들어선 그 건
물 앞에서 만나서 큰길 방향으로 부지런히 은원의 팔을 잡아끈
다. 은원은 영문 모르는 얼굴이다. 이렇다 할 설명도 해명도 듣
지 못한 채 근처의 지하철역으로 거의 끌려가듯 한다. 어디 가
나요. 개찰구를 지나 승강장을 향해 계단을 내려가며 거의 끌려
가듯 하며 은원이 두 번을 묻는다. 차연은 대답하지 않는다. 못
들은 척 딴소리를 늘어놓는다. 한강공원 편의점에서 끓이는 라
면, 먹어보고 싶다고 하지 않았나요. 아, 지금 당장 가자는 건 아

니고.

열차가 출발한다. 두 정거장, 세 정거장째를 지나쳐 간다.

영문 모르던 얼굴이, 울지도 웃지도 못하던 표정이 조금씩 울상으로 일그러진다.

"도대체 지금 어디 가는 건가요. 얼굴만 잠깐 보기로 했던 거 아닌가요."

차연은, 차연 역시, 안절부절 괴롭다. 뱃속이 미칠 듯 간질거린다. 아닌 척하고는 있지만 미안한 마음에 은원을 제대로 쳐다볼 수조차 없다. 짧지 않은 시간들이 어서 지나가주기만을 바랄 뿐이다.

"내 핸드폰 돌려줘요. 차연, 되게 이상해요."

"10분만요. 10분만 참아줘요. 부탁이에요."

"아까도 10분이라고 했잖아요. 10분 전에도."

"……."

"어디 가는 건데요. 멀어요?"

"멀지 않아요. 거의 다 와가요."

"어디기에 얘기도 안 해주고. 참 이상하네."

"미안해요. 나중에 다 설명할게요."

"오늘은 안 된다고 했잖아요. 저녁에 중요한 약속이 있다고."

"알아요. 오늘 바쁘다는 거. 하지만 그 이상으로 중요한 이유가 있어요. 공연히 이러는 게 아니에요. 나 좀 믿어줘요."

"이유가 뭔데요. 갑자기 왜 이러는 건데요."

"가보면 알아요. 지금은 말할 수 없지만, 나중에는 다 이해할 수 있을 거예요."

"이러려고 오늘 만나자고 한 거예요? 이러려고 다 속이면서 만나자고 한 거예요?"

"그런 거 아녜요. 속이다니. 사실을 말하지 않았을 뿐이에요."

"차연 정말 이상해요. 핸드폰, 정말 안 돌려줄 건가요."

열차가 속도를 줄이다가 이내 멈춰 서고, 문이 열리고, 승객들 몇이 내리고 타고, 다시 출발한다. 진땀 나는 반복이 거듭되며 은원의 얼굴이 점점 어두워지고 있다. 차연 역시 갈수록 마음이 편치 않다. 차라리 한 대 얻어맞으면 속이 시원할 것 같다.

"미안해요. 은원을 힘들게 하고 싶지 않아요. 정말이에요. 하지만 달리 방법이 없어요. 나도 힘들어요. 이럴 수밖에 없는 지금 이 상황이 힘들어 죽겠어요."

"참 나, 도대체……."

"다 왔어요. 다음 정거장이에요."

"확실해요?"

세화역. 함께 열차에서 내려선다. 계단을 걸어 올라가고 개찰구를 통과하고, 방향을 잠깐 헤맨 끝에 4번 출구로 향하는 에스컬레이터에 발을 올려놓는다.

"여기가 어디람. 세화역? 내가 못 살아."

은원이 칭얼거린다. 이제 거의 다 끝나가는구나 싶은 그때, 뜻밖의 아찔한 상상 하나가 나무토막처럼 차연 안에 날아와 박힌다. 이게 아니면 어쩌나. 이게 옳은 일이 아니라면 어쩌나. 은원을 위해서, 그런 믿음으로 무리하게 벌이는 이 행위가 도리어 난처한 결과로 이어지면 어쩌나. 알고 보니 그들이 이상한 사람이었다면. 그들에게 감쪽같이 속고 만 것이라면, 그들이 꾸미는 음모가 은원과 차연 모두를 위험에 빠뜨릴 만한 종류의 것이라면 이 사태를 어쩌나.

4번 출구. 마침 빈 택시 한 대가 대기 중이다. 달리 방법이 없다. 무시무시한 상상의 꼬리를 무조건 잘라내는 수밖에.

"뭐야, 택시를 또 타요?"

"기본요금 거리예요. 가까워요. 맹세."

"미치겠네."

두 차례 신호대기까지 포함해 6분을 달린 끝에 여의도 SB타워에 도착한다. 지하 3층으로 향한다. 택시에서 내려선 차연이 은원의 손을 잡고 걷는다. 꼭 잡고 부지런히 앞장선다. 조마조마 가슴이 터질 것 같다. 은원은 더 이상 아무 말도 하지 않고 있다. 그 표정이 어떻게 일그러져 있을지 뒤돌아볼 자신이 없다. 지하주차장은 한없이 넓고 어둑하다. 두 사람의 발소리만 자박자박 이어지는 중이다. 오래지 않아 P3-W22 구역을 찾아낸다. 쪽지에 펜글씨로 적혀 있던 글자다. 구석 자리의 검은 스타렉스를 쉽게 알아본다. 시간을 확인한다. 약속보다 4분이 늦어 있다. 시동 꺼진 스타렉스의 전조등이 한 차례 깜박인다. 조수석 문이 열리고 소현정이 나타난다.

"고모?"

은원이 하얗게 놀란다.

"왔구나."

"아니 고모, 여기 어떻게……."

소현정이 미소 짓는다.

"놀랐지?"

"세상에."

"오는 데 힘들지 않았고?"

놀란 은원이 차연과 소현정을 번갈아 바라본다. 운전석 문이 열리고 이인태가 모습을 드러낸다. 은원 향해 어정쩡하게 손을 흔들어 보인다.

"어머나. 고모부까지?"

은원이 다시 놀란다.

"그럼 여기…… 여기서 나를 만나려고 했던 거예요? 처음부터?"

얼이 쏙 빠지고 만 은원의 두 손을, 소현정의 두 손이 꼭 잡아준다.

"그러면 차연 씨가, 그래서 갑자기, 여기까지 나를?"

"그런 셈이야. 내가 특별히 부탁 좀 했지."

"아니 도대체……."

"말하자면 좀 길어."

"……."

"어쨌거나 반갑다. 이렇게 몰래 보니까 더 좋다 얘."

"고모도 참."

느닷없는 눈물이 주르륵, 소현정의 뺨을 타고 흘러내린다.

"아이고."

소현정이 중얼거리며 손등으로 거칠게 눈물을 훔친다. 코피를 닦듯.

"고모. 왜 울어요."

"반가워서."

놀라운 장면이다. 뜻밖의 반전 같은 장면이다. 혼란한 노릇이지만 지켜보는 차연으로서는 충분히 뭉클한 장면이다. 세화역 4번 출구로 은원의 손목을 잡아끌던 즈음 돌연 나무토막처럼 가슴에 날아와 박히던, 어느 끔찍하던 의심이 삽시간에 녹아내리는 장면이다.

"한번 안아보자."

소현정이 와락 은원을 끌어안는다. 뭔가 위로해주려는 사람처럼, 다급하게 위로를 구하는 사람처럼, 은원의 어깨에 얼굴을 묻는다. 영문 모르는 은원이 소현정의 어깨를 가만가만 다독인다. 자신은 은원의 고모가 아니라고 소현정은 말했지만 은원은 아직 그 사실을 모르고 있을 것이다. 차연은 헷갈린다. 지난번에 봤던 소현정은 명동 근처 호텔 커피숍에서 처음 만났던 소현정과 비슷하지만 어딘지 조금 다른 소현정이었고 오늘 보는 소현정은 잠실 주경기장 주차장에서 두 번째로 만난 소현정과 비슷하지만 어딘지 많이 다른 소현정이다.

"갑시다."

이인태가 조심히 타이른다.

"시간이 없어요. 당신이 그러면 안 되지. 응?"

그러고는 운전석에 먼저 오른다. 스타렉스가 이내 잠에서 깨어난다. 전조등이 켜지고 나직한 엔진 소리가 이어진다. 소현정이 눈가에 검게 번져가는 눈물을 닦으며 웃는다. 안쓰럽게 웃는다.

"내가 참 주책이네."

은원의 두 손을 다시 두 손으로 꼭 잡는다.

"은원아."

"말해요 고모."

"나는, 우리는, 무조건 네 편이야. 알아?"

"……."

"이제 다 보여줄게. 전부 보여줄게."

"뭘 보여줘요?"

"비밀. 네가 꼭 알아야 할."

"비밀?"

"너희 엄마도, 병원 사람들도, 그 누구도 말해주지 않은 비밀이 있어. 견디기 힘든 비밀이야. 끔찍한 비밀이야. 하지만 꼭 알아야 할 비밀이야."

"고모……."

"많은 이들이 원치 않는 일이지만, 그 세계를 바로 접하고 온

155

전히 이해해야 해. 그래야 은원이 네가 진정한 너로 다시 설 수 있어. 그래야 너의 한순간 한순간이 진정한 의미를 찾아갈 수 있어."

"……."

"시간이 없어. 어서 가자."

"어디로요?"

"진실이 살아 있는 곳으로."

소현정이 은원의 팔을 부축해 그녀가 뒷문으로 올라탈 수 있도록 돕는다. 그러고는 차연을 돌아본다.

"같이 갈 거죠?"

30

물류창고에서 일한 지 딱 10일째 되는 날이다. 전날 하루를 빼먹었으니 횟수로는 여전히 9일 차. 저녁 휴식시간 시작된 D동 3층 휴게실에서 차연과 은원이 다시 만난다. 세 번째다. 첫째 날이 바나나였고 둘째 날이 클럽샌드위치였다면 이날의 주제는 도시락. 그로 인해 차연이 잠시 난감해진다. 그럼 내일 휴게실에서 보시자, 고 했을 때, 저녁은 자기가 준비하겠다, 고 했을 때, 그러시라고 대충 넘어갔지만 집에서 싸온 도시락이라니 상상도 못 한 경우다. 유부초밥 두 줄과 비엔나소시지와 방울토마토와 오이지무침이 한데 담긴 도시락에 차마 젓가락 가져가기가 조심스럽다. 그 와중에 은원의 느닷없는 고백까지 이어진다.

할 말이 있다고. 하지 않아도 그만이지만, 그랬다가는 나중에 후회될 것 같다고.

"어쨌거나 미안해요. 따지고 보면 미안할 것도 없지만."

"그런데 뭐가 미안한가요. 미안할 것도 없다면서."

"뭔가 속인 것 같은 기분도 괜히 들고."

"속은 거 없는데."

"그동안 아르바이트를 한 게 아니었어요."

"예?"

"물류창고 시급 일용직으로 일한 게 아니었다고."

"그럼 뭔가요."

"업무 때문에 온 거죠. 교육받으러."

"무슨 말씀이신지."

"퍼플마켓이라고 아시나요. 1인 가구 전문 인터넷쇼핑몰."

"들어봤어요."

"거기서 일해요. 올해 초에 입사했어요."

"아."

"신입으로 들어오면 정해진 물류창고에 가서 정해진 날짜 동안 일을 해야 하거든요. 어느 팀 직원이건 상품 입출고되고 배송되는 과정을 기본이라도 알아야 한다는 대표님 지시에 따라서."

"4일 채운다는 게 그런 뜻?"

"맞아요."

은원이 잠시 할 말을 고르고 다듬는다.

"이 이야기, 꼭 해야 할 것 같았어요. 하지 않아도 그만이지만, 그랬다가는 나중에 후회할 것 같았어요."

"말해줘서 고마워요."

마침내 차연이 일회용 나무젓가락을 쪼개고 용감하게 유부초밥을 집어 든다.

"하지만 후회까지야."

"왜냐하면 그게……."

집어 든 것을 통째로 한입 넣는다. 작지 않은 크기다.

"앞으로 못 볼 테니까요. 내가 여기 올 일이 없을 테니."

입안에 가득 찬 것을 씹느라 얼굴이 심하게 구겨진다.

"계속 못 본다면, 그렇다면 나에 대해서 잘못 이해하고 계시는 상태가 끝도 없이 지속되는 거잖아요. 그러다 보면, 요컨대 언젠가는 여기 알바를 하다 말고, 불현듯 나를 떠올릴 수도 있는 거잖아요. 그때 그 사람이 아주 그만둔 건지 궁금해진다든가. 나중에 언제 휴게실에서 다시 마주치지 않을까 내심 기대해본다든가. 뭐 그러지 않을 수도 있겠지만. 어쨌거나 그런 경우라면, 내가 괜히 미안해지는 거잖아요."

우물우물 힘겹게 유부초밥을 삼켜 넘긴다. 그리고 내내 궁리했던 한마디를 꺼내놓는다.

"맛있어요."

31

승합차 안에 이인태 말고도 두 사람이 더 있다. 개중에 한 남자는 방송국 로고가 붙은 카메라를 어깨 위에 올려놓았다. 덕분에 차 안이 훨씬 더 비좁게 느껴진다. 카메라를 메지 않은 남자가 은원을, 그리고 차연을 향해 밝고 명랑한 인사를 건넨다.

"안녕하세요. MBS 손여름 기자입니다. 처음 뵙겠습니다."

놀란 차연이 놀란 은원을 돌아본다.

"사전에 정식으로 인터뷰 요청을 드렸어야 하는데. 별안간 만들어진 자리라서 저희도 경황없이 막 찾아왔어요. 이해 좀 부탁드릴게요."

젊고 의욕 가득한 목소리다. 방송 카메라의 조명이 켜진다.

강렬한 불빛이 시야를 때린다. 차가 움직이기 시작한다. 조수석에 앉은 소현정이 차연과 은원을 돌아본다.

"우리끼리 행동하면 뭐해. 세상이 알아야지. 그래야 변화가 가능하지. 겁먹을 필요 없어. 평소처럼 말하고 행동하면 돼요. 두 사람 다."

손여름이 맞장구친다.

"맞습니다. 평소처럼."

스타렉스가 빙글빙글 지하주차장을 빠져나와 도로에 들어선다. 차 안에 출렁출렁 작은 요동이 이어진다. 은원이 미간을 찌푸리며 차연을 돌아본다. 들리지 않게 입 모양으로 속삭인다. 뭐예요, 도대체 이게 뭐예요. 차연이 입술을 일그러뜨린다. 들리지 않게 입 모양으로 대꾸한다. 미안해요. 나도 잘 모르겠네요. 흔들리는 차 안에서 간단한 인터뷰 촬영이 진행된다. 손여름이 차연의 이름을, 나이를, 사는 곳을, 하는 일을 묻는다. 은원과 어떤 사이인지를, 언제 어떻게 알게 되었는지 등을 또한 묻는다. 어려운 질문이 아니었지만 대답을 궁리하는 입가가 자꾸 어색해진다. 작렬하는 카메라 조명 때문이다. 이어 마이크가 은원을 향한다. 비슷한 질문이 대여섯 개 이어진다.

"도착했습니다."

운전석의 이인태가 짧게 외친다.

"모두 조용히. 카메라 잠깐 안 보이게 해주시고요."

수런수런 말소리가 끊기고 사람들이 자세를 고쳐 앉는다.

여의도 CL23 생명연구소.

차량이 멈춰 서고, 입구를 지키던 검은 조끼의 경비원들이 다가온다. 차창을 내린 이인태가 먼저 신분증을 내민다. 짧은 대화 몇 마디가 오고 간다. 안녕하세요. 감사합니다, 수고하세요. 이윽고 경비원이 물러선다. 노란 차단 바가 올라가고, 저편의 묵직한 철문이 좌우로 움직이며 길을 내준다. 승합차가 그 안으로 들어선다. 마침내 출입문을 통과한다. 휴우. 누군가 나직한 한숨을 뱉어낸다.

연구원 단지가 제법 넓다. 그리고 무척 한산하다. 오가는 차량도 사람도 보기 힘들다. 좌우로 전나무들이 한없이 늘어선 길을 꽤 오래 달린다. 이윽고 길 오른편 제1실험동으로 들어선다. 지하 2층으로 내려간다. 건물 입구에 스타렉스가 멈춰 선다. 사람들이 어수선히 쏟아져 내린다. 모두 여섯 사람이다. 텅 비다시피 한 주차장에 선 차연이 주변을 둘러본다. 출생의 비밀. 소현정이 입에 올렸던, 일상 속에서는 좀처럼 접하기 힘든 단어를 떠올린다.

연초록색 철문.

실험동으로 들어서기 위한 두 번째 관문이다.

이인태와 소현정이 철문 양편의 보안 패드 앞에 각각 다가간다. 똑같은 각도와 속도로 무릎을 굽히고 상체를 숙인다. 보안 렌즈에 가까이 얼굴을 가져간다. 눈을 크게 뜨고 각막인식 과정을 통과한다. 이어 상의 안에 손을 넣어 목걸이 열쇠를 꺼낸다.

두 사람이 두 개의 열쇠를 두 곳의 열쇠 구멍에 꽂는다. 그러고는 서로를 바라본다. 고개를 끄덕인다. 이인태가 숫자를 센다.

"셋, 둘, 하나."

하나, 와 함께 오른쪽으로 45도 열쇠를 돌린다. 어김없는 각도와 속도. 한두 번 맞춰본 동작이 아니다. 지잉. 나직한 기계음이 이어지고 육중한 철문이 천천히 열린다.

"으와, 경비 삼엄하네."

손여름이 혀를 내두르자 이인태가 중얼거린다.

"지금부터가 중요합니다."

입구에 들어서서 오른쪽으로 이동한다. 줄지어 빠르게 조심히 복도를 걷는다. 건물 안은 귀가 먹먹하도록 조용하다. 발소리 때문에 걸음 옮기기가 부담스러울 정도다. 계단이 나오고, 한 층을 걸어 올라간다. 지하 1층이다. 다시 복도다. 창문이 없는, 길고 인적 드문 복도가 저편에서 오른편으로 꺾어진다. 그리고 첫 번째 출입문. 거기서 사람들을 만난다.

"어어, 멈추세요."

검은 제복을 입은 경비요원 두 명이 철문 좌우를 지키는 중이다. 노란색 페인트가 한가득 칠해진 철문이다. 문 한가운데 출입금지, 라고 쓰인 붉은 글씨가 핏자국 같다. 철문 왼편에 서 있던, 사각턱에 눈꼬리가 날카롭게 솟구친 요원 한 명이 오른손을 쳐들며 다가온다. 그의 왼쪽 어깨에 제복만큼이나 까만 총기가 매달려 있다. MP5 9밀리미터 기관단총이다. 사각턱이 이인태와 소현정을 향해 미간을 구긴다.

"교수님들, 웬일이신가요."

이인태가 물기 없이 말라가는 목소리로 인사한다.

"수고 많으십니다."

"오늘은 안 나오시는 걸로 알고 있는데."

"갑자기 그렇게 됐어요. 뭐 좀 가져갈 게 있어서."

"가져가다니요?"

사각턱의 눈매가 이마를 뚫고 올라갈 듯 날카로워진다. 철문 오른편에 선, 말처럼 길고 빨간 얼굴의 경비원이 씨근덕씨근덕 이 장면을 지켜보는 중이다.

"아니, 외부로 뭘 반출하겠다는 건 아니고."

"그럼요?"

"말하자면 이런 거지요. 기억들. 연구에 임하던 마음들, 그 시간들."

"무슨 소리를 하시는지 모르겠네. 그런데 교수님. 이분들 누군가요. 함께 오신 거죠?"

"그런 셈이지요."

"보아하니 저쪽은 방송국에서 나온 거 같은데. 아니 교수님. 지금 뭐 하시는 겁니까?"

이인태가 두 손을 마주 비빈다. 상한 반찬 앞의 파리처럼.

"미안해요. 내가 입장 곤란하게는 안 하려고 했는데, 어쩔 수가 없네."

"뭐가 어째요?"

획. 이인태의 팔이 소리 없이 허공을 가른다. 손에 들린 단검이 각진 턱의 왼쪽 목덜미에 정확하게 박힌다. 크윽. 요원이 부들부들 경련한다. 붉고 탁한 피가 입가를 타고 주룩주룩 흘러내린다. 아니다. 단검이 아니다. 전기충격기다. 호신용으로 판매되는 제품이 아니라 직접 만든 고전압발생기다. 시중의 그것보다 세 배는 강력한 700킬로와트의 스파크가 따다다다다다닥 요원의 목덜미를 파고든다. 요원이 턱을 떨며 뻣뻣하게 뒷걸음친다. 그러다가 벼락 맞은 개처럼 털썩 쓰러진다. 잔뜩 움츠린 팔다리가 다급하게 경련한다.

"어라?"

말대가리를 닮은 또 한 명의 경비원이 화들짝 놀란다. 씨발. 나직한 욕설을 씹으며 어깨에 멘 기관단총을 허겁지겁 집어 든다. 사람들 향해 허겁지겁 총구를 들이대다가 크윽, 사각턱을 흉내 내듯 두 눈을 치켜뜨며 얼어붙는다. 부들부들 턱을 떤다. 따다다다다다닥. 이번에는 750킬로와트급 스파크다. 자칫하면 심폐운동을 정지시킬 수도 있을 강도다. 강력한 전류 충격에 얻어맞은 말대가리가 풀썩, 속 빠진 포대 자루처럼 주저앉는다. 놀란 은원이 두 손을 입에 가져간다. 구형 전화기처럼 투박하게 생긴 사제 전기충격기를 손에 쥔 소현정이 상기된 얼굴이다.

"이 동작을 몇 번이나 연습했는지. 맙소사."

차연과 손여름, 카메라를 내려놓은 촬영기자가 나선다. 준비된 청테이프와 밧줄로 경비원 두 명의 입을 막고 팔다리를 묶는다. 늘어진 몸을 한 사람씩 함께 쳐들고 옮겨 화장실 마지막 칸에 구겨 넣는다. 한 번도 해보지 않았던 일들을 그렇게 해치운다.

"모두들 준비됐나요?"

문패도 호실판도 없이 진노란 페인트를 마구 처바른 철문에 붉은색 큼직하게 적힌 네 글자. 출입금지. 그 앞에 선 이인태가 차연을, 촬영기자를, 손여름을, 은원을 차례로 돌아본다.

아무도 대답하지 않는다.

32

물류창고에서의 마지막 날, 두 사람이 이야기 나눈 것들 가운데 가장 의외로운 한 가지는 진이정이라는 시인이었다. 나아가 시인의 가장 많이 알려진 작품 「지금 이 시간의 이름은 무엇입니까」였다. 시작은 은원이었다. 유부초밥 도시락을 남김없이 먹어치우고, 휴게실 정수기에서 뜨거운 물을 받아 믹스커피까지 한 잔씩 비운 즈음이다. 핸드폰으로 시간을 확인한 은원이 '어라 벌써 여섯 시네.' 중얼거렸고, 그러고는 빤히 차연을 바라본다.

"혹시 그 시 아나요. 진이정 시인의."

차연이 고개를 저었다.

"시 같은 거 별로."

"지금 이 시간의 이름은 무엇입니까."

"예?"

"지금 이 시간의 이름은 무엇입니까."

"그게 제목?"

"맞아요."

"……."

"갑자기 그 시가 떠올랐어. 지금 이 시간의 이름은 6시 3분 전입니까? 그렇습니다. 휴식시간이 23분밖에 안 남았다는 이름입니다."

"좋아하는 시인인가요."

"그 시는 좋아했어요. 다른 작품은 잘 모르고."

"……."

"일찍 죽었대요. 서른네 살에 병으로. 그래서 사후에 엮은 시집 한 권밖에 없고."

"요절한 천재. 많이 듣던 이야기인데."

"거꾸로 선 꿈을 위하여."

"예?"

"그 시집 제목."

"아하."

"실은 나도 제목만 알아요. 절판되어서 찾기 힘들더라고."

예정되었던 지금 이 시간의 이름들이 더 빠르지도 느리지도 않은 속도로 차근차근 다가왔다. 함께 사용한 테이블을 함께 정리하고 각자의 물건을 챙겨 함께 휴게실 밖으로 나섰다. 저녁 근무를 앞둔 복도가 오고 가는 사람들로 어수선했다. 오랜 인사를 나눌 새도 없이 그 속에서 어영부영 헤어졌다.

"수고하세요. 끝까지."

"그래요. 끝까지."

은원은 엘리베이터를 타고 2층으로. 차연은 복도 끝의 남자 화장실로. 세면대 앞에 서서 힘차게 이를 닦으며 두서없이 은원을 생각했다. 은원이 한 말들을 생각했고 어떤 단어들을 말할 때의 독특한 입술 모양들을 생각했으며 그 발음과 음성을 생각했다. 거울을 바라보고 서서 마구 칫솔질을 하며 고작 3분 전에 헤어진 사람과의 길지 않은 시간들에 대한 생각을 멈출 수 없었다. 알 수 없게도 뭔가 굉장히 후련한 마음이었다.

33

출입금지. 고압적인 글자를 넘어서는 방법은 뜻밖에 간단하다. 보안키 열두 자리 비밀번호를 누른 이인태가 철문을 힘주어 밀어 연다. 철컹. 캄캄한 실내가 서서히 드러난다. 이인태와 손여름에 이어 차연이 세 번째로, 은원이 네 번째로 들어선다. 어둠 속에서 가장 먼저 차연을 건드린 것은 냄새였다. 병원 응급실과 오래된 정육점을 섞어놓은 냄새. 냉동 창고처럼 서늘한 실내 공기. 그리고 좋지 않은 기운. 대단히 불길한 느낌.

불이 켜진다.

어둡던 시야가 쨍하게 밝아진다.

"아."

사람들이 나직이 신음한다. 모두의 시선을 사로잡는 물건. 벽 한쪽에 나란히 기대어 선 은색 캡슐. 사람 한 명이 겨우 들어갈 만큼 길쭉한 타원형 캡슐이다. 모두 세 기가 일렬로 가지런히, 지지대에 세워져 있다. 당장이라도 대기권을 벗어나 차원 여행을 떠나려는 발사체처럼 각을 세우고 있다.

"아, 아아."

은색캡슐에, 유리관 안에, 알몸의 여인들이 누워 있다. 깊이 잠들어 있다. 가만히 눈 감은 얼굴. 아주 작은 미소를 머금은 입술. 가슴 위에 엇갈려 포갠 두 팔. 군살 없는 복부와 허리. 심연과도 같은 배꼽. 푸른빛 감도는 음모. 길고 하얀 허벅지. 눈부신 알몸. 세 여인이 똑같다. 세쌍둥이처럼 똑같은 얼굴과 몸이다.

은원이 허물어진다. 차연을 붙들며 힘없이 무너진다. 차연이 숨 쉬는 것을 잊는다. 비바람 만난 나뭇가지처럼 무릎이 흔들린다. 가슴속 작은 깃발들이 서로 다른 방향으로 사정없이 펄럭거린다. 캡슐 안에 누운 사람들은, 은원이다. 은원과 똑같은 얼굴과 몸을 가진 은원이다. 알몸의 은원 세 명이 지금 깊은 잠에 빠져 있다. 가만히 눈 감은 은원의 얼굴. 아주 작은 미소를 머금은 은원의 입술. 가슴 위에 엇갈려 포갠 은원의 두 팔. 군살 없이 미끈한 은원의 복부와 허리. 심연과도 같은 은원의 배꼽. 푸른빛이 감도는 은원의 음모. 차연에게 안긴 은원이 부들부들 어깨를 떤다. 윽. 으윽. 소리죽여 흐느낀다.

"울지 마. 두려워하지 마."

소현정이 은원의 잔등을 쉴 새 없이 쓰다듬는다.

"세상에 은원은 한 명뿐이야. 단 한 명 너뿐이야."

살풍경한 실내에 강렬한 카메라 불빛이 화난 유령처럼 훨훨 날아다닌다. 캡슐 안에 잠든 은원들을, 그에 대해 설명하는 이인태의 상기된 얼굴을, 폭풍우 몰아치는 바다 한복판의 조난자들처럼 웅크려 앉은 은원과 차연과 소현정을, 촬영기자가 열심히 카메라에 담는다. 대박, 와 씨발 대박. 손여름이 입을 헤 벌리고 어쩔 줄을 모른다.

34

　은원1과 은원2와 은원3과 은원4와 은원5가 태어난—한날한
시에 배양된 것은 9년 전 어느 가을날이었다. 세계 최초, 인류
역사상 최초로 성체 인간복제에 성공하는 날이었다. 11년 동안
순 연구비에만 27조 원을 쏟아부었던 CL바이오의 숨은 쾌거였
다. 연구소가 관리하는 최적의 인큐베이팅 환경 속에서 다섯 개
체는 놀라운 속도로 성장했다. 배아 상태에서 20대 초반 여성의
신체로 완벽하게 탈바꿈할 때까지 필요한 시간은 단 7개월. 그
리하여 8년 전 초여름, 은원1(편의상 그러할 뿐 개중에서 어느 은
원이 은원1로 불리건 아무런 차이도 있지 아니한)이 가장 먼저 동기
화되며 눈을 뜬다. 반백지상태의 그녀를 위한 맞춤형 사회화 교

육이 시작된다. 베르니크 코스타로프 증후군. 선천적 뇌 질환을 가지고 있던 은원이 어느 날 갑자기 기절하여 길고 오랜 잠에 빠져든다. 중학교 2학년 체육시간이었고 200미터 달리기의 자기 차례를 기다리던 와중이었다. 그 같은 설정으로부터 이야기는 시작된다. 그리고 두 번째 발병. 대학교 3학년 1학기. 만 이틀 만에 깊은 잠에서 깨어난 은원은 이번에도 과거의 기억들을 송두리째 잃어버린 상태다. 가족들도 못 알아보고 자신의 이름조차 기억 못 한다. 먼저 전문 의료진이 그녀와 접촉해 심리 상담을 시작한다. 이어 잘 훈련된 가족들과 친구들을 연달아 만난다. 몇 주 만에 집으로 돌아와서는 책 한 권부터 속옷 한 벌까지 자신의 흔적들이 가득하지만 기억나는 것이 전혀 없는 자신의 물건들로 가득한 자신의 방을 만난다. 오랜 대화와 설명과 교감, 가족사진 등 간접경험을 통해 잘 짜인 자신의 정체성을 되찾는다. 또는 철저하게 기획되고 설계되고 주입된 정보들이 한 조각 두 조각 커다란 그림을 맞춰간다. 그렇게 은원의 삶이 시작된다. 다니던 대학을 졸업하고, 몇 차례의 취업 재수를 경험하고, 마침내 온라인 쇼핑몰 업체에 입사하며 평범한 사회인의 일상을 시작한다. 경기도 광주 물류창고의 3층 휴게실에서 우연히 차연을 만난 재작년 9월 그날은 은원1이 세상에 눈을 뜨고 사회화 과정이 시작된 지 6년 2개월째 되는 날이었다.

35

은원으로부터 문자가 온 것은 그로부터 일주일 뒤였다.

안녕하세요. 집 주소 좀 알 수 있을까요.

오후 1시 41분에 그런 문자가, 3분 뒤인 44분에 부연 설명 같은 문자가 하나 더 왔다.

뭐 좀 보내드리려고요.

두 통의 문자를, 정신없도록 바빴던 것도 아닌데 어쩌다 보니, 다섯 시간이나 지나서 확인했다. 그래서 부랴부랴, 뜻밖의 문자에 의아할 새도 없이, 답 문자를 보냈다.

앗 죄송합니다. 문자 이제야 확인했어요.

서울 종로구 누상동 3길 23-1 103호, 입니다.

다음 날 오전에 택배가 왔다. 쿵쿵쿵 현관문 두드리는 소리에 잠이 깼다. 아침 10시 10분이었다. 문을 여니 배달 기사는 떠나고 큼직한 종이박스가 놓여 있다. 종이박스 겉면은 물론 입구를 봉한 테이프에도 크고 작은 퍼플마켓 로고가 한가득이다. 제법 묵직한 박스를 식탁에 올려놓고 부지런히 입구를 뜯어낸다. 음식들이다. 파우치에 담긴 갈비탕 몇 봉, 양지설렁탕 몇 봉, 육개장 몇 봉, 삼계탕이 또 몇 봉. 노란색 카드도 하나 들어 있다. 회사에 있는 거 몇 개 보내요. 맛있게 드세요. 은원의 손 글씨를 그때 처음 접했다.

—도착했어요?

"빠르네요. 주소 드린 게 어제저녁인데."

—콜드체인 시스템. 새벽총알배송. 저희 회사가 목숨 거는 거잖아요.

"아하."

—업체들이 음식 샘플들을 계속 보내오거든요. 개중에 몇 개 챙겨드린 거니까 부담 갖지 말고 드세요.

"잘 먹을게요. 저는 뭐 드릴 게 없는데."

—나중에 밥이나 한번 사시든가.

"그거 좋군요."

—…….

"…….."

—……잘 지내는 거죠?

"저요? 예, 뭐 대충."

용건 분명한 통화였고 오래 주고받을 이야기 같은 것은 피차 많지 않았다. 전화를 끊고, 즉석 식품들을 찬장에 차곡차곡 쟁여두고, 노란 카드를 메모함에 꽂아놓고, 종이박스에서 테이프를 뜯어낸 다음 재활용품 모으는 곳에 잘 접어둔다. 그 짧은 와중에 느닷없는 상황이 발생했다. 예기치 않은 사건. 살다 보면 느닷없이 재채기나 딸꾹질이 날 수도 있다. 느닷없이 분노가 치밀거나 폭소가 쏟아질 수도 있다. 경우에 따라 그럴 수도 있다. 그러나 느닷없이, 별 이유도 없이, 그토록 격하게 누군가 떠오를 수 있는 것일까.

갑자기 미칠 듯이 누군가 생각났다.

갑자기 미칠 듯이, 누군지도 잘 모르는 사람이.

갑자기 미칠 듯이.

—아, 차연 씨.

"통화 괜찮으신가요."

—예. 말씀하세요.

견딜 수 없어 다시 전화를 걸었다. 20분 만이었다. 두 시간 같은 20분이었다.

"……"

—여보세요?

"밥 먹어요."

차연의 말투가 화난 사람 같았다. 실은 좀 어지러웠다. 무중

력 상태의 우주정거장 안을 오래된 물건들과 함께 둥둥 떠도는
기분이었다. 은원과의 세 번째 통화. 이전 두 차례 통화와는 그
차이를 비교하는 것이 무의미한.

　　─응?

"아까 그랬잖아요. 나중에 밥이나 한번 사시든가."

　　─아항.

"날짜 잡아보세요. 난 아무 때라도 좋아요."

36

이인태가 검은 천 가방을 벗는다. 묵직하다. 지퍼를 열고 물건들을 꺼내 탁자 위에 조심히 내려놓는다. 낡은 공구상자다. 빨갛고 파란 전선 몇 가닥, 구형 스마트폰, 외장배터리 등이 조악하게 연결되었다.

"설마 이거⋯⋯."

"맞습니다. 생각하시는."

사제폭탄이다. 만지기만 해도 손가락이 죄다 날아갈 것 같은 물건이 모두 세 개다.

"다 끝나셨나요."

손여름이 대답 대신 촬영기자를 돌아본다.

"예, 방송에 나갈 분량은 충분히."

"됐군요, 그럼."

이인태가 탁자 위의 물건 하나를 집어 든다. 그것을 실내 저편으로 가져간다. 대형모니터 여러 대가 놓인 책상 아래에 무릎을 꿇고 앉아 조심조심 설치를 시작한다. 구형 핸드폰 액정에 푸르스름하게 전원이 들어온다. 그러고는 불길하기 그지없는 숫자가 거기 입력된다. 저벅저벅 탁자로 돌아온 이인태가 두 번째 공구상자를 집어 든다. 순례자의 그것을 연상시키는 동작이다.

"죄다 폭파시킬 생각인가요."

걸음을 멈춘 이인태가 차연을 돌아본다.

"애초에 존재해서는 아니 되었을 장소니까요."

"……."

"연구원 전체는 아니지만 여기 이 건물 정도는 순식간에 땅속으로 사라질 겁니다. 흔적도 없이."

"아."

"위험을 무릅쓰며 굳이 여기까지 두 분을 모셔 왔던 이유가 바로 이렇습니다. 이 공간의 마지막을 함께할 목격자로서 두 분만 한 사람들이 없을 테니까."

"하지만……."

차연이 실내 저편의 은색 캡슐들을, 거기 알몸으로 잠든 이들을, 은원3과 은원4와 은원5를 바라본다. 무슨 말을 하려 했던 것인지 갑자기 헷갈린다. 아니다, 기억이 나지 않는다.

"미련은 내려놓으세요. 행여 그런 것이 있다면."

이인태는 그렇지 않은 모양이다.

"은원이를 사랑한다면, 차연 씨에게 누구보다 소중한 존재라면, 세상에 단 한 사람으로 족하지 않겠습니까."

은원은 바닥에 주저앉아 있다. 소현정의 품에 안긴 채, 표정 잃은 정물이 되어 있다. 아무것도 보이지 않고 들리지 않는 얼굴이다. 공포도 슬픔도 고통도 하얗게 지워진 얼굴이다. 베르니크 코스타로프 증후군이 고개를 쳐들며 어느 날 갑자기 쓰러져서 수십 시간을 잠들었다가 깨어났을 때, 여기가 어딘지 자신이 누군지 모든 기억을 잃고 만 은원이 바로 저런 얼굴이었을까. 아니지. 그게 아니지. 성체 배양에 성공하고 캡슐 속에서 고속 성장하여 마침내 세상에 첫발을 내딛는 동기화의 첫날 아침의 은원이 바로 저런 모습이었을까.

은원1이 쓰러진 것은 3주 전 월요일이었다. 4박 5일 제주도 여행에서 돌아왔던, 그다음 날 아침이었다. 상황은 지난번에 차진선이 설명했던 줄거리와 조금 비슷하고 많이 다르다. 느닷없는 몸의 이상신호를 직감한 은원이 병원에 긴급 호출을 한 게 아니다. 원격으로 은원의 바이털 사인을 실시간 체크하던 연구소가 느닷없는 레드코드에 일순 뒤집어졌다. 17분 만에 앰뷸런스가 도착했을 때 은원은 속옷 바람으로 침대 구석에 쓰러진 상태였다. 바삐 출근을 준비하다가 뜻하지 않은 운명을 맞이한 것이다. 병실로 가는 차 안에서 응급처치가 이어졌지만 끝내 눈을 뜨지 못했다. 화요일 오전 10시 28분 16초. 호흡부전이나 외상에 의한 출혈, 약물 등의 흔적은 없었다. 예상 기대수명의 절반에도 못 미치는, 심정지에 의한 돌연사였다.

37

"잠깐. 잠깐만요."

차연이 반짝, 두 손바닥을 쳐든다. 다급하게 비디오 판독을
요청하는 배구 감독처럼.

"은원이, 죽었다고요?"

차연이 이인태를 바라본다. 이인태가 슬그머니 시선을 피한
다. 차연이 소현정을 바라본다. 소현정이 시무룩이 시선을 피한
다. 차연이 은원을, 차마 바라보지 못한다.

"······죽었다고요?"

차연이 웅얼거린다.

준비되지 않은 슬픔이 어리둥절 그 곁을 지나쳐 간다.

38

"7개월 전부터 오늘 이 순간을 준비해왔어요. 죽도록 처절한 시간이었어요."

이인태가 잠시 말을 멈춘다. 그로써 격양되는 속내를 진정시킨다.

"그런데 마지막 퍼즐을 찾을 수 없었어요. 연구소를 흔적도 없이 폭발시키는 일. 불법하게 자행되었던 인간복제 사업의 면면을 고발하는 일. 그러나 의문이었어요. 이로 인한 결과가 과연 성공적일까. 이 도전의 결과로 과연 CL바이오의 무릎을 꿇릴 수 있을까. 피아노의 검은 건반 한두 개를 뽑아내는 장난에 그치는 것 아닐까. 당분간 정상적인 연주는 힘들겠지만 부품만 새로 갈아 끼우면 그만인 수준 아닐까."

소현정이 은원을 연신 쓰다듬는다. 속 빈 인형처럼 주저앉은 은원의 잔등과 어깨와 허리를 한없이 어루만진다.

"그런데 기적 같은 틈이 생겼어요. 아직 확실하게 원인 파악이 되지 않고 있는 은원1의 돌연한, 뜻하지 않은 죽음. 그에 따른 은원2의, 더불어 차연 씨의 돌연한, 뜻하지 않은 등장. 그게 우리에게 기적 같은 마지막 퍼즐 한 조각이 되어주었어요."

어서 이곳을 탈출하고 싶다. 병원 응급실과 오래된 정육점을 섞어놓은 이 냄새를 이제 그만 맡고 불길한 기운 넘쳐나는 이 공간의 기억들을 한시라도 빨리 지우고 싶다. 불가능한 일이겠지만.

"두 분의 존재는 그 자체로 이 모든 비극의 명확한 증거물입니다. 두 분 스스로 증명하는 일련의 상황들 속에, 세상 여론을 일시에 뒤집어엎고 남을 서사의 힘이 있습니다. CL의 괴물들이 아무리 막고 은폐하고 조작하려 해도 그를 지워낼 수는 없을 것입니다."

폭탄 설치가 다 끝났다. 20분 뒤에 폭발하도록 모든 설정을 마쳤다. 이제 떠날 시간이다. 연구소 안의 수많은 것들과 함께 먼지가 되기 전에.

"모레 저녁뉴스에 나올 거예요. MBS 단독."

손여름이 길고 긴 숨을 들이마신다.

"방송 이후로 어떤 상황들이 이어질지, 저 역시 상상이 되지 않습니다."

이인태의 눈빛이 어둡게 번뜩인다.

"상대는 CL만이 아니에요. 군과 정치권, 대통령 비서실까지 폭넓게 관여되어 있어요. 시간이 많지 않습니다. 당장 다음 주면 CL천공솔루션의 공식적인 행보가 시작됩니다. 중국 공장의 공사가 시작되고 IPO 들어가면서 공모주 청약도 개시되겠지요. 저들의 계획이 그래요. 아마 그 계획대로 진행되기는 힘들겠지만."

소현정이 껴든다.

"로마 교황청이 긍정적인 답변을 보내왔어요."

"교황청?"

"인간복제 기술은 다방면으로 무궁무진한 사업 가치를 창출할 수 있지요. 복제 유기체로부터 이식에 필요한 장기를 마음대로 적출할 수 있다면? 불치병이나 뜻밖의 사고로 목숨을 잃은 가족 누군가를 복제인간으로 대체할 수 있다면? 유명 연예인을 다량으로 복사해서 매춘사업에 이용한다면? 한 나라의 지도자를 몰래 납치한 뒤 그 복제물을 국정에 내세운다면? 복제 자체가 불법이듯 인간복제를 활용한 사업들도 윤리 문제를 떠나 법 테두리에서 벗어나지 않는 종류를 찾기 힘들죠. CL의 인간복제 사업이 인류의 미래에 끼칠 악영향에 대해 친서를 보냈고, 사흘 전에 로마 교황청으로부터 긍정적인 응답이 돌아온 거예요. 사실 확인을 위해 2주 뒤에 특사를 파견하기로 했어요. 우리에게 엄청난 힘이 되어줄 거예요."

　이인태가 두 손을 짝, 소리 나게 맞잡는다.

　"갑시다. 어서 이 지옥에서 벗어납시다."

39

정릉1동. 대림상가 안쪽 아파트단지. 저녁나절이 되며 일대에 차분한 정적이 내려앉고 있다. 107동 앞 놀이터를 점령했던 아이들이 하나둘 각자의 집으로 떠나가는 시간이다. 107동 504호가, 맞은편 503호 현관문이 활짝 열려 있다. 통로처럼 이어진 두 공간을 사람들이 바삐 오가는 중이다. 당장이라도 찢어질 듯 부서질 듯 터져 나갈 듯 팽팽하게 긴장된 분위기다. 504호에서 나온 여성 두 명이 구두도 벗지 않은 채 503호 실내로 들어선다.

"냉장고까지 뒤집었지만 도주의 흔적은 보이지 않습니다."

차진선이 나직이 신음한다.

"위치 추적은."

"아직 안 잡히고 있어요."

"신호가 어디서 끊겼다고? 성신여대입구역?"

"예, 1번 출구 앞에서 14시 36분에 마지막 신호가 지워졌습니다."

"도대체 뭐야, 지워진다는 게."

"그게 가장 이상한 부분입니다. 요컨대 전화기를 때려 부쉈다해도 신호가 딱 끊기면 끊겼지 그런 식으로 지워질 수는 없거든요. ……위치추적 교란 장치를 쓴 것 같기도 하고."

"부러 그렇게 했다? 핸드폰에 그런 장치가 들어간 것도 모를텐데?"

"……거기까지는 확인 못 했습니다."

"미치겠네."

차진선이 두 손으로 머리를 감싼다. 하얗게 질린 얼굴이다. 눈 밑을 타고 새카만 절망이 내려앉고 있다. 은원이 사라졌다. 아까 2시쯤 집을 나가서 아직 돌아오지 않고 있다. 연락도 끊겼다. 열한 명의 관리자들 누구도 그 행적을 추측조차 못 하고 있다. 어느덧 5시 30분이다. 중국에서 건너온 VVIP 일행과 강남 라마다 르네상스에서 만나기로 한 게 저녁 8시다. 이대로라면 최악의 비즈니스 참사를 피할 길이 없다. CL바이오 임원진에게는 아직까지 사실 보고조차 못 하고 있다. 그럴 겨를이 없었다기보다 그럴 용기가 없는 때문이다. 끔찍한 일이다. 상상 못 했던 재앙이다.

"2시 17분이었어요. 잠깐 나갔다 오겠다고 해서."

"그걸 얌전히 보내줬어?"

차진선이 칼끝처럼 따지고 성이연이 우물쭈물 항변한다.

"남자친구가 집 앞으로 온다는데 못 나가게 할 방법이 없잖아요. 잠깐 얼굴만 보고 오겠다는데. 한 시간 뒤에 돌아오겠다고 분명히 약속을……."

"그 약속을 믿었다?"

"몰래 뒤쫓았어요. 한차연과 만나는 것도 확인했고."

"그래서."

"그 남자 내가 알아요. 몇 번 봤거든요. 완전 바보예요. 은원 말이라면 꼼짝 못 하는. 그래서 안심하고……."

짝! 차진선이 휘두른 손바닥에 정통으로 뺨을 얻어맞은 성이연이 휘청, 겨우 중심을 바로잡는다.

"도대체 지원팀 하는 일이 뭐야? 미쳤다고 503호 열쇠를 내준 줄 알아?"

"……죄송합니다."

"죄송? 오늘 저녁에 어떤 행사가 있는 줄 몰라? 나 죽으면 그때는 책임질 수 있어?"

성이연의 왼뺨에 선연한 손자국이 새겨지고 있다.

"한차연은. 행적 나왔어?"

질문을 받은 옆의 요원이 찔끔, 왼뺨 근처를 씰룩인다.

"거주지를 비롯해서 갈 만한 곳은 다 뒤졌지만 소득이 없습니다. 전화도 받지 않고."

"돌아버리겠네."

차진선이 재차 머리를 쥐어뜯는다. 새카만 절망이 눈가를 지나 뺨까지 내려앉는 중이다.

"두 사람, 지금, 같이 있겠지?"

40

출입금지 철문 밖으로 사람들이 쏟아져 나온다. 철문 안으로 들어서던 한 시간 전보다 십 년은 늙어 보이는 얼굴들이다. 바삐 계단을 밟는 발소리가 흐트러지고 있다. 제1실험동을 나와 부지런히 승합차에 올라탄다. 서둘러야 한다. 폭발까지 고작 18분 남았다. 언제 어디서 무엇이 그들의 앞을 막아설지 알 수 없다. 주차장을 빠져나온 스타렉스가 차도에 들어선다. 나직한 질주를 시작한다. 양옆으로 한없이 뻗는 전나무 길을 시속 30킬로미터의 제한속도에 맞춰 달린다. 시간이 느릿느릿 흐르고 있다. 오후 햇살이 말갛게 저물고 있다. 한적한 오후다. 평화로운 오후다. 사람들의 얼굴에 견디기 힘든 초조함이 가득하다.

출구가 보인다. 이중으로 바리케이트가 쳐진 연구원 출입구 앞에서 속도를 줄이던 차량이 이내 멈춰 선다. 새카만 선글라스의 경비원이 다가온다. 질겅질겅 껌을 씹고 있다. 운전석에 앉은 이인태가 차창을 내리고 신분증을 내민다. 안녕하십니까. 신분증을 받아 든 경비원이 그것과 이인태의 얼굴을 번갈아 바라본다, 질겅질겅 열심히 껌을 씹으며. 이내 신분증을 돌려주고 거만한 거수경례를 올려붙인다. 이인태가 고개를 끄떡이고 핸들을 잡는다. 바리케이트의 초록불이 켜지고, 차단 바가 올라간다. 승합차가 다시 움직인다. 사뿐사뿐 아슬아슬 과속방지턱을 넘어선다. 폭발까지 남은 시간 15분 22초. 차 안에 숨죽여 웅크린 사람들이 가슴을 쓸어내린다. 그러던 참이다. 경비초소에서 누군가 뛰어나온다.

"멈춰! 정지!"

두 팔을 휘두르며 다급하게 외친다. 차단 바가 다시 덜컥 내려간다. 승합차가 다시 덜컥 멈춰 선다. 차연의 가슴이 다시 덜컥 내려앉는다. 새카만 선글라스 경비원이 쫓아온다. 똑똑똑. 운전석 차창을 빠르게 두드린다. 껌을 질겅거리는 속도 역시 아까보다 두 배는 빠르다. 차창을 내린 이인태가 온화하게 묻는다.

"무슨 일이시죠."

"뒷문 열어봐요."

"갑자기 왜……."

"뒷문 열라고."

"연구원입니다. 도대체 무슨 일이시기에."

경비초소에서 뛰어나왔던 당직자가 길길이 날뛰고 있다.

"끌어내! 다 끌어내!"

이인태의 입가에서 미소가 사라진다. 차 안의 사람들이 서로를 바삐 돌아본다. 뭔가 들통이 났는가. 출입금지 철문 너머 은원3, 4, 5가 잠들어 있는 공간에 설치된 시한폭탄들을 누군가 발견했는가. 화장실에 처박아놓은 경비원들이 그새 정신을 차리고 긴급신호를 보내왔는가. 껌을 씹지 않는 후임 경비원이 고꾸라질 듯 달려온다. 메고 있던 기관총을 오른 어깨에 붙이고 서서 쏴 자세를 취한다. 껌을 씹는 선임 경비원보다 어리고 경험이 없어 보인다. 사람들을 향한 총구가 달달 떨리고 있다. 그래서 더욱 위태롭다. 후임 경비원이 가녀린 목소리로 외친다.

"움직이지 마. 핸들에서 손 떼."

이인태는 당장이라도 하얀 가루가 되어 흩날릴 것 같은 얼굴이다. 두 손바닥을 정면으로, 천천히, 쳐든다. 차 안에 도사린 채 조마조마 상황을 주시하던 이들이 꼴깍 숨을 멈추고 만다. 뚜우뚜우 뚜우 비상벨이 울기 시작한다. 저편에서 경비원 두 명이 더 합류하고 있다. 타닥타닥 구둣발 소리가 가까워지고 있다. 스타렉스의 문이란 문이 모두 열린다. 승합차 뒷자리에 모여 있던 사람들이 모두, 방송국 카메라까지, 고스란히 발각된다.

"이 새끼들 뭐야? 방송국? MBS?"

경비원들이 차에 탄 사람들 이상으로 당황한다.

"내려! 모두 내려! 두 손 머리 위!"

사람들이 서로의 허옇게 구겨진 얼굴을 힐끔거리며 어쩔 줄을 모른다. 꾸물꾸물 뒷걸음치듯 지시에 따른다. 몹시 불편한 자세와 속도로 승합차에서 줄줄 내려선다. 또는 거칠게 끄집어 내진다. 그 와중에 촬영기자가 발을 헛디디며 아스팔트에 얼굴을 처박는다. 은원과 은원을 감싸 안은 소현정을 차연이 품 안에 감추듯 부축한다. 새카만 안경을 쓴 경비원이 다시 질겅질겅 맹렬하게 껌을 씹는다.

"이쪽으로. 천천히! 너 이 새끼 손 제대로 안 쳐들어?"

겁에 질려 우왕좌왕하는 손여름의 조인트를 냅다 걸어찬다. 손여름이 정강이를 부여잡고 모로 쓰러져 버르적거린다. 경비 초소 안쪽 작은 공터로 사람들이 떠밀려 간다. 넋이 나간 이인태가, 차연이, 은원과 소현정이, 걸쭉한 코피를 줄줄 흘리는 촬영기자가, 정강이가 움푹 파인 고통으로 안면이 일그러진 손여름이 아스팔트 바닥에 무릎을 꿇는다. 전쟁 포로처럼. 높은 뜻을 못 이루고 좌절한 반란군들처럼. 폭발 12분 전. 사제 시한폭탄들은 이미 해체되었을지 모른다.

"모두 신분증 꺼낸다. 실시!"

경비원이 으르렁거리고 사람들이 질끈 눈을 감는다.

끝인가. 이대로 끝나는가.

그때 깜짝 놀랄 반전이 시작된다. 뭔가 작고 단단한 것이 일직선으로 휙, 날아들면서. 돌멩이다. 총알처럼 날아온 돌멩이가 경비원 한 명의 앞이마에 정통으로 작렬한다. 딱! 일격을 당한 경비원이 비명도 못 지르고 쓰러진다.

"뭐야. 씨팔 이거 뭐야!"

놀란 경비원들이 민첩하게 사방을 두리번거린다. 그러나 보이는 것은 없다. 들려오는 소리도 없다. 고요하게 차오르는 긴장감. 다시 기습 타격이 이어진다. 획. 획획. 재차 돌멩이들이 날아든다. 수십 개의 돌멩이가 우박처럼 쏟아진다. 사격장의 M16 총탄처럼 산발적으로 날아든다. 딱! 딱! 따닥! 개중에 네댓 개가 경비원 두 명을 더 쓰러뜨린다.

"히힝!"

이번에는 사람들이다. 보이지 않는 어디선가 사람들이 날아든다. 말 울음소리를 내며 다람쥐처럼 날렵하게 허공을 가로지른다. 훌쩍 벽을 올라타고 담을 뛰어넘더니 경비초소 지붕에서 냅다 몸을 던진다. 다급하게 껌을 질겅거리던 선임 경비원에게 날아든 누군가 두 무릎으로 그 안면을 들이받고는 맨바닥에 사뿐 착지한다. 콰직. 검은 선글라스가 반으로 부러지고 경비원이 기절한다. 바람처럼 달려든 누군가는 가로막힌 차단 바를 훨훨 뛰어넘으며 540도 회전하더니 나이 어린 경비원의 턱에 정확한 드롭킥을 날린다. 허공에 붕 뜬 경비원이 자빠지며 뒤통수가 먼저 땅에 꽂힌다. 경비원 다섯 명이 단 30초 만에 모두 바닥에 쓰러져 나뒹군다. 전멸이다. 으으. 으으으. 개중 몇 명이 허리를 뒤틀며 고통스러운 신음을 흘리지만 다시 일어날 수 있을 것 같지 않다. 나머지 몇 명은 기절했는지 죽었는지 꼼짝도 하지 않는다. 놀라운 장면이다. 믿을 수 없는 장면이다. 절망 속에 무릎을 꿇고 있던 사람들이 어리둥절, 한 명 두 명 몸을 일으킨다.

"어, 민규 형."

차연이 웅얼거린다. 날렵한 동작들이 눈에 익는다 했더니 역시 그렇다. 파쿠르 모임 스쿼럴의 친구들. 민규와 수이, 지호와 선규.

"좀 놀랐나?"

민규가 씨근덕씨근덕 가쁜 숨을 고르며 히히 웃는다. 반갑다. 너무 반가워서 가슴이 콩콩 뛴다. 민규의 얼굴에 이렇게 가슴 뛸 수 있다니 그야말로 놀라자빠질 노릇이다.

"여긴 웬일로……."

수이가 대답한다.

"아까부터 미행했거든."

"나를?"

"오빠 집에서부터 정릉까지. 세화역에서부터 이곳까지. 어쩜 그렇게 눈치를 못 채냐."

"맙소사."

"어제 통화하면서 오빠가 그랬잖아. 당분간 연락 못 할 것 같다고. 꽤 오래 숨어 지낼 것 같다고. 자세한 건 묻지 말아달라고. 생각 안 나?"

물론 생각난다. 나중에 때 되면 나타날 테니 너무 걱정 말라고도 했었다. 어디 숨었는지 찾는다고 여기저기 들쑤시지 말라고. 그게 도와주는 거라고.

"수이 말이, 기분 되게 이상하더래."

민규가 껴든다.

"도대체 뭐냐고. 신장 팔러 가는 사람도 아니고. 그래서 뒤를 쫓기로 했지. 도대체 요새 뭘 하고 다니는 건지 도대체 무슨 일을 벌이려는 건지 직접 확인해보는 게 나을 것 같아서."

지호가 바닥에 쓰러져 누운 경비원들을, 살풍경한 연구소 주변을 둘러본다. 호기심 충만한 얼굴이다.

"그런데 형, 여기 뭐하는 데예요? 이 사람들은, 뭐, 군인들인가?"

"지옥 같은 곳이죠."

이인태가 공손히 다가온다.

"이들을 진짜 지옥으로 보내기 위해, 여기 차연 님께 도움을 요청했어요. 모든 게 성공하기 일보직전이었는데, 그 직전에 그만 덜미를 잡혔던 거지요. 감사합니다. 도와주셔서 정말 고맙습니다. 지극히 옳은 일을 하신 겁니다."

수이가 기절한 경비원 한 명의 기관총을 집어 들고 포즈를 취한다. 〈에일리언〉의 시고니 위버처럼.

"내 생각이지만 여기서 할 일이 더 남은 거 같은데? CCTV 기록을 부숴버린다든지."

"빨리 떠나야 해."

차연이 은원의 두 손을 잡는다. 폐기처분된 마네킹처럼 주저
앉은 은원의 두 손을 잡아 조심히 일으킨다. 가볍다. 아프도록
가볍다.

"건물 하나가 8분 뒤에 폭발할 거야. 난리가 커질 거야. 시간
이 많지 않아."

"와, 미쳤네."

민규가 두 손으로 머리를 감싼다. 두려운 게 아니라 신나서
죽을 것 같은 얼굴이다.

"먼저 가. 뒷일은 우리에게 맡기고."

41

저녁 7시 50분. 저 멀리 두물머리 물길이 반짝반짝 내려다보이는 양수리, 물안개공원 근방 산기슭이다. 애플트리호텔. 인적 드문 숲길 가에 자리 잡은 숙소다. 건물 뒷마당 주차장에 지금 세 대의 차량이 주차되어 있으며 개중 한 대는 아직 보닛이 따끈따끈하다. 여의도에서 쉬지 않고 달려온 지 얼마 지나지 않은 때문이다. 애플트리 후문이 열리고 이인태가 나타난다. 스타렉스로 돌아오더니 카드키를 건넨다.

"8014호입니다. 더블베드밖에 없네요."

차연이 그것을 받아 들고 옆에 앉은 은원은 여전히 말이 없다.

"일단은 보름치 숙박비를 계산했습니다."

"많이 불편하실 겁니다. 조금만 견뎌주세요."

"그럼 우리…… 둘만……."

차연이 웅얼웅얼 질문을 삼킨다. 우리. 우리. 낯설고 울적하고 이상한 단어.

"그렇습니다."

이인태가 자기 얼굴을 쓰다듬는다.

"말씀드렸지만 어디까지나 두 분을 위해서입니다. 두 분의 안전을 위해 당분간 떨어져 있자는 겁니다. 남처럼. 모르는 사람들처럼. 한 번도 만난 적이 없는 사람처럼."

"두 분은 어디로 가실 건가요."

"물어주셔서 고맙습니다. 하지만 대답하지 않겠습니다."

"위험하니까?"

"바로 그렇습니다. 우리 부부의 근황을 알고 있는 것만큼 두 분에게 위험한 일은 장차 없을 테니까."

"맙소사."

"부탁입니다. 안전하게 생활하세요. 두 분의 안전이 곧 우리의 승리입니다."

"……."

"안전하게 생활한다는 것은, 요컨대 이런 거죠. 숙소 밖으로는 나가지 말기. 식사도 가급적 배달 음식으로 해결하기. 우리를 비롯한 누구에게도 당분간 연락하지 말기. 장차 벌어질 세상일에 관심조차 갖지 말기. 나아가 존재하지 않는 사람이 되도록 노력하기."

"존재하지 않는?"

"여태 어디에도 존재한 적 없었던, 지금도 마찬가지로 그러한, 앞으로도 변함없이 그러할 사람이 되는 것. 간단한 일은 아니겠지요. 즐거운 일은 더더욱 아니겠고."

"……."

"존재하지 않는 사람이라면, 생각해보세요, 실수로 물잔을 깨뜨리거나 갑자기 재채기를 터뜨린다 해도 주변 사람이 그로 인해서 깜짝 놀라거나 하지 않겠지요. 존재하지 않는 사람이므로 물잔을 깨뜨리거나 재채기를 할 일도 없겠지만 말입니다. 여태 어디에도 존재한 적 없었고 지금도 마찬가지로 그러하며 앞으로 변함없이 그러할 사람에 가까워질수록, 물잔이나 재채기를 비롯한 아주 많은 것들로부터 스스로 투명해지는 일이 그만큼 손쉬워질 것입니다."

"존재하지 않는."

은원이 중얼거린다.

"꼭 제 이야기 같네요."

이인태가 놀란다. 차연 역시 깜짝 놀란다. 그러나 두 사람 모두 은원을 돌아보지 못한다. 여의도를 출발한 이후로 세 시간 넘도록 그야말로 존재하지 않는 사람처럼 내내 침묵을 지키던 은원이 처음으로 내뱉은 한마디가 두 사람을 몹시 불편하게 만드는 중이다.

조수석 문이 벌컥 열리고 누군가 들어선다. 소현정이다.

"마트 되게 머네. 이럴 줄 알았으면 차 타고 다녀오는 건데."

뭔가 잔뜩 담긴 비닐봉투를 부스럭부스럭 뒷좌석에 건넨다. 차연 아니라 은원에게 건넨다.

"아무것도 안 챙겨 왔잖아. 먹을 거랑 속옷이랑 생리대랑 그런 거 좀 사왔어. 외지에서 여러 날 보내기엔 많이 부족할 거야."

"고맙습니다."

소현정이 은원을 빤히 바라본다. 천천히 고개를 젓는다.

"고마워요 고모, 해야지."

"……."

"언제가 될지는 모르겠지만 참아. 조만간 끝날 거야. 방송 나오고 하면 뭔가 윤곽이 잡힐 거야."

은원을 향했던 소현숙의 눈길이 차연에게 다가온다. 은원을 향했던 소현숙의 당부가 차연을 향한 부탁으로 이어진다.

"은원이, 잘 지켜줘요. 부탁이에요. 지금쯤 CL바이오의 직원 모두 두 사람을 찾느라 눈에 빨간 불이 켜졌을 거예요. 하지만 시간 지나면서 상황이 달라지지 않을 수 없을 거예요. 자기들 몸부터 사리지 않을 수 없는 때가 올 거라고요. 그때까지 은원이 좀 잘 지켜줘요. 알아서 그러시겠지만."

이제 헤어질 시간이다. 누군가 떠나고 누군가 남겨질 시간이다. 은원과 차연이 스타렉스에서 내려선다. 스타렉스가 어딘지 알아서 좋을 게 없는 장소로 출발해야 하기 때문이다. 소현숙과 이인태가 스타렉스에서 내려선다. 언제 다시 만날지 알 수 없는 차연과 은원에게 작별인사를 하기 위해서다. 숙소 뒤뜰 주차장에 어둠이 내려앉았다. 저편 산등성이에서 검푸른 수풀이 쏟아져 내릴 것 같다. 눅눅한 강바람이 그들 사이를 스쳐 지나간다. 이인태가 핸드폰을 내민다.

"필요한 일이 생기면 이 전화로 연락할게요. 두 분도 꼭 필요할 때만 이 전화로 연락주세요. 단축번호 1번. 아시겠지만 그럴 일이 없는 게 가장 좋고."

20년은 더 되어 보이는 중고폰이다.

"말 같지도 않은 소리일지 모르겠지만."

소현정이 말한다.

"앞으로의 날들이, 두 사람에게는 무엇보다 소중한 시간이 될 거예요. 거짓 없는 서로를 더 가까이 들여다보고 이해할 수 있는. 제 생각은 그래요."

"……궁금한 게 있습니다."

차연이 이인태를, 이어 소현정을 바라본다.

"이토록 사명감을 가지시는 이유가 뭔가요."

"그건."

소현정과 이인태. 얼마 전까지만 해도 CL23생명연구소에서 가장 헌신적이고 열정적이던 연구원 부부. 두 사람이 서로의 불편한 얼굴을 마주 본다.

"집착이 문제였어요. 관계에 대한 집착이 우리를 괴물로 만들었지요."

같은 대학병원 전문의로 있던 그들 부부에게 비극이 찾아온 것은 5년 전이었다. 서은. 초등학교 4학년 외동딸. 영어학원 승합차가 운전 미숙 승용차를 피하다가 맞은편 덤프트럭에 측면을 들이받히며 전복된 것은 그날 오후 3시, 서럽도록 화창한 목요일 늦봄이었다. 뇌를 크게 다쳤다. 예전으로 돌아올 확률은 15퍼센트도 되지 않았다. 세상이 무너지고 말았다. 살아갈 의미가 사라지고 말았다. 의식 없는 서은이 산소마스크를 쓰고 누운 지 7개월째 되던 어느 날 두 사람 앞에 CL바이오가 나타났다. 그 어떤 단어로도 대체할 수 없는 고통 속에 죽어가던 그들에게 천공열 회장이 날벼락 같은 가능성을 제시했다. 원한다면 유전자복제를 통해 새롭게 태어난 서은이를 재회할 수 있다는 것이었다. 두려웠다. 혼란스러웠다. 서은이만 돌아온다면 뭐든 할 수 있겠다는 그네들의 마음 자체가 무엇보다 두렵고 혼란스러웠다. 그러나 그뿐, 미치도록 두렵고 혼란스러웠지만 그뿐이었다. 두 사람 앞에 꿈처럼 등장한 가능성을 외면하는 것은 애초부터 가능한 일이 아니었다.

"그래서……."

따님을 복제하는 데 성공하셨나요. 차연이 물으려다 만다. 그 랬더라면 오늘의 두 사람을 만날 일도 없었을 것이다.

"모두 세 차례 실패했어요. 누구도 가보지 않은 길이었으니까요."

"아."

"그럴 때마다, 예전보다 몇 배 끔찍한 절망과 고통을 만나야 했지요."

첫 번째 결과물은 눈 세 개와 입 두 개가 한데 달린 열 살 서은. 두 번째 결과물은 상한 사과처럼 작고 빨간 얼굴에 버드나무처럼 길게 늘어진 팔다리를 가진 열 살 서은. 세 번째 결과물은 오른쪽 뺨이 오른쪽 어깨에 반쯤 함몰된 열 살 서은. 심장이 튼튼하게 뛰는 서은과 서은과 서은의 몸에 죽음으로 향하는 주삿바늘을 꽂는 일은 의식 없이 연명하던 서은이의 입가에서 산소마스크를 떼던 순간에 비할 바가 아니었다.

"그러고서야 깨달았어요. 뒤늦게. 너무도 선명하게. 우리가 깜빡 홀리고 말았던 세상이 어떤 종류의 악몽이었는지를. 천공열과 CL그룹이 준비하는 것이 얼마나 무서운 미래인지를. 우리가 목숨을 걸고 막아야 할 대상이 과연 어떤 것인지를."

42

서울 용산구 용산동 3가. CL바이오 18층 회장실. 어둡다. 조
용하다. 적막한 밤하늘을 덮고 누운 모래벌판처럼 황량하다. 널
찍한 마호가니 책상 위 작은 등불 하나가 뽀얗게 실내를 밝히는
중이다. 천공열 회장이 거기 앉아 있다. 어딘가와 전화 통화 중
이다. 유선전화의 꼬불꼬불한 전화선을 손가락으로 돌돌 말았
다 풀었다 내내 반복하고 있다.

"괜찮겠지요?"

나직이 속삭이는 소리. 새로 사귄 연인에게 밤 안부를 묻듯
다정하고 조심스럽다.

"내가 이래서…… 쓸데없이 일이 복잡해지는 거 아주 싫어하

는 성격이거든. ……아니, 의원님을 믿지 못하겠다는 건 아니고. 예, 물론이지요."

전화기 저편의 누군가 열변을 토하고 있다. 흥분한 목소리가 주절주절 종알종알 길게 이어지고 있다. 턱과 어깨 사이에 송수화기를 낀 공열이 따분해 죽을 것 같은 얼굴로 그 소리를 견디고 있다.

"중국에서 온 사람들은…… 예, 곱게 달래서 돌려보냈어요. 대충 잘 넘어간 셈이죠. ……응? 삐쳐? 하하. 그 새끼들이 삐치건 말건."

다시 장황해지는 전화기 저편의 목소리.

"알았어요. 그럼 방송 쪽은 내가 의원님만 꼭꼭 믿고 있을게. ……압니다. 예, 물론이지요."

꼬불꼬불한 전화선을 손가락으로 돌돌 말았다가 풀었다가.

"감사합니다. 오케이, 예, 의원님. 그럼 다시 연락드릴게요. 예."

긴 통화를 마친 공열이 집어 던지듯 전화기를 내려놓는다. 탁자 위에 두 팔꿈치를 기댄다. 두 손으로 이마를 감싸 쥔다. 절레절레 고개를 흔든다. 길고 긴 한숨을 뱉어낸다. 아이고 힘들다, 그렇게 종알거린다. 아기처럼 희고 짧고 통통한 손가락에 피가 번져 있다. 오른손 약지 첫 마디가 살짝 찢어졌다.

공열이 문득 고개 들어 저편 응접탁자를 바라본다. 어둑한 탁자를 사이에 두고 두 사람이 마주 앉아 있다.

"하루가 길기도 하네."

공열이 투덜거린다.

"뭐 이런 날이 다 있담. 안 그래?"

소파에 앉은 두 사람 모두 대꾸하지 않는다. 개중의 한 명, 권석이 동의하듯 고개를 한 차례 끄덕일 뿐이다. 날카로운 턱선에 사선으로 자리 잡은 흉터가 어둠 속에서 보일락 말락 희미하다. 권석의 맞은편에 앉은 사람, 차진선은 고갯짓조차 해 보이지 않는다. 한때 차진선이었던 차진선의 사체가 심하게 망가져 있다. 그 얼굴이 심하게 부서져 있다. 왼쪽 광대뼈가 깊이 함몰되었고 그쪽 눈알이 반쯤 튀어나왔다. 탁자 위에 두툼한 유리재떨이가 놓여 있다. 정확히 23분 전, 원희종 의원과 통화를 시작하기 직전에 공열이 쥐고 휘둘렀던 물건이다. 차진선의 얼굴 반쪽을 박살 내었던, 나아가 공열의 손가락에 상처를 내었던 물건이다. 차진선 앞에 유리재떨이가 놓여 있고 그녀의 부서진 얼굴을 뒤덮은 그것과 동일한 종류의 피가 유리재떨이에 묻어 있지만 그녀의 목숨을 결정적으로 앗아간 것은 유리재떨이가 아니다. 한때 차진선이었던 차진선의 사체를 목도한 사람이라면 이 역설을 쉬 이해할 수 있다. 짜증이 치민 듯 잔뜩 인상을 구기고 있는 차진선의 왼쪽 턱 아래에 뭔가 박혀 있다. 우아한 곡선의 쿠크리 단검이다. 정확히 21분 전에 칼집을 떠난, 권석이 즐겨 쓰는 무기 중 하나다.

"아이고, 술이나 한잔해야겠군."

천공열이 다시 두 손으로 이마를 감싼다. 피곤한 한숨을 길게 뱉어낸다.

다탁 위, 적막한 밤하늘을 덮고 누운 모래벌판처럼 황량한 그곳. 말수가 극도로 적은 권석과 완벽히 말을 잃은 차진선이 마주 앉은 사이로 밤눈같이 침묵이 차곡차곡 쌓이고 있다.

43

양수리에서 맞는 첫 번째 밤. 자정 지나 새벽 1시. 차연이 소리 죽여 운다. 침대에 엎드려, 푹신한 베개에 질식할 듯 얼굴을 파묻고, 이를 악물고 푸득 푸드득 어깨를 떤다. 딸꾹질처럼 이어지는 울음을 끅끅 삼키고 틀어막는다. 진땀이 난다. 방 안은 어둡고 미치도록 조용하다. 소리 죽인 TV 불빛이 일렁일렁 좁은 방 안을 부유하고 있다. 더블침대 옆자리에는 달리 갈 데 없는 은원이 등을 보인 채 누워 있다. 그 상태로 잠이 든 것인지 알 수 없다. 은원의 죽음이, 그제야 비로소, 가슴 안쪽에 무참히 사무치는 중이다. 슬프다기보다 아프다. 아프다기보다 끔찍하다. 그립고 그 이상으로 서럽다.

은원이 죽었다니.

은원이 세상에 없다니.

이제 다시 만날 수 없다니.

그런 일을 까맣게 모르고 있었다니.

은원을 생각한다. 은원의 죽음을 생각한다. 아니다, 그것은 불가능한 일이다. 은원의 죽음을 납득할 수 없다. 은원의 죽음을 이해할 수 없다. 은원의 죽음을 인정할 수 없다. 은원의 죽음을 상상조차 할 수 없다. 그것이 가능한 날이 있을지 그날이 언제일지 알 수 없다. 떠나보낼 수도 받아들일 수도 없는 상황의 귀퉁이에 위태롭게 멈춰 선 차연 곁으로 지난 시간들이, 600일간의 까마득한 만남들이 어둠 속 TV 불빛처럼 일렁일렁 스쳐 간다. 경기도 광주 물류창고 D동 3층 휴게실에서의 첫 번째, 두 번째, 세 번째 만남들부터 4박 5일 제주 여행을 끝마치고 김포공항 버스승차장에서 무덤덤하게 헤어지던 생애 마지막 저녁시간까지. 바로 다음 날, 화요일 오전 10시 28분 16초의 비극을 전혀 모르는 채 연락 끊긴 사람을 애태워 기다리고 수차례 전화를 걸고 문자를 보내고 집에도 찾아가고 경찰서에 실종 신고까지 접수했던 며칠까지.

방 안의 어둠이 몹시 괴로웠으며 소리 내어 울 수도 없는 상황은 벅차도록 고약했다. 옆자리에 등을 돌리고 누운 채 미동도 없는 은원이 잠든 것인지 아닌지 여전히 알기 힘들었다. 불과 며칠 전, 그녀를 처음 만나던 날의 풍경들이 새삼 아프고 거북

하다. 논현동 대로변, 1층에 수입자동차 대리점이 들어선 건물 3층의 클리닉. 살구색 줄무늬 환자복을 입고 있던, 다가가서 "은원 씨." 조심히 부르자 "안녕……하세요." 우물쭈물 인사하던 그 얼굴.

　다른 세상을 생각한다. 다른 우주를 생각한다. 사과 한 알이 바위보다 무거운 우주. 시간이 거꾸로 흐르고 꽃이 시들어 씨앗으로 자라나는 우주. 아직 벌어지지 않은 일들에 의해 현재의 운명이 정해지는 우주. 잠시만 머물다 돌아와도 지구의 수천 년이 흘러가는 우주. 그러나 영영 닿을 수 없는 우주. 그곳의 은원과 차연을 상상한다. 유니버스. 멀티버스. 평행우주. 다중우주. 그곳의 차연이라면. 그곳의 은원이라면. 그곳의 은원과 차연이라면.

44

애플트리 8014호. 오후 4시. 더블침대가 공간의 절반을 차지한 객실에서 사흘째. 정리되지 않은 하루가 저물고 새날이 밝고 길고 긴 오전과 오후를 건너 저녁을 지나 다시 아침이 찾아오고 다시 오후가 깊어가고. 현관문 밖으로는 단 한 걸음도 나가지 않았다. 숙소에서 제공하는 새 타월과 생수, 배달 음식을 받기 위해 잠깐 문을 여닫은 게 다섯 번 정도 될 것이다. 좁고 낯선 공간에서 두 사람이 따로 또 같이 버텨내는 시간의 속도는 일상으로 체감해왔던 그 정도가 어떠했는지조차 헷갈리게 만들었다. 언제까지 이곳 신세를 져야 할지 여전히 알 수 없었다. 보름치 숙박비가 이미 계산되었으니 12일 뒤에는 원하건 그렇지 아니하건 어떤 결정을 내려야 할 것이다. 어쨌거나 살아남아야 했다. 견디기 쉽지 않은 시간들의 연속이지만 일단은 그것이 중요했다. 앞으로 오랫동안, 언제까지일지 알 수 없지만, 그 이상으로 중요한 일은 없을 터였다.

창가 쪽 침대 구석에, 여전히, 은원이 누워 있다. 창 쪽으로 등을 돌린 채 누워 꼼짝도 하지 않는다. 그제도 어제도 밤새 잠을 못 이루고 뒤척이는 기색이었다. 지금은 잠깐 잠이 든 모양이다. 은원의 옆자리에, 충분히 떨어져 있지만 팔을 뻗으면 어깨건 허리건 충분히 가닿을 거리에 차연이 기대어 누웠다. 두툼한 쿠션 두 개를 겹쳐 베고서. 오후 시간이 더딘 강물처럼 흘러가는 중이다. 은원의 구부러진 어깨를, 차연이 가만가만 바라보는 중이다. 들리지 않게 속삭이는 중이다. 미안해요, 은원도 많이 힘들 텐데. 은원이야말로 정말이지 힘들 텐데. 어제오늘, 세상이 몇 번은 뒤집어지고도 남았을 혼란에 빠져 있었을 텐데. 그럴 새가 없었네요. 은원을 챙기고 들여다보고 다독거려줄 새가. 나 역시 제정신은 아니었다지만, 그렇게 되었네요.

은원은 대체로 얌전했다. 대체로 평범했다. 울거나 소리를 지르거나, 그 밖의 이상행동을 거의 보이지 않았다. 몇 수저 뜨는 정도였지만 끼니마다 권하는 음식을 아예 외면하지도 않았다. 말수가 많지는 않지만 뭔가 묻거나 말을 건네면 짧게나마 대답이 돌아오곤 했다. 하루 중의 아주 많은 시간을 침대 한구석 저 자리에서 저 자세로 누워서 보내긴 했지만 차연이 종종 그렇게 하듯 블라인드를 걷어 올리고 창 밖 저편 두물머리 풍경을 멍히 바라보기도 했고 리모컨으로 TV 채널을 이리저리 돌리기도 했으며 샤워를 하고 나와서는 화장대 앞에 앉아 엄청난 소음을 뱉어내는 드라이어로 젖은 머리를 말리기도 했다. 물론, 예전과 같지는 않았다. 여의도 CL23생명연구소 제1실험동 지하 붉은색 출입금지 철문 안으로 들어서기 이전의 은원과 이후의 은원은, 안타깝지만 당연히, 어떤 의미로건 같은 사람일 수 없었다.

불편했다. 매순간 힘들고 불편했다. 은원 때문이 아니라 차연 때문이었다. 차연의 마음 때문이었다. 자기 자신이 9년 전에 배양된 다섯 명의 복제인간 가운데 한 명이라는, 순서에 따라 두 번째로 동기화된 지 고작 3주밖에 되지 않았다는, 자신의 것이라고 믿어왔던 기억들 모두가 그 짧은 기간에 주입된 설정 속 세계였다는, 말 같지도 않은 존재의 비밀을 불과 며칠 전 알게 된 은원 때문이 아니라 그런 은원을 향한 차연의 알 수 없는 간절함 때문이었다. 차연 같으면 8014호 창밖으로 두 번은 몸을 던졌을 것이다. 화장실 거울을 깨서 세 번은 손목을 그었을 것이다. 숨이 막혀 단 한 순간도 견디지 못했을 것이다. 그러나 은원은 의연했다. 겉보기에는 대체로 평온했다. 대체로 평범했다. 그러할수록 은원을 향한 차연의 마음은 도무지 갈피가 잡히지 않았다. 이치에는 맞지 않지만 은원에게 미안했다. 자꾸만 미안해져서 견딜 수가 없었다. 사과하고 싶었다. 은원 안에 차고 넘칠 혼란과 두려움을 향해 진심으로 사과하고 싶었다. 미안해요. 모두 내 잘못이에요. 용서해주세요.

……CL바이오로부터 독립하는 글로벌 의료기업 CL천공솔루션이 다음 주 월요일, 출범식과 함께 중국 1위 화학산업체 베이징MGX과의 제1합작공장 설립식을 가진다. 투자액은 총 4조 7000억 원, 창출되는 일자리는 1300명 규모……

소리 죽인 TV 화면을 멍히 바라보다가 다시 스마트폰을 뒤적인다. 검색 끝에 찾아내었던 뉴스 기사를 다시 읽는다. 어제 오전 11시에 올라온 단신이다.

……공장 부지는 베이징 서쪽 외각 용깅강 폐수처리장 근처의 2만 평 규모로, 연내 착공하여 2025년 상반기부터 본격적인 생산에 들어선다. CL천공솔루션 대표 천공열 회장은 출범식이 끝난 오후 2시경, 서울 용산구 소재 CL바이오 본사에서 약식 기자회견을 갖고 신사업 개척의 의지를 밝힐 계획이다. 한편 어제 발생한 여의도 샛강역 인근 CL23생명연구소의 폭발사고에 대해, 복수의 관계자들은 "관리 부주의에 의한 것이었으며, 다행히 인명피해 등은 전혀 없었고 신속 복구가 진행되고 있다."고……….

며칠 전 목도한 장면들이 떠오른다. 여의도 생명연구소에서 멀지 않은 건물 옥탑에서 접한 냄새와 소리와 장면들이 생생히 되살아난다. 둔탁하게 대기를 흔드는 폭발음. 대기 위로 검붉게 솟구치는 화염. 요란한 사이렌을 울리며 일렬로 달려가는 소방차들. 웅성웅성 모여드는 행인들. 눈에 보이고 귀에 들리는 것보다 끔찍한 장면은 상상 속의 소리와 냄새였다. 출입금지 철문 안, 아수라장이 된 공간. 산산이 부서지는 캡슐과 타들어가는 은원3, 4, 5. 피부에 우툴두툴 수포가 일어나고 그게 촛농처럼 녹아내리다가 불이 옮겨붙고.

오늘 저녁 9시다. MBS 저녁뉴스에서 단독보도가 나올 예정이다. 기자가 열심히 촬영했던 연구소 내부의 믿지 못할 풍경들이, 차연과 은원의 이인태와 소현정의 충격적인 인터뷰 장면이 공중파에 생중계될 것이다. CL그룹이 은밀하게 야심차게 추진해온 인간복제 사업의 추악한 현장이 세상에 공개될 것이다. 반윤리적 기업범죄에 군과 정계까지 깊숙이 개입된 정황들이 큰 그림부터 선제적으로 밝혀질 것이다. 이제 네 시간 정도가 남아 있다. 그 파장이 어느 정도일지, 이후로 추가 보도가 얼마나 어떻게 이어지며 사회적 파급력을 넓혀갈지 모르는 일이다. 여의도에서 헤어지며 손여름 기자가 말했다. 관련 뉴스가 적어도 3회 이상 적어도 3일 이상 방송을 탈 수 있다면, 그때는 비로소 희망을 믿어도 좋을 것이라고. 조만간 자신이 추가 인터뷰를 요청해온다면, 그때는 어느 정도 안심해도 좋을 것이라고.

"아휴."

은원이 별안간 몸을 일으킨다. 침대에서 벗어나더니 길게 기지개를 켠다. 실내를 가로지른다. 화장실을 가나 했는데 그게 아니다. 안 보이는 데에서 옷을 갈아입는다. 지갑과 핸드폰을 챙긴다. 그러고는 차연을 돌아본다. 두 사람의 시선이 방 한가운데서 맞부딪친다.

"바람 좀 쐬러 가요. 답답해 죽겠네."

차연이 순간 헷갈린다. 바람 좀 쐬러 같이 가자는 것인지, 바람 좀 쐬러 갈 테니 그리 알라는 것인지. 되도록 숙소 밖으로 나가지 말라는, 여태 어디에도 존재한 적 없었고 지금도 마찬가지로 그러하며 앞으로 변함없이 그러할 사람이 되도록 노력하라는 충고가 떠오른다. 현관에 선 은원이 달그락달그락 신발을 신는 중이다. 차연이 부지런히 상체를 일으킨다.

"같이 가도 되나요."

45

공휴일 많은 10월에는 대체휴일이 두 번 있었고 그 첫 번째는 아침부터 비가 조금 내리는 두 번째 월요일이었다. 지하철을 타고 한강을 건넜다. 압구정동 현대백화점 사거리에서 대각선 방향, 성당 골목으로 몇 걸음 걸어 들어가자 카센터 옆으로 초록색 간판이 눈에 들어온다. 5월 보리밭. 그러려고 한 것은 아니었는데 식당 앞에서 은원을 딱, 우연히도 딱, 마주친다.

"오랜만이에요."

"일은 다 보신 건가요."

"예."

오후 2시. 다소 늦은 점심 약속.

"잘 지내셨나요."

"뭐 그럭저럭."

"……."

"들어갈까요."

"그러시죠."

첫 만남이다. 경기도 광주 물류센터 밖에서는 그야말로 처음이다. 조금 서먹하고 많이 반가우며 그만큼 불편하다. 다행히 식당 안이 어수선하다. 휴일이고 애매한 시간임에도 빈자리가 별로 없다. 자리에 앉자마자 직원이 수레를 끌고 다가온다. 두 분 맞으시죠, 하더니 수레 위의 것들을 식탁에 부지런히 올려놓기 시작한다. 게장이, 조기구이가, 잡채가, 청포묵무침이, 계란찜이, 나물들이, 김치가 척척 제자리를 찾아간다.

"와, 반찬 많다."

잠시 후, 펄펄 끓는 청국장 뚝배기가 은원과 차연 앞에 놓인다. 메뉴를 고민할 새도 그럴 필요도 없다. 차연이 식탁 아래 서랍에서 수저를 챙기는 동안 은원이 컵 두 개에 물을 채운다. 그러고는 청국장에 숟가락을 가져간다.

"맛있다."

"그래요? 다행."

"유명한 덴가."

"인터넷 열심히 뒤졌죠. 맛집 검색."

"그 자세 칭찬해요. 그나저나 나 때문에 점심 늦게 드시네."

"아니에요. 늘 이 시간에 먹어요. 아침은 10시쯤, 점심은 2시쯤."

그 전 주 수요일, 은원으로부터 뜻밖의 택배를 받던 그날 오후에 전화 통화로 정한 만남이었다. 10월 첫 번째 대체휴일, 함께 점심, 장소는 대략 종로1가. 이후로 그 약속만 떠올리면 하루에도 몇 번씩 기분이 야릇했다. 짧은 저녁 휴식시간에 딱 세 번 만난, 서로에 대해 피차 아는 바가 거의 없다고 할 수 있는 누군가를 따로 만나 점심을 먹기로 했다는 것만으로 일상에 기이한 변화가 찾아온 것 같았다. 인터넷을 뒤져 종로1가 근처의 음식점들을, 그곳에 대한 평가들을 열심히 검색했다. 그리고 이름 알려진 식당 몇 군데를 후보군으로 꼽았다. 이틀 뒤인 금요일 오후에 은원이 카톡을 보내왔다. 약속 장소와 시간을 바꾸면 안되겠냐는 것이었다. 그날도 꼼짝없이 일을 하게 생겼다는 것이었다. 상관없었다 종로1가건 압구정동이건, 12시건 2시건.

그런데 뭐 드실래요.

아무거나. 다 잘 먹어요.

아무거나라.

혹시 청국장 먹어도 되나요.

청국장?

아까 식당에서 점심 먹는데, 옆 테이블 청국장 냄새가 되게 좋더라고.

하여 금요일 오후의 통화가 끝난 뒤로는 종로1가의 평 좋은 식당이 아니라 압구정동 일대의 청국장 파는 음식점들을 열심히 검색했다. 그러구러 결정된 5월 보리밭이었다.

"와 김철웅."

청국장찌개 속 두부를 수저로 떠서 후후 불던 은원이 중얼거린다. 식당을 찾은 유명인들의 사인이 벽마다 빼곡하게 붙어 있었고, 개중에서 은원을 감탄하게 만든 것은 어느 영화감독의 이름이었다.

"좋아해요?"

"감각 있잖아요."

"쇼부. 케이퍼바 살인사건."

"아시네. 봤어요?"

"TV로요."

맛있어요, 번창하세요, 5월의 보리밭 최고, 잘 먹고 갑니다…… 탤런트와 가수와 배우와 개그맨과 아나운서와 운동선수와 유튜버 등 종류 다양한 유명인들의 필체 다양한 방명록들을 눈으로 짚어가던 차연이 은원 뒤쪽을 가리킨다.

"김인도 왔네."

"김인?"

"거기요. 아래."

"오, 정말."

"케이퍼바 살인사건에 나왔잖아요. 맞죠?"

"맞아요."

"김철웅 감독하고 친한가."

"아무래도 그렇겠죠. 영화는 망했지만. 같이 온 건가?"

"……아닌데요."

차연이 사인 밑에 적힌 날짜를 읽는다.

"김철웅은 2019년 4월 7일이고 김인은…… 2020년 5월 5일. 어린이날."

"희한하네."

"뭐가 희한한가요."

"케이퍼바 살인사건을 찍기 전에, 그보다 한참 전에, 두 사람이 따로따로 여기 와서 밥을 먹었다는 거잖아요. 거의 1년 간격으로."

"그렇지요."

차연이 반복한다.

"하지만 그게 뭐가 희한한가요."

밥 먹고 나오니 오후 3시 가까운 시간이었다. 흐리던 하늘이 개고 해가 나는 중이었다. 그래서 조금 걸었다. 걸으며 별로 중요하지 않은 대화들을 드문드문 나누었다. 이를테면 지난주 금요일, 동료 직원의 권유로 민트티를 한 모금 마셨는데 따끈한 양칫물 맛이라서 당장 뱉어내고 싶었지만 그 직원이 보고 있어서 그러지 못했다는, 언제 어디서 누군가와 주고받더라도 별 상관없을 이야기들을. 이윽고 은원이 선택한 찻집에 들어섰고 1층 창가 자리에 차갑고 뜨거운 아메리카노를 한 잔씩 놓고 앉았다.

맑은 오후 햇살이 나무 테이블 모서리를 가만가만 쓰다듬는 중이었다. 은원이 5월 보리밭 속 한 풍경을 소환했다.

"그런데 두 사람, 아까 그 식당에 자기들 사인이 나란히, 나란히는 아니지만, 붙어 있다는 사실을 알고 있을까요?"

"김철웅 김인 이야긴가요."

"예."

"그게 궁금해요?"

"묘할 것 같아서."

"뭐가."

"우리가 생각하는 것처럼 김철웅과 김인이 그렇게 가까운 사이라면, 내가 김철웅이라면 또는 김인이라면, 나랑 김철웅이 또는 나랑 김인이 1년 간격으로 그 식당에 따로 방문해서 밥도 먹고 사인도 남겼다는 사실을 아까처럼 우연히 깨닫는다면, 기분되게 묘할 것 같아서요."

"글쎄요 내 생각에는, 자기들이 그런 식당에서 밥을 먹었다는 것조차 기억 못 할 것 같은데요."

"그게 무슨 소리인가요."

"김철웅 김인 두 사람이 아까 그 자리에서 자신들의 사인을 발견한다면, 아마 이렇게 반응하리라는 소리죠. '뭐야. 내가 여기 왔었나?'"

그러다가 문득 은원의 얼굴을 보았고, 유심히 쳐다보았고, 그 순간 어찌 된 노릇인지 그 얼굴을 슬며시 외면할 수도 빤히 바라볼 수도 없는, 조금은 난감한 입장에 처하고 말았다. 덩달아 간질간질한 혼란이 차연을 어지럽혔다. 거 참 이상하군. 왜 갑자기 울적해지는 것일까.

찻집을 나와 다시 함께 걸었다. 아까 그 성당 골목쯤으로 돌아와서 횡단보도 앞에서 작별인사를 나누었다. 한 사람은 차를 세워놓은 백화점 지하주차장으로. 한 사람은 가까운 지하철역으로.

"잠실로 가는 건가요."

"예."

"바쁘시네."

"쉬는 날이 더 바쁘다니까요."

"……."

"오늘 점심 맛있게 먹었어요."

"다행이에요."

"그럼 갈게요."

"예."

"……먼저 가세요."

"아, 그럼."

초록불이 켜지고 은원이 길을 건넌다. 중간쯤 건너다가 돌아서서 다시 팔랑팔랑 손을 흔든다. 차연도 두 손을 열심히 흔들어 보인다. 깜빡깜빡 숫자가 줄어들던 초록불이 빨간 신호로 바뀌고, 은원은 더 이상 돌아보지 않는다. 뒷모습이 조금씩 멀어져간다. 또 언제 볼 수 있나요. 궁리했던 대사를 끝내 뱉어내지 못한다. 언제 또 볼 수 있을까요. 다음번에는 술이나 한잔.

작별의 순간이란 대체로 짧고 경황없기에 그때만 해도 알지 못했다. 요만큼도 상상 못 했다. 그로부터 불과 얼마 뒤, 연휴 끝나고 두 번째 맞는 금요일, 나로우주센터 제2발사대에서 발사된 누리호가 최고 시속 2만 7천 킬로미터로 날아오르던 그날 저녁, 블루 오이스터에서 은원을 다시 만나 누군가의 얇고 낡은 유고 시집을 건네게 되리라는 사실을.

46

숙소를 나와 비탈진 포장도로를, 강물 따라 이어지는 흙길을 걷는다. 더운 날이다. 진초록으로 웃자란 수풀 너머에서 여름날 민물 냄새가 꾸역꾸역 풍겨오고 있다. 좁다란 강가 산책길을 두 사람이 걷는다. 멀리 국도변에서 차 소리가 끊임없이 이어지고 있지만 사위는 조용한 편이다. 찰박찰박 뭍을 적시는 강물 소리가 들릴 정도다. 보이지 않는 날벌레들이 얼굴 앞을 성가시게 맴돌고 있다. 늦은 오후다. 머잖아 저녁이 찾아올 것이다. 세상이 송두리째 뒤집어진 이후로 맞이하는 세 번째 저녁과 밤 시간이.

은원은 말이 없다. 말없이 걷는 중이다. 차연이 그 속도에 맞추어 걷는다. 알 수 없이 조바심이 난다. 나란히 걷는 은원을 위

해서 뭔가 하고 싶다. 뭔가 시답지 않은 농담이라도 붙여보고
싶다.

"저기, 손 좀 잠깐."

"예?"

"보자고요."

"……."

"그쪽 말고."

어정쩡하게 내미는 오른손을 끌어당기듯 해서 왼손 위에 얹
는다. 엄지와 검지 사이, 작은 그림.

"이거……."

"타투? 왜요."

"모양이 달라요. 미세한 차이지만."

"아."

은원이 움찔, 손을 오므린다.

"초승달이 더 작았지요. 별은 초승달보다 아래에 있었고."

보이지 않는 벌레에 물린 사람처럼.

"작년에, 은원의 서른네 번째 생일에, 홍대에서 만났거든요.
점심에 마라탕을 먹고 타투숍에 갔죠. 도안을 내가 골라줬어
요."

"어쩐지, 지난번에 표정이 뭔가."

"맞아요. 의아했어요. 많이 놀랐어요."

"왜 그때 이야기하지 않았나요."

"그럴 수 없었어요."

"왜요."

"무서웠거든요."

"뭐가요."

"타투 모양이 미세하게 달라졌다는 것이, 도대체 그것이 무엇을 의미하는지."

"……."

"지금도 그래요. 무서워요. 타투가 왜 달라진 것인지, 그게 무엇을 의미하는지, 그건 이제 알겠어요. 하지만 무서워요. 여전히."

"뭐가 무섭나요. 여전히."

"은원을 대하는 일이, 그래요, 무서워요. 어제오늘 은원의 마음을 상상하는 일이 무섭고 힘들고 괴로워요. 은원이 지금 어떤 마음일지. 내가 그 같은 입장이었다면 과연 어떠했을지."

"마찬가지예요."

"……."

"나도 모르겠어요. 내 마음이 어떤지 나도 모르겠어요."

차연이 후회한다. 괜한 이야기를 꺼냈다. 그런 것 같다.

"어느 날 새하얀 천장을 바라보며 멍하니 눈을 떴는데 기억나는 게 요만큼도 없고, 여기가 어딘지 오늘이 무슨 요일인지 내가 누군지 내 이름이 뭔지 하나도 모르겠고, 낯선 병상에 낯선 사람들이 우르르 몰려와서 가족이라며 친구라며 얼굴을 감싸고, 어려운 이름의 기억상실증에 걸린 거라며 내 과거와 내 존재와 내 환경에 대해 무지막지하게 설명해주고, 며칠 뒤에는 남자친구라는 사람도 나타나고, 퇴원해서는 3년을 살았다는 아파트에 짐을 풀고, 내가 썼다는 침대에 앉아 내가 입었다는 옷들을 뒤적이고, 남자친구를 다시 만나 밥을 먹고 차를 마시며 예전에 함께 만나 했던 일 갔던 곳 등등 사연들을 또 배 터지게 듣고, 그런가 보다 했는데, 세상에 쉴 틈도 없이, 며칠 뒤에는 그 남자친구가 만나자고 해서 어디론가 막 끌고 가더니, 여태까지 듣고 보고 배웠던 내용 모두가 새빨간 거짓말들이었음을 알게 되고, 나랑 똑같이 생긴 쌍둥이 복제인간들이 홀랑 벗고 진열장에 드러누운 장면을 구경하고, 나 역시 그들 가운데 한 명이라는, 그들처럼 만들어진 지 몇 년 되지 않았다는, 동기화인지 뭔지 새하얀 천장을 바라보며 멍하니, 난생처음으로 눈을 뜬 게 고작 몇 주 전이라는, '주어진' 기대수명이 20년에 불과하며 그조차 불안정하기 그지없다는 사실을 깨닫고. 맙소사 내가 미쳐. 이걸 누구한테 이야기한다면 삼 분의 일이라도 믿어줄 사람이 있겠어요? 이걸 소설이라고 써봐야 출간을 고민해줄 정신 나간 출판사가 한 군데나 있겠어요? 이따위 골 때리는 상황들이 내 안에서 착착 정리가 된다면 그게 더 희한한 일 아니겠어요?"

은원을 다시 만난 이후로, 아니, 은원을 만난 이후로 은원에게 들어왔던 것들 가운데 가장 장황한 대사다. 괜한 소리를 꺼냈구나 다시금 후회된다. 한편으로 아주 조금은 마음이 놓인다. 은원이 늘어놓은 대사가 지난 며칠 들어왔던 것들 가운데 가장 장황한 때문이며 그 목소리가 충분히 힘차고 씩씩했던 때문이다.

5시가 넘었지만 해가 떨어지려면 아직 멀었다. 여전히 후덥지근한 날씨다. 어느새 들길이 끝나 있다. 이어지는 풀숲은 길이라 할 수 없을 만큼 깊고 험하다. 유유히 흐르는 강물을 잠깐 바라본다. 고개 돌려 여태 걸어왔던 길을 그보다 오래 바라본다. 돌아갈까 하다가 길을 벗어나기로 마음먹는다. 잡초 무성한 비탈을 헤치며 길섶 비탈을 타 오른다. 얼굴 앞에 빙빙 맴도는 날벌레들을 손으로 쫓으며 국도변으로 성큼성큼 올라선다. 은원이 열심히 수풀을 헤치며 뒤를 따른다. 은원의 팔목을 잡아 끌어올린다. 숙소로 가는 사거리 쪽으로 발걸음을 돌린다.

"저기요."

등 뒤에서 은원이 부른다. 차연이 걸음을 멈추고 은원을 돌아본다.

"내 말만 너무 한 거 같은데, 음, 하고 싶은 이야기는 그게 아니라."

거기서 잠깐 말을 끊는다. 조심스러운 얼굴이다.

"뭐라고…… 위로의 말씀을 드려야 할지 모르겠어요."

"아."

생각지도 못한 종류의 인사다. 아프다. 왼쪽 가슴이 일순 뻐근해진다.

"기운 내세요. 갑작스러운 소식에 많이 힘드시겠지만."

어젯밤, 두꺼운 베개에 얼굴을 묻고 끅끅 윽윽 눈물을 삼키다 말고 이런 생각을 잠깐 했던 것 같다. 죽은 사람을, 제대로 장례나 치러줬을까. 실험실의 대형냉장고 같은 곳에 아직 보관 중인 것은 아닐까. 언젠가 자유로이 움직일 수 있는 몸이 되었을 때, 가장 먼저 할 일이 그것 아닐까. 차갑게 식은 은원의 몸을 찾아나서는.

"저도, 정말이지 마음이 안 좋네요. 남 일이라고 할 수도 없겠고."

"……"

"그리고, 이런 와중에 정말 죄송하지만, 꼭 드리고 싶은 이야기가 더 있어요."

"뭔가요."

"그게……"

"말씀하세요. 뭐든 괜찮으니."

"그러니까 이런 거예요. 혹시라도 착각 같은 거 안 하셨으면 좋겠다는."

"착각 같은 거?"

"나에게 괜히 잘해줄 필요도 없고요, 행여 책임감이라든지."

차연의 얼굴이 화끈 달아오른다. 민망하다. 왠지 민망하다.

"잘해준 적 없어요. 잘해주고 싶지만 그럴 경황도 시간도 없었지요. 미안해요. 은원이야말로 정말 힘들었을 텐데."

"사실은 그, 은원이라는 이름도 조금 불편하고."

"아이고."

"하지만 어쩔 수 없겠네요. 그렇게 부르셔도 돼요. 다른 이름도 없으니."

말 같지도 않은 소리일지 모르겠지만, 앞으로의 날들이, 두 사람에게는 무엇보다 소중한 기회가 될 수 있을 거예요. 거짓 없는 서로를 더 가까이 들여다보고 이해할 시간. 소현정의 목소리가 날벌레처럼 성가시게 끼어들고 있다.

"말하자면 저는, 음, 차연이 기억하는 그 사람이 아니에요. 물론 잘 아시겠지만."

"……."

"차연과 함께했던 시간들을 기억 못 하는 게 아니라 그런 시간 자체를 경험한 적이 없는 사람이지요. 뭐, 얼굴은 아주 비슷하지만."

"나도 알아요. 제주도에서……."

차연이 잠시 말을 멈춘다. 아니다 말하려는 내용을 잠시 놓친다. 잠시 서럽다. 회청색으로 물드는 하늘을 잠시 바라본다.

"제주도 여행에서 돌아오며 마지막으로 헤어졌던 은원, 며칠 전 종로에서 만나 함께 점심을 먹고 차를 마셨던 은원, 그리고 지금 내 앞에 있는 은원이 전혀 다른 은원들이라는 사실을 나도 충분히 이해하고 있어요. 물론 헷갈리지만, 아직도 많이 혼란스럽지만, 은원이 예전의 은원들과 다른 은원이라는 사실을 잊지 않으려고 노력하는 중이에요."

"고마워요, 그렇게 말해줘서."

"고마울 거 없어요. 은원만이 아니라, 더불어 나를 위해서이기도 하니까."

"……."

"하지만 잘해주지 말라는 말은 하지 마세요. 괜히라는 말도요. 잘해주는 게 아니에요. 괜히 잘해주는 게 아니에요. 잘해준 적도 없지만, 어쨌거나 그냥 내 성격이에요. 은원이 은원이라서가 아니고 은원과 똑같이 생겨서도 아니에요. 그냥, 다른 사람을 대하는 내 성격이, 태도가, 원래 이럴 뿐이에요. 제가 횡설수설하네요. 무슨 말씀인지 이해하셨나요."

"알았어요."

무덤덤하게 고개를 끄덕.

"혹시 저 때문에 기분 나빠지신 거 아닌가요."

"천만에요."

지극히 난해하고 불편한 대화가, 다행히, 그렇게 일단락된다. 멈춰 섰던 두 사람이 다시 걷기 시작한다. 날이 저물고 있다. 숙소를 향한 비탈길이 저편에서 시작되고 있다.

"그건 그렇고 저녁, 어떻게 할까요."

"글쎄요."

"컵라면이나 먹을까요. 배달 음식도 지겹고."

"좋아요."

"편의점이 저쪽에 하나 있는 것 같던데."

믿을 수 없도록 야릇한 일이다. 이렇게 또 하루가 저물어가는 것도, 변함없이 하룻밤을 보낼 숙소 주변을 천천히 산책하는 것도, 함께 먹을 저녁거리를 사러 낯선 길을 찾아 나서는 것도.

"뭐 하나 물어봐도 되나요."

저편 강물 길을 바라보며 걷던 은원이 다시 중얼거린다.

"얼마든지요."

"궁금해요. 두 사람, 언제 어떻게 만난 건지."

"아."

"그보다도, 어쩌다가 사귀게 되었는지. 난 그게 제일 궁금해."

"그게……."

"사람이 만나는 거는 쉽지만 그다음은 흔한 일이 아니잖아요. 한순간 스파크가 탁 튀면서 다음 단계로 넘어서는 거. 그러려면 뭔가 기적 같은 계기가 필요하잖아요. 잘은 모르지만."

47

컵라면과 감동란과 봉지과자와 나무젓가락 등이 담긴 비닐 봉투를 달랑거리며 숙소 후문으로 들어서던 즈음이다. 전화벨이 울기 시작한다. 깜짝 놀란 차연이 그 자리에서 얼어붙는다. 꽁꽁 얼어붙은 채 팔만 힘들게 움직여 주머니에서 폰을 집어 든다. 이인태가 주었던, 아직은 지극히 낯선 폰에 지극히 낯선 번호가 찍혀 있다. 누군가. 차연도 모르는 이 번호를 알고 있는 사람이 누구인가. 이인태가 아니라면 도대체 누구인가. 성가시게 울어대는 전화를 받는 것도 두렵지만 계속 외면하는 것은 더욱 두려운 일이다.

"여보세요."

—차연 씨?

밝고 힘찬 목소리다. 누군지 모르겠다.

"……."

—차연 씨 맞죠? 손여름 기잡니다.

"아."

아주 조금 안심이 된다. 물론 의아함은 그대로다.

"이 번호는 어떻게……."

—이인태 선생님으로부터 얻었지요.

그러고 보니 한두 시간 뒤면 MBS의 단독기사가 나올 것이다. 폰 너머 들뜬 음성이 들뜬 인사를 건넨다.

—두 분, 별일 없으시고요?

"예, 뭐."

—갑자기 급한 일이 생겨서 전화드렸습니다. 지금 통화 가능하시죠?

"급한 일이라면."

—놀라지 마세요. 교황청 특사가 오늘 저녁에 도착한대요. 방금 전에 연락이 왔어요.

"예?"

—놀라지 마시라니까.

"……."

—두 분을 당장 만나 뵙고 싶어 하세요. 와, 엄청나지 않나요?

"다음 달쯤에나 가능하다고 들었는데."

―그래서 저희도 이만저만 놀란 게 아니랍니다. 오늘 자 단독 방송분을 일단 미루는 게 좋지 않을까, 하는 논의가 그래서 지금도 진행 중이고요.

"……."

―한 시간 전에 이인태 선생님이 연락을 주셨어요. 바티칸을 떠난 교황청 특사가 저녁 7시쯤 인천공항에 도착할 것이라고. 차연 님과 은원 님을 극비리에 만나서 면담을 진행할 예정이라고.

"처음 듣는 이야기군요."

―그래서 제가 이렇게 전화드리는 거 아닙니까.

"……."

―그런데 선생님께서, 이번에는 자신들이 나서지 않는 게 좋을 것 같다고 하시는 거예요. 냄새를 맡은 CL 쪽에서 언제 어디서 어떻게 자신들을 칠지 모른다고 말이죠. 몸을 많이 사리시는 것 같아요. 그래서, 미안하지만 방송국에서 일정을 좀 챙겨주실 수 있겠느냐고. 어차피 카메라 들고 쫓아가야 하실 거 아니겠냐고. 저야 고맙고 힘이 나는 말씀이었지요.

8014호. 카드키로 현관문을 연 은원이 차연을 돌아본다. 전화 저편에서 손여름이 쉬지 않고 말을 잇는다.

―어쨌거나 그래서, 우리가 두 분을 모시기로 부랴부랴 결정했습니다. 지금 숙소에 계시죠?

"아, 예."

―그쪽으로 가고 있어요. 20분 안에 도착할 겁니다.

"여기가 어딘지 아시나요?"

―물론이죠.

"……."

―차연 씨나 저희나, 이제 같은 배를 탄 처지들이 됐어요.

통화 끝나고 정확히 18분 뒤, 숙소 앞에 은색의 기아 스포티지 SUV가 멈추어 선다. 차 보닛과 옆구리, 뒷창에 MBS 취재차량임을 드러내는 방송사 로고가 붙어 있다. 조수석 문이 열리고 손여름이 내려선다.

"안녕하셨죠?"

차연을 향해, 이어 은원을 향해 눈을 맞추며 밝게 인사한다.

"아이고 정신없다. 준비들, 다 되신 건가요?"

"대충……. 뭘 준비해야 할지 모르겠지만."

"용기죠. 나설 수 있는 용기. 진실을 밝힐 수 있는 용기. 인류를 대표할 수 있는 용기."

"인류를 대표?"

"최초의 인간복제 사업에 맞서는 최초의 인류."

"맙소사."

찡긋, 윙크를 해 보인다.

"타세요. 늦었어요."

은원이, 차연이, 손 기자와 동행한 한 사람이 승용차 뒷자리에 차례로 들어선다. 짧게 자른 머리에 청색 양복을 입은 거구의 남성. 며칠 전의 촬영기자 대신 나온 신참기자라고 한다. 방송용 카메라는 보이지 않는다. 덩치 큰 사람이 옆에 앉으니 자리가 여간 불편하지 않다. 손 기자가 조수석에 앉고 아까부터 운전석에 앉아 있던 사람이 수동기어에 손을 가져간다. 차량이 움직이기 시작한다. 고무바퀴에 밟히는 자갈 소리가 경쾌하게 흩어진다. 3일 동안 묵었던 숙소가 등 뒤로 조금씩 멀어진다.

"이렇게 빨리 재회할 줄은 몰랐네요. 안 그래요?"

손여름이 치아를 드러내며 웃는다. 은원도 차연도 따라 웃지 못한다. 그저 얼떨떨하고 더불어 얼떨떨할 따름이다. 찻길에 들어선 스포티지가 속도를 높인다.

"그동안 어떻게 지내셨나요."

"숙소에만 있었죠. 내내."

"3일 동안?"

"되도록 사람들 눈에 띄지 않는 게 좋다고 하셔서."

"고생하셨네. 하긴 저도 그랬어요. 지난 3일 동안, 되도록 다른 방송국 사람들 눈에 띄지 않도록 요리조리 숨어 다니느라 바빴지요. 혹시라도 꼬투리 잡혀서 이번 취재 건에 태클 들어오지나 않을까 등등, 온갖 안 좋은 가능성들을 멀리 피해서."

차창 밖이 어둠, 어둠뿐이다. 어느새 밤이다. 사흘째 밤을 애플트리 8014호 아닌 곳에서 맞이하리라고는, 불과 한 시간 전만 해도 상상조차 못 했었다. 15일치 숙박비를 미리 계산한 그곳으로부터 이렇게 빨리 이렇게 멀리 떠나올 수 있으리라고는.

"그런데 지금, 어디로 가는 건가요."

손여름이 뒷좌석을 돌아본다.

"교황청 특사 만나러 가는 길이죠. 말씀드렸잖아요."

"그럼 이인태 씨와 소현정 씨는⋯⋯."

"오늘은 참석 안 하실 것 같던데요. 이것도 말씀드렸는데. 당분간 사람 많은 자리는 피하는 게 좋을 것 같다고 하셨다는."

"⋯⋯."

"하지만 뭐, 모르는 일이죠. 워낙 귀한 손님이 오셨으니. 세상에 교황청 특사라니. 아이고."

어두운 차창 밖을 바라본다. 저편 남한강변로에 차량들의 불빛이 한가득이다. 길이 막히는 모양이다. 그러나 스타렉스는 막힘없이 질주 중이다. 서울과는 반대 방향으로 달리는 때문이다. 바티칸에서 온다는 특사에 대해 생각한다. 예정보다 이렇게나 빨리 방한한 이유가 무엇일까. 사태의 심각성을 파악하고 서둘렀던 것일까. 하지만 이상하다. 납득할 수 없는 일이다. 차연 안에 버럭, 알 수 없는 의구심이 고개를 쳐든다. 아까 낯선 전화기에 낯선 번호가 찍히던 즈음에 떠올렸어야 마땅할 의구심이다. 적어도 스포티지 SUV 뒷자리에 몸을 구겨 넣기 전에는 떠올렸어야 할 의구심이다. 이인태는 어째서 차연에게 직접 전화해서 이 사실을 이야기하지 않았을까. 방송국 기자에게는 자신이 차연에게 준 폰 번호까지 전달하며 취재를 부탁해놓고 어째서 차연에게는 아무 연락도 하지 않은 것일까. 교황청 특사에 대해 누구보다 큰 기대를 갖고 있는 이인태와 소현정이라면 특별히 당부할 말이 여럿 있지 않을까.

"그런데 어디로 가는 건가요."

"……."

"제 말은, 어, 만나기로 한 장소가 어디쯤인지."

손여름이 이번에는 뒤를 돌아보지 않는다.

"말씀드려도 모를 곳이에요. 거의 다 와갑니다. 조금만 기다리세요."

어둑한 차 안, 옆에 앉은 은원의 손이 조심히 움직인다. 더듬더듬 차연의 손을 잡는다. 꼭 잡아 쥔다. 그 감촉이 묘하다. 그 악력이 예사롭지 않다. 모종의 신호다. 차연이 은원에게로 조심히 고개 돌린다. 어둠 속, 불안이 나직하게 찰랑거리는 그 얼굴을 불안하게 바라본다.

48

한글날 연휴 끝나고 두 번째로 맞는 금요일이다. 나로우주센터에서 발사된 누리호가 최고 시속 2만 7천 킬로미터를 기록하며 고도 700킬로미터까지 날아올랐던 날이다. 나흘 만에 처음으로 외출하는 날이다. 지난 며칠의 고민과 갈등과 궁리들을 마침내 끝마치는 날이다. 그 시간들을 동력 삼아 드디어 행동에 나서는 날이다.

대흥동. 은원의 회사가 멀지 않은 거리로 찾아간다. 종일 화창하던 가을날이 저물고 있다. 눈에 띄는 커피전문점에 들어가 뜨거운 차 한 잔을 주문한다. 6시 27분이다. 폰을 만지작거리며 다시 한번 마음을 다잡는다. 갑자기 무슨 일이세요? 그렇게 물어본다면 갖다 붙일 변명조차 변변치 않다. 발신음이 여덟 번에서 아홉 번째로 넘어가고, 안 받나 싶을 즈음 통화가 연결된다.

—아, 차연 씨.

은원이다. 압구정동 5월 보리밭으로부터 11일 만에 다시 듣는 목소리다. 밝고 환하고 다정한 음성이다.

"안녕하세요."

—잘 지냈죠?

"그럼요."

폰 너머로 왁자지껄 어수선한 분위기가 한가득.

"바쁘신가요."

—아니에요. 친구들이랑 저녁 먹는 중이에요.

"아······."

—요새 어떻게 지내세요.

"잠깐 뵐 수 있을까요."

냅다 뱉어낸다. 눈앞이 새카매진다. 소름이 오싹 끼친다. 처음이다. 그야말로 처음이다. 은원을 향한 첫 번째 순간.

—예?

차연이 깊은숨을 짧게 들이마신다.

"갑자기 죄송해요. 잠깐 봤으면 해요. 가능하시면."

은원은 말이 없다. 밝은 웃음소리들이 전화기 너머에 수선스레 이어지고 있다. 속이 울렁거리고 있다. 손바닥에 진땀이 배고 있다. 뒤통수를 타고 저릿저릿 좋지 않은 기운이 몰려들고 있다. 잠시 후 은원이 침착하게 물어온다.

"저기요 차연 씨, 음, 지금 어디세요?"

"근처에요. 은원 씨 회사 근처."

5분 뒤에 전화드려도 되겠느냐는 말을 마지막으로 통화가 끊긴다. 그러고는 정확히 12분 만에 전화가 걸려온다. 고통스러운 12분이었다. 절벽처럼 막막한 12분이었다. 전화 저편 은원이 재차 조심스러운 목소리로, '30분이면 자리가 정리될 것 같은데 미안하지만 그 후에 봐도 괜찮겠느냐' 물어온다. 30분이건 한 시간이건 괜찮지 않을 이유가 없었다.

그렇게 다시 전화가 끊겼고, 정확히 40분 뒤, 약속한 장소에 은원이 나타났다.

"많이 기다렸죠?"

49

　길은 어둡고 스포티지는 막힘없이 달린다. 어디인지 어디쯤
인지 위치도 방향도 종잡을 수 없다. 감각이 자꾸만 무뎌지고
있다. 판단력이 자꾸만 흐릿해지고 있다. 뒷자리에 비좁게 끼어
앉은 차연이 불편하게 허리를 틀고 팔을 움직인다. 바지주머니
에서 힘겹게 폰을 꺼낸다. 단축키 1번을 길게 누른다. 이인태가
준 전화로 이인태에게 전화를 건다. 이인태라면 무뎌지는 감각
과 흐릿해지는 판단력을 회복하는 데 도움을 받을 수 있을 것이
다. 그런데 별일이 다 있다. 옆자리 신참 촬영기자가 냅다 폰을
빼앗는다.

　"통화 금지."

굵고 나직한 목소리. 차연이 귀를 의심한다. 순간, 장난을 치는 것인가 싶다. 새삼 남자를 바라본다. 무표정한, 그러나 근엄한 얼굴이다. 장난이라면 대단히 진지하고 열정적인 장난이다.

"주세요."

손을 내민다. 남자가 들은 척도 하지 않는다.

"전화기 돌려줘요."

"……."

"이인태 씨와 통화 좀 하려고 합니다. 어서 주시라고."

폰 쥔 손을 향해 팔을 뻗는다. 그러자 이번에는 눈을 의심할 장면이 이어진다. 차창을 열더니 그 틈으로 차연의 폰을 휙 내던진다. 열린 창문으로 세차고 눅눅한 바람이 쏟아져 들어온다. 어머나. 이 장면을 지켜보던 은원이 눈을 크게 뜨고 입을 가린다. 이내 창문이 닫히고 바람이 잦아든다. 차연은, 그야말로, 꿈을 꾸는 기분이다.

"지금 뭐 하는 겁니까."

"쉿."

오므린 입술에 검지를 세워 붙인다. 대단히 간결하고, 또한 고압적이다. 이 역시 진지하고 열정적인 장난일까.

"닥치고 가자고. 죽기 싫으면."

"아니 도대체, 지금……."

"닥치라는 말 몰라?"

오른손을 천천히 세워 든다. 하얗게 반짝이는 것을 쥐고 있다. 칼이다. 팔뚝만큼 크고 날카로운 사냥칼이다.

"죽여서 데려와도 된다더라고. 아직은 세차하기 귀찮아서 참는 중이고."

곁에 붙어 앉은 남자의 덩치가 새삼 거대하다. 차연이 조심히 숨을 들이마신다. 잠시 꺼내 보인 흉기는 이내 품에 감췄지만 그 희푸른 칼날이 차갑게 목덜미에 닿아 있는 기분이다. 사냥칼의 뾰족한 끝이 옆구리 깊은 곳에 쑤셔 박히는 기분이다. 세차라는 단어가 이토록 흉하고 끔찍한 어감으로 뒤통수를 후려칠 수 있다니 어안이 벙벙하다. 어둠 속에서 은원이 다시 차연의 손을 잡아 쥔다. 꼭 잡아 쥔다. 손아귀가 축축하다. 졸지에 얌전해진 차연이 고개 돌려 은원을 바라본다. 피차 하얗게 질린 얼굴들. 차연이 보이지 않게, 아주 작게 고개를 젓는다. 놀라지 말아요, 아무 일도 아니에요, 그러니 겁먹지 말아요, 다독이듯이.

조수석에 앉은 손여름이 어깨를 떨며 낄낄거린다. 뒷자리에서 짧게 발생한 상황을 훤히 파악하고 있는 모양이다.

"그러게 내가 그랬잖아요. 다 왔으니 조금만 기다리라고. 대한민국 기자가 하는 말 좀 들으시지."

당했다. 감쪽같이 속았다. 저항 한 번 못 해보고, 제대로 의심한 번 못 해보고 꼼짝없이 당하고 말았다. 어이없는 일이다. 새삼 어처구니없는 노릇이다. 도대체 뭐에 홀린 것일까. 조심하려했는데, 여태 어디에도 존재한 적 없는 사람이 되어 조용히 숨어 지내려고 했는데, 그래서 3일 동안 숙소 밖으로 한 발도 나가지 않았는데, 단 한두 장면 만에 모든 것이 삽시간에 허물어지고 말았다. 이들은 누구인가. 어디까지가 진실이고 어디부터가 거짓인가. 끝까지 살아남는 일이 과연 가능할 것인가.

50

20여 분 뒤, 마침내 목적지 근방에 다다른다. 강원도와 경기도와 충청도의 경계 어디쯤으로 생각되는 위치다. 어두운 산길 중턱 어딘가에 자리한 대저택이다. 척박하고 험하고 외진, 그런 시설이 있으리라고는 도통 기대할 수 없는 지점에 기적처럼 자리 잡은 공간이다. 좌측으로 구부러지던 산길이 잠시 끊기는 어름, 웅장하고 고풍스러운 철문이 모습을 드러낸다. 차량이 다가가자 어떤 신호도 없이 문이 열린다. 철컹. 좌우로 천천히 벌어지며 길을 내준다. 문 안쪽으로 반듯하게 시작되는 포장도로를 3분가량 더 달린다. 거대한 바위들로 이루어진 돌담이 이어지고 그 너머로 잘 가꿔진 잔디밭이 펼쳐진다. 그쯤에서 차를 세운다. 짙푸른 잔디밭 저편, 성곽 같은 별장이 병풍처럼 산자락을 등지고 섰다. 크게 뜬 눈과 우묵한 코, 고집스레 다문 입술과 커다란 귀와 검은 이마. 고뇌하는 사람의 얼굴을 닮은 3층 벽돌주택이다. 그 모든 풍경이 주황색으로 쏟아지는 가로등 불빛과 검게 흔들리는 정원수 그림자 사이에서 시야를 압도한다. 사람들이 차에서 내려선다. 은원과 차연이 죽을 것 같은 얼굴로 뒤를 따른다.

"갑시다. 두 사람을 기다리는 더 많은 사람들에게로."

손여름이 경쾌한 걸음으로 앞장선다. 분수대를 끼고 이어지는 디딤돌을 사뿐사뿐 밟으며 검푸른 잔디밭을 가로지른다. 자신의 거짓과 위선이 드러났음에도 별다른 거리낌 없이 밝고 태평한 얼굴이다. 차연과 은원 뒤를 덩치 큰 남자가 바싹 붙어서 걷는다. 주머니 어딘가에 그 끔찍한 사냥칼이 고이 잠들어 있을 것이다. 도망칠 곳도 없고 도망칠 환경도 아니다. 무엇보다 그러한 의지가 말끔하게 증발해버린 지 오래다. 아마도 아까, 핸드폰이 차창 밖으로 가볍게 휙휙 날아가던 순간부터.

현관문은 열려 있다. 조심히 실내에 들어선다. 조용하다. 갓 베어낸 나무 냄새가 코끝에 물씬하다. 대리석 복도를 지나자 이내 드넓은 거실이 나온다. 드넓은 가죽소파에 누군가 앉아 있다. 두 사람이다. 아는 얼굴들이다. 이인태. 소현정. 푹신한 소파에 드러눕듯 상체를 기대고 있다. 커다란 인형들처럼.

"고모!"

차연이 경악하고, 은원이 그들에게 달려가 무릎 꿇는다. 그러나 차마 안아주지도 손을 가져가지도 못한다.

"세상에. 세상에."

심하게 구타를 당한 몰골이다. 정신을 잃을 때까지 모질게 얻어맞고는 여러 시간 방치된 것 같다. 찢어지고 터지고 깨지고 뭉개진 얼굴 여기저기에 핏자국이 심하게 엉겨 붙었다. 그 찐득한 고통이 피부 안쪽에 생생하게 전이되는 기분이다. 이인태와 소현정 두 사람 모두, 은원과 차연 두 사람을 못 알아보는 것 같다. 앞이 잘 안 보이는 것 같다. 소리가 잘 안 들리는 것 같다. 제정신이 아닌 것 같다. 그러나 죽지는 않은 것 같다.

"어떻게 된 거예요. 도대체 누가…… 내 말 안 들려요? 저 은원이예요."

은원이 울먹인다. 두 손으로 입을 막고 어깨를 떨며 흐느낀다. 차연이 빠르게 거실을 둘러본다. 손여름과 예의 신참 촬영기자는 어디로 갔는지 보이지 않는다. 드넓은 공간이다. 뭐라 설명하기 힘든 한기와 살기가 가득한 공간이다. 누군가 있을 것이다. 지금 어딘가에서 이곳을 지켜보는 시선이 있을 것이다. 은원과 차연의 행동을 한순간도 놓치지 않고 주시하는 이들이 있을 것이다.

커다란 벽난로에는 불이 꺼져 있다. 높은 천장에서 늘어진 샹들리에는 여왕의 즉위식을 기념하는 왕관처럼 화려하다. 갓 배어낸 나무 냄새가 다시금 신경을 흐트러뜨린다. 벽난로 옆에 갑옷 장식이 기대어 섰다. 번쩍거리는 은빛 갑옷을 입은 기사다. 긴 칼을 몸 가운데 세워 들고 거기 두 손을 얹은 채 실내를 노려보고 있다. 안에 사람이 들어 있을 듯, 금방이라도 살아 움직이며 칼을 휘두를 듯한 자태다. 2층으로 향하는 계단 옆, 대리석 장식장이 놓였다. 담금주 항아리들이 거기 매끈한 자태로 늘어서 있다. 내용물을 확인한 차연이 미간을 찌푸린다. 구토가 치미는 것을 겨우 참는다. 술항아리가 아니다. 더덕이나 인삼이나 솔방울이 수장된 담금주 병이 아니다. 노리끼리한 액체에 잠긴 그것들은 종류를 파악하기 힘든, 일종의 생명체다. 한때 생명체였던 것의 사체다. 부패한 단백질 덩어리다. 그런데 사람을 닮았다. 사람의 일부를 닮았다. 자궁에서 나오기 직전까지 성장한 태아와 비슷하면서 다른 모습이다. 하나같이 뒤틀린, 과하게 넘치거나 지나치게 부족한, 안타깝고 처참한 신체들이다.

"초기 작품들이지. 아름답지 않아?"

계단에서 사람들이 내려오고 있다. 모두 다섯 사람이다. 차연이 두 걸음 물러선다. 세 사람은 난쟁이다. 키가 120센티미터도 되지 않는 사람들이다. 하나같이 짧은 스포츠형 머리에 〈X맨〉 시리즈의 휴 잭맨처럼 까맣게 수염을 길렀는데 20대인지 40대인지 나이 가늠이 안 되는 인상들이다. 세 사람 모두 몸에 딱 붙는 하얀 반바지와 하얀 반팔 티셔츠를 입었다. 짧은 팔을 과하게 휘두르며 뒤뚱뒤뚱 계단을 타 내려오는 모습이 제법 앙증맞다. 나머지 한 사람은 키가 크고 호리호리한 체구의, 어깨까지 기른 머리가 철사처럼 뻣뻣한 남자다. 검은 코트와 검은 바지, 검은 안경과 검은 등산화. 검은 안경 때문에 확실치는 않지만 대단히 날카로운 인상이다. 사각턱 오른편의 길고 굵은 흉터 또한 대단히 위협적이다. 마지막 한 사람은 가장 앞서서 계단을 내려서는, '초기 작품들이지.'라고 설명하던 목소리의 주인공이다. 청색 실크가운을 걸치고 분홍 토끼 슬리퍼를 신었다. 그 목소리만큼이나 하얗고 동글동글 귀여운 인상의 아저씨다.

난쟁이들이 우다다다 달려든다. 차연에게 달려들어 두 손목을 등 뒤로 묶는다. 삽시간에 신체의 자유를 절반쯤 상실한 차연을 높이 안아 든다. 개미처럼 영차영차 거실을 가로질러 소파에 앉힌다. 여전히 의식이 희미한 이인태와 소현정을 마주 보는 자리다. 일사불란 재빠른 동작들이다. 저항할 기운도 겨를도 마음도 없다. 난쟁이들이 우다다다 이번에는 은원에게 달려든다. 어머나! 거의 비슷한 동작을 익숙하게 반복한다. 소파 옆자리에 털썩 앉혀진 은원이 놀란 눈으로 차연을 돌아본다. 차연이 불편하게 엉덩이를 들썩여 은원 곁으로 다가간다.

"괜찮아요?"

헝클어진 은원의 앞머리를 넘겨줄 형편도 되지 않지만, 곁에 있다는 것이 그나마 마지막 위안이다.

"다친 데 없죠?"

은원이 나직이 종알거린다.

"어지러워요. 저 사람들 누군가요."

"CL바이오 쪽 사람들이겠지요."

"미치겠네."

차연이 힘겨운 미소를 지어 보인다.

"무서워하지 말아요. 별일 없을 거예요."

"이 판국에 그런 소리가 나오나요."

"생각해봐요. 저들이 아무리 화가 나 있다 해도, 은원을 함부로 어떻게 할 수는 없을 거예요. 절대 못 그럴 거예요."

"아니 어째서?"

"왜냐하면 은원은, 그야말로 세상에 단 한 명뿐인 은원이니까. 저 사람들 입장에서도 역시, 단 한 명 남은 소중한 은원이니까."

"맙소사."

"내 말 믿어요. 이번 한 번만."

"차연 말처럼 되지 않는다면, 그때는 어쩔 건가요."

"내가 지켜줄게요. 내가 끝까지 곁에 있어줄게요."

정수리 위에서 장난기 가득한 목소리가 데굴데굴 쏟아진다.

"오오, 용감한 척? 여자친구 앞이라고?"

차연이 고개 들어 그렇게 말하는 자의 얼굴을 바라본다. 청색 가운 사이로 통통한 가슴살이 드러난 아저씨가 빙그레 웃는다.

"별로 잘생기지도 않았네. 이런 놈이 뭐 그렇게 예쁘다고."

천공열 회장이 절레절레 고개를 젓는다.

"옛날 유행어 한마디 하지. 너희들은 나에게 모욕감을 줬어.

알아?"

"누, 누구신가요."

손목이 아프다. 빌어먹을 난쟁이들, 손목을 너무 꽁꽁 묶었다. 질기고 딱딱한 케이블 타이가 양 손목을 끊어내는 것만 같다.

"나?"

빙그레 웃는다.

"네 옆에 있는 아이의 창조주."

51

블루 오이스터. 은원이 가 있으라며 SNS로 주소 링크까지 보
내준 곳이다. 11일 만에 보는 얼굴이다. 늦은 점심으로 함께 푸
짐한 청국장 백반을 먹었던 게 지지난 주다.

"미안해요. 이렇게 불쑥."

"미안할 건 없고요."

은원은 불콰한 얼굴이다. 불쾌한 얼굴은 다행히 아니다. 술을
마신 것 같았다.

"조금 놀라긴 했지요. 무슨 일이신가 걱정도 되고."

"……."

"정말 별일 있는 거 아니고요?"

"예."

"⋯⋯."

"그런데 혹시, 다시 가셔야 하는 건가요. 친구들 계신 곳으로?"

"아뇨. 끝났어요. 다들 헤어지고 오는 길이에요."

"생일 모임?"

"내가 그런 이야기까지 했던가? 맞아요. 오늘은 아니지만."

"쓸데없는 기억력이 좋은 편이라서."

"자, 이제 이야기 좀 해봐요."

"⋯⋯."

"도대체 뭔지. 갑자기 무슨 일이신지."

대답 대신에 백팩 안의 것을 꺼내 내민다.

"뭔가요."

내민 것을 받아 들던 은원이 미소를 짓다가 그 미소 그대로 굳는다.

"어머나."

얇고 낡은 시집이다. 『거꾸로 선 꿈을 위하여』. 34세에 세상을 뜬 시인의 이름으로 사후 1년 만인 1994년 1월에 초판 발행된 첫 시집이자 유고 시집이다. 지금은 절판되어 중고 시장에서 원가의 일고여덟 배 거래되는 것 외에는 찾아보기 힘든 초판본이다.

"이걸 어떻게."

"구했지요. 인터넷 중고서점 뒤져서."

"와아."

오래된 시집의 오래된 표지를 오래도록 들여다본다. 적어도 대여섯 가지 감정이 뒤죽박죽 섞인 표정이다.

"나 주는 거예요?"

차연이 고개를 끄덕인다.

"생일 선물? 이거 주려고 여기까지 오신?"

블루 오이스터에 검푸른 어둠이 가득하다. 검푸른 유리 탁자와 검푸른 유리벽과 검푸른 유리 바닥이 검푸른 어둠에 축축하게 젖어 있다. 보이지 않는 어딘가에서 보이지 않는 가수의 노랫소리가 보이지 않게 흐느끼고 있다. 실내 여기저기 소리 죽여 도사린 사람들이 소리 죽여 술잔을 비우고 있다. 그 속에 은원의 얼굴만이 새하얗게 빛나고 있다.

"3주 전이었네요."

"뭐가요."

"이 시집에 대해서 이야기했던 게."

"맞아요. 물류창고에 마지막으로 출근한 날이잖아요. 금요일. 유부초밥 도시락. 9월 23일."

은원이 엄지와 검지로 시집의 어느 페이지를 신중히 매만진다. 사물의 귀퉁이로부터 시간의 흔적을 확인하는 고미술전문가처럼.

"반갑네."

"그래요?"

"이상한 소리 같지만 시집을 딱 받아 드니, 이렇게 만져보니, 이상하게 반가워요. 뭉클해요. 오래전에 헤어진 사람을 다시 만나는 기분이에요."

"다행이군요."

"아 뭐야, 나 조금 감동한 것 같은데."

흐르는 지금 이 시간의 이름은 무엇입니까 꽃이라고 별이라고 그대라고 명명해도 좋을까요 그대가 흘러갑니다 꽃이 흘러갑니다 흘러흘러 별이 떠내려갑니다

"저는 밥 먹을 때마다 감동하는걸요."

"갈비탕 가지고 무슨 감동을."

"갈비탕뿐인가요. 육개장. 설렁탕. 삼계탕."

"먹을 만해요?"

"매일 아껴먹고 있어요. 하나 뜯으면 두 끼에 나눠 먹기 좋더라고요."

85프로쯤 거짓말이었다. 은원이 보낸 레토르트식품들은 갈비탕 한 봉지만 빼고 아홉 봉지 모두 싱크대 서랍장에 고스란히 보관되어 있었다. 택배 받은 다음 날 하나를 뜯어서 그날 저녁과 다음 날 저녁에 나눠 먹은 게 전부였다. 말하자면 아껴먹는 중이었다. 열 개가 아홉 개로 줄었듯 언젠가 일곱 개가 되고 다섯 개가 되고 결국 다 먹어서 없어지면 무척 섭섭할 것 같았다. 뜻밖의 택배에 관한 기억마저도 그렇게 사라지고 말 것만 같았다.

"양이 그렇게 안 될 텐데. 아끼지 말고 드세요. 또 보내드릴

게."

"절대 그러지 마요."

"아니 왜요."

"두 번 받으면, 처음 받던 때의 마음이 사라질 테니까."

"무슨 마음?"

"좋은 마음."

"응?"

52

난쟁이 한 명이 공열에게 다가온다. 두 팔을 쳐든다. 두 손 위에 반짝반짝 빛나는 스테인리스 트레이가 들려 있다. 공열이 거기 놓인 주사기를 집어 든다. 주사기 안에 희뿌옇고 탁한 액체가 가득하다.

"어디 보자……."

날카로운 주삿바늘을 주시하던 공열이 그것을 이인태의 왼쪽 턱 아래에 거침없이 찔러 넣는다. 주사액 20시시가 순식간에 체내에 퍼져 나간다. 이어 소현정의 목에도 거칠게 주삿바늘을 꽂는다. 은원이 경악한다. 비명도 지르지 못한다.

"크, 크억!"

반쯤 죽어 있던 이인태가 덜컥 고개를 쳐든다. 쿨럭쿨럭 어깨를 떨며 밭은기침을 뱉어낸다. 폭력으로 찢어지고 뭉개진 눈꺼풀을 불편하게 깜빡인다. 안쓰럽다. 죽어가는 사람을 임시로 살려내는 약물인가.

"으으으."

소현정도 이내 정신을 차린다. 좀비처럼 길고 흉한 기지개를 켠다. 고통스러운지 온 얼굴을 찡그린다. 주위를 두리번두리번, 그러다가 맞은편 소파에 앉은 은원을 알아본다. 그 옆의 차연을 알아본다. 두 눈을 치뜬다. 입을 떡 벌린다. 크게 놀란 기색이다. 찢기고 터지고 뭉개진 피투성이 얼굴이 온통 일그러진다. 엉망으로 부서진 상처 위에 주르륵, 핏물 같은 눈물이 흘러내린다.

"도……."

허옇게 부르튼 입술을 힘없이 달싹인다.

"도…… 도망 가……."

은원이 엉덩이를 달싹이며 일어서려 애쓴다.

"고, 고모."

그러나 두 손이 뒤로 묶인 채 푹신한 소파에 기대 앉혀진 상태인지라 그게 쉽지 않다.

"성경 말씀에 이런 게 있지."

이인태와 소현정의 뒤에 선 공열이 중얼중얼 운을 뗀다. 가히 연극적인 발성이다.

"남을 때린 자는 그 손을 잘라라."

그의 손에 면도칼이 쥐어져 있다. 끝은 둥글지만 길고 날렵하다. 오래된 이발소에서나 볼 수 있는 물건이다.

"남의 여자를 힐끔거린 자는 그 눈알을 파내라."

이인태의 머리채를 잡아 쥐더니 힘차게 잡아당긴다.

"남의 집을 차지한 자는 그 가죽을 지붕에 널어라. 아, 성경 아니라 불경인가? 금강경?"

이인태의 기운 없는 고개가 데꺽 젖혀진다. 유난히 도드라진 목울대가 선명하다.

"이런 것도 있어. 주인의 물건을 망가뜨린 개는 그 머리통을 부숴라."

마술사가 뭔가 놀라운 장면을 보여주기 전에 그렇게 하듯, 공열이 차연과 은원을 향해 면도칼을 천천히 흔들어 보인다.

"잘들 봐. 내가 성경 말씀을 어떻게 실천하는지."

그러고는 이인태를 내려다본다.

"10초 주겠다. 마지막으로 할 말은?"

이인태가 찢어진 입술을 덜덜 떨고, 두 눈이 거의 짓이겨진 소현정이 빠드득 소리 선명하게 이를 간다. 잠시 정적. 지옥의 밑바닥 같은 정적.

"미친 새끼. 넌 안 죽을 것 같아? 천년만년 살 것 같아?"

"오케이 땡큐 거기까지."

공열의 손목이 왼쪽에서 오른쪽으로 일직선을 긋는다. 선율에 심취한 첼리스트가 되어 서두르지 않고 그러나 단호하게. 예의 목울대 아래에 일순 깊게 길게 상처가 벌어지고 탁한 핏물이 주룩 주르륵 흘러내린다. 이인태가 컥, 크억, 잔기침을 토해낸다.

"안 돼!"

은원이 절규한다. 불편하게 앉혀진 상체를 필사적으로 펴덕인다. 그러나 공열의 이어지는 행동을 막지는 못한다. 소현정의 머리채를 잡아 쥔 공열이 스윽, 재차 죽음의 첼로를 연주한다. 하악. 소현정이 두 눈을 부릅뜬다. 부들부들 입이 벌어진다. 도, 도……. 차연과 은원을 향해 뭔가 애타게 말하려 한다. 그러나 입 밖으로 그륵 그르륵 흘러나오는 것은 붉게 번들거리는 피거품뿐이다. 결국 뜻한 바를 이루지 못한 채 툭, 고개를 떨어뜨린다. 도망쳐. 아마도 그 말을 하고 싶었을 것이다.

53

10시 넘어 블루 오이스터를 나선다. 함께 밤길을 걷기 시작한다. 은원의 차가 있는 공용주차장까지는 버스 세 정거장 거리다. 모르는 사이는 아니지만 그다지 친하다고 하기도 어려운 두 사람이 나란히 걸으며 드문드문 대화를 나누고 드문드문 침묵을 공유하기에 적절한 거리고 시간이다.

"운전해도 되나요."

"술 안 마셨다니까요. 두 시간 동안 맥주 한 잔."

"정말?"

"정말."

"아닌 것 같은데."

"맞다고요."

그러다가 아는 사람을 만난다. 공용주차장에 거의 다 와가던 즈음, 차연 아니라 은원이 아는 사람이다.

"은원 씨."

"어."

빌딩 옆 화단가에 서서 전자담배 연기를 피워 올리던 남자다. 회색 싱글이 몸에 딱 맞는, 키 크고 스타일 좋고 잘생긴 남자다.

"아직 안 들어가셨네요?"

은원이 묻고 남자가 답한다.

"유 팀장이랑 몇 명이서 한 잔 더 했지요."

"그랬구나."

"수경 씨는 또 삐져서 중간에 사라지고."

"어휴."

"은원 씨는 어디 가시는?"

"집에 가야죠. 저기 주차장에 차 세워뒀거든요."

남자가 전자담배를 입에 물며 힐끔 차연을 쳐다본다.

"대리 불렀어요?"

은원이 다시 묻고 남자가 고개를 젓는다.

"오늘 차 놓고 왔어요."

"그렇구나."

은원과 남자를, 두 사람의 대화를 차연이 묵묵히 지켜본다.

"고생했어요. 내일 봅시다."

"그래요."

전자담배 뚜껑을 딱, 끼운 남자가 차연과 은원이 왔던 방향으로 성큼 멀어진다. 은원이 잠시 멈추었던 걸음을 다시 시작한다. 차연이 뒤를 따른다.

"직장 동료인가요."

"그런 셈이죠. 같은 직장은 아니고."

"멋지네요."

"뭐가요."

"저분."

"멋지긴 뭐가."

"모델 같던데."

"정말요? 모델?"

은원이 고개를 갸웃.

"난 잘 모르겠던데. 같은 남자가 보기에는 그런가요."

"눈 높으시구나."

"아닌데? 나 눈 안 높아요."

리모컨 신호에 잠 깨어난 저편의 검은 SUV가 부르릉, 낮게 으르렁거리기 시작한다.

"정말 안 탈 건가요."

"예."

"바래다 드린다니까. 방향도 비슷한데."

"절대로."

"술 정말 안 마셨는데."

"그것 때문이 아니에요. 저 차에 탔다가는 나, 아마 죽을 거예요."

"아니 왜요?"

"그런 게 있어요."

이제 헤어질 시간이다. 이제 다시 혼자 될 시간이다. 이제 해야 할 일을 해야 할 시간이다. 그게 두렵다. 몹시 두렵다.

"시집 고마워요. 잊지 못할 생일 선물이에요."

"……."

머릿속이 뒤죽박죽 헝클어지고 있다. 오랜 시간 궁리했던 단어들이 뒤죽박죽 헝클어지고 있다. 그러나 어쩔 수 없다. 어쩔 수 없는 일이다.

"저기요 제가, 물어볼 말이."

안절부절못하는 차연을 은원이 바라본다. 뭔가요, 물어보지 않는다. 말해요, 재촉하지도 않는다.

"혹시 남자친구 있나요."

은원의 눈이 커진다. 푸하하 웃는다. 차연은 울 것 같다.

"웃지 말아요. 저 지금 굉장히 힘들어요."

"아, 미안. 미안해요."

은원은 조금 더 웃고 싶은 얼굴이다.

"그런데 왜요? 남자친구는 왜."

"다른 게 아니라, 우리, 음, 앞으로 종종 볼 수 있을까 해서요."

마침 그때 흐린 밤하늘의 새카만 별빛들이 흔적도 없이 우수수 쏟아져 내리기 시작한다. 마침 그때 은행나무의 가장 높은 가지가 잎사귀 하나 없이 아주 작게 흔들린다. 마침 그때 습도 24프로의 서풍이 초속 1.3미터로 불어온다. 마침 그때 자전거를 타고 밤길을 달리던 노인이 밭은기침을 뱉어낸다. 마침 그때 화단 그늘을 배회하던 노란색 길고양이가 둥글게 몸을 웅크린다.

"왜요."

"……예?"

"왜 그러려는 건데요. 왜 나를. 왜 종종."

"그리고 싶어서요."

"왜 그러고 싶은데요."

"그건 제가. 아무래도."

"……"

"은원 씨를 조금 좋아하는 것 같아서요."

"……"

"이상한 소리 같지만, 그래서, 그동안 생각 많이 했어요. 혼자서."

은원이 깜빡, 깜빡, 눈을 두 번 떴다 감는다. 조금 피곤한 얼굴이다. 뭔가 조금 언짢은 것 같기도 하다.

"나도 뭐 하나 물어볼게요."

"그러세요."

"차연 씨, 혹시 이상한 사람인가요?"

"아 그건……."

차연이 입을 크게 벌린다.

"그렇지 않아요. 그렇지 않을 거예요."

"집착이 심하거나. 여자만 보면 가리지 않고 들이대거나."

"아니요. 절대로."

"좋아요. 그 말, 믿을게요."

은원이 손을 내민다. 차연이 얼떨결에 그 손을 잡는다.

"잘 가요."

"……예."

그게 끝인가요? 그게 대답인가요? 그 말, 믿을게요. 잘 가요. 그게 끝? 은원의 운전석에 올라타고 문이 닫힐 때까지, SUV가 후미등을 밝히고 천천히 움직일 때까지, 주차장을 반 바퀴 돌아 요금정산기 앞에 멈춰 설 때까지, 차단기가 올라가고 다시 움직이며 빨간 불빛이 너울너울 멀어져갈 때까지, 이후로 2분 정도가 지날 때까지, 차연이 그 자리에서 한 발도 움직이지 않는다.

첫날이었다.

아리송한 첫날이었다.

54

"알겠어. 당신이 누군지, 이제 알겠어."

은원이 낮게 중얼거린다. 심하게 갈라진 목소리다. 차연이 옆 자리 은원을 힐끗 돌아본다. 내심 놀란다. 뭐지?

"CL의 대표. 이 모든 비극의 원흉."

천공열이 소파를 빙 돌아서 다가온다. 은원에게로 다가온다. 허리를 숙이고 은원을 바라본다. 닿을 듯 가까운 거리에서 관찰 한다. 신중하게 집중한다. 진열장 안의 작고 빛나는 물건을 눈 에 담듯이.

"거 참 신통하네."

그러자 난쟁이들이 작게 소곤거린다. 머리와 머리를 마주 댄 채 입을 가리고 킥킥거린다. 공열이 검지를 들어 은원의 얼굴에 가져간다. 콧잔등을 톡, 건드린다. 은원이 세차게 고개를 털어 댄다.

"개새끼."

"오목조목 예쁘기도 예쁘고. 또박또박 말도 잘하고. 작은 감촉에도 불같이 반응하고. 뚜껑 연 지 3주밖에 안 됐다고 했지?"

뚜껑을 연다는 게, 아마도 동기화를 말하는 것일까. 어쩌면 그 따위 표현밖에 없는 것일까. 캬캬캬캬. 난쟁이들의 웃음소리가 점점 커진다.

"가슴이 아프구나! 이 아름다운 피조물들이 단 하나밖에 남지 않았다니. 하!"

"죽여버릴 거야. 개 같은 새끼."

은원이 상체를 세차게 뒤척이며 으르렁거린다. 차연이 재차 은원을 돌아본다. 뭐지? 도대체 뭐지? 이상하다. 은원이 이상하다. 은원이 이상해지고 있다. 날카로운 분노와 살기. 그 이상이다. 얼굴이 조금씩 변하고 있다. 상징적인 의미의 변화가 아니다. 실제로 변하는 중이다.

"이봐 친구들."

공열이 난쟁이들을 내려다본다. 난쟁이들이 앞다투어 공열 앞에 모여든다.

"여기 뭔가 오해가 있는 것 같아서. 친구들이 대신 이야기를 해줬으면 하는데."

공열이 팔짱을 낀다. 빙그레 미소 짓는다.

"말해봐. 내가 누구지? 뭐 하는 사람이지?"

난쟁이 가운데 한 명이 반짝 손을 쳐든다.

"생명을 만드는 사람."

"그렇지."

고개를 끄덕인 공열이 검지를 세워 천장을, 그 너머를 콕콕 찌른다.

"그렇다면 내가 저기, 저 위에 계신 양반도 아닌 주제에 수조 원을 써가며 막대한 시간과 인력을 투입해가며 그 일에 노력하는 이유는?"

또 다른 난쟁이가 잽싸게 손을 든다. 발을 동동 구른다.

"사람을 위해서."

"그거야. 정답."

두 번째 난쟁이가 두 주먹을 꽉 쥐고 소리 없이 환호한다.

"가련한 사람들. 아무 죄도 짓지 않고 선하게 살아왔건만 어느 날 갑자기 닥친 사고로 허무하게 생을 마감하는 사람들. 태어날 때부터 불치의 장애를 멍에처럼 안고 살아가는 사람들. 젊디젊은 나이에 시한부 선고를 받는 절망에 빠진 사람들. 그리하여 꿈꿔왔던 미래를 포기하고 종종 자살로 생을 마감하곤 하는 사람들. 그렇게 떠나간 이들의 슬픔을 고스란히 이어받은 채 살아가야 하는 가족들."

공열이 눈을 감고 읊조린다.

"그들이 떠안은 고통의 비극 때문이지. 저 위에 앉아 계신 양반이 조물주로서의 역할을 다하지 못해 생긴 고통과 비극을, 더이상 두고 볼 수 없기 때문이라고."

은원이 점점 더 이상해지고 있다. 광대뼈가 조금 튀어나온 것 같다. 그래서 조금 더 험악해 보인다. 귀가 더 크고 뾰족해진 것 같다. 그래서 조금 더 사나워 보인다. 눈빛이 샛노란 갈색으로 불타오르는 것 같다. 그래서 더욱 괴기해 보인다. 은원이 씨근덕거린다. 짐승처럼 씨근덕거린다. 위태롭다. 불안하다. 당장이라도 폭발할 것만 같다.

"어라?"

그때다. 현관문 여닫는 소리가 들린다. 누군가 다가오는 기척이 들린다. 누군가 대리석 복도를 지나 거실에 모습을 드러낸다. 누군가의 돌연한 등장에 실내 분위기가 일순 얼어붙는다.

"맙소사 아니 여기……."

공열이 놀란다. 크게 놀라 말을 잇지도 맺지도 못한다.

"여기는 갑자기 어쩐 일로……."

"내가 묻고 싶은 말이군요."

눈처럼 하얀 원피스. 치렁치렁 늘어진 레이스. 길게 늘어뜨린 백발. 길고 가느다란 팔. 투명하도록 창백한 얼굴. 여자다. 나이든 여인이다. 정확한 나이는 가늠할 수 없다. 실제보다 서른 살가량 젊어 보이는 60대 여성 같다, 는 표현이 가능할지 모르겠다. 공열이 그녀 앞에서 어쩔 줄을 모른다. 눈도 제대로 못 마주친다. 난쟁이들이 더더욱 어쩔 줄을 모른다. 여자를 간절히 우러른 채 한쪽 무릎을 꿇는다. 두 손을 공손히 가슴께에 모은다.

"별장에 사람들이 모인다는 소리를 들었어요. 그래서 부랴부랴 쫓아왔어요."

여인이 음울한 얼굴이다. 가녀린, 단정한, 강단 있는 음성이다.

"별장에 모임이 있는 날이면 어김없이 안 좋은 일이 생기곤 했지요. 누군가 다치고 상처 입고 눈물 흘렸지요. 그래서 오는 내내 불안하고 걱정스러웠지요. 서둘러 왔건만 그 우려를 현실로 만나고 마는군요. 아, 저 사람들."

소파 위의 사람들과 한때 사람이었던 사람들을 여인이 바라본다. 검은 피에 물든 두 사람, 이인태와 소현정을. 맞은편 자리에 불편하게 결박된 두 사람, 은원과 차연을.

"소중한 사람들 아닌가요. 우리에게 누구보다 소중한. 저게 어찌 된 모습인가요. 이게 도대체 무슨 일인가요."

공열이 손가락으로 머리를, 숱이 많지 않은 머리칼을 쓸어 넘긴다.

"반역자들입니다. 죽어도 싼 작자들."

"죽어도 싼? 맙소사. 어떻게 그런 말을."

차연이 숨죽여 여인을 바라본다. 알 수 없이 신비로운 외모와 동작과 분위기에 넋을 잃고 만다. 아름답다. 아름답다는 말만으로는 뭔가 많이 부족하다. 왠지 친숙하다. 알 수 없이 낯이 익는다.

윽. 으윽, 윽.

옆자리 은원이 심상치 않다. 간헐적으로 격하게 허리를 뒤튼다. 기이한 각도로 어깨를 움츠리고 고개를 꺾는다. 씨근덕씨근덕 온몸으로 숨을 몰아쉰다. 좁은 철창 속의 들짐승 같다. 폭발 직전의 인간 수류탄 같다. 왜 그래요. 차연이 속삭인다. 괜찮아요? 정신 좀 차려요. 그러나 은원의 귀에는 한마디도 들리지 않는다. 괴상하게 변한 얼굴. 바글바글 끓기 직전의 양은냄비. 결국은 터지고 만다.

"캬악!"

끔찍한 괴성이 실내 공기를 찢는다. 은원이 소파에서 날아오른다. 손목 결박한 끈을 언제 어떻게 풀었는지 모를 일이다. 힘차게 날아오르더니 와락 공열을 덮친다. 의외의 일격에 공열이 꼼짝 못 하고 쓰러진다. 벌렁 나자빠진다. 늑대에 깔린 고라니처럼 울어댄다. 애처로운 울음소리가 꾸륵 꾸르륵 잦아든다. 턱에 긴 흉터를 가진 남자가 부랴부랴 달려든다. 공열을 타고 앉은 은원을 떼어내려 애쓴다. 마침내 은원의 겨드랑이를 들어 무자비하게 집어 던진다. 은원이 봉제인형처럼 펄럭 날아간다. 허공을 훨훨 날아가다가, 정확히 720도 회전하고는 사뿐 내려앉는다. 아름답고 민첩한 동작이다. 이편을 향해 돌아선 은원이 맹수처럼 몸을 낮추고 어금니를 드러낸다. 크르르르. 그 입가에 붉은 피가 번들거린다. 은원의 피가 아니다.

"크, 큭."

두 눈을 쏟아낼 듯 부릅뜬 공열이 어쩔 줄을 모른다. 두 손으로 왼쪽 목덜미를 잡고는 버르적버르적 옆으로 기어간다. 씨근 덕씨근덕 그 창백한 얼굴에 극한의 공포와 분노가 가득하다. 한 가득 물어뜯긴 상처가 험악하다. 감싸 쥔 손가락 사이로 검붉은 선혈이 주룩주룩 흐른다. 난쟁이들이 달려든다. 짧은 팔다리를 바동거리며 공열 주변에 모여든다. 당황한 얼굴로 우왕좌왕 수선을 떤다.

싸움은 끝나지 않았다. 거실 저편, 권석과 은원이 2미터 거리에서 얼음조각처럼 대치 중이다. 마주 선 채 서로의 빈틈을 노려보는 중이다. 권석이 품에서 뭔가를 꺼내 든다. 도끼처럼 두툼한 칼 두 자루다. 은원은 맨손이다. 게다가 덩치도 권석의 반밖에 되지 않는다. 차연이 뒤로 묶인 두 팔에 힘을 준다. 꽁꽁 묶인 손목을 풀어보려 용을 쓴다. 그러나 꼼짝도 하지 않는다.

마침내 두 사람이 서로에게 달려든다. 권석이 사선으로 휘두르는 칼을 겨우 피하며 은원이 주먹을 날린다. 기습적인 레프트 스트레이트에 왼쪽 턱을 비스듬하게 내준 권석이 주춤, 물러선다. 물러서며 왼발을 휘둘러 은원의 오른쪽 옆구리를 걸어찬다. 훈련된 프로선수들도 잘못 맞으면 단숨에 쓰러지고 마는 리버 샷이다. 은원이 가까스로 팔꿈치를 가져다 붙이며 그 부위의 충격을 방어한다. 숨 막히는 일전이다. 은원은 조금 전까지의 은원이 아니다. 같지만 전혀 다른 은원이다. 보고도 믿기지 않는 대결로부터 어떤 장면 하나를 떠올린다. 남산 산책로. 인적 드문 밤의 계단 길. 두 명의 덩치 좋은 건달들을 깔끔하게 제압하던 은원의 몸놀림. 그때의 은원과 지금의 은원은 전혀 다른 은원이지만, 어쨌거나.

55

　흐르는 지금 이 시간의 이름은 무엇입니까 꽃이라고 별이라고
그대라고 명명해도 좋을까요 그대가 흘러갑니다 꽃이 흘러갑니
다 흘러흘러 별이 떠내려갑니다 모두가 그대의 향기 질질 흘리며
흘러갑니다 그대는 날 어디론가 막다른 곳까지 몰고 가는 듯합니
다 난 그대 안에서 그대로 불타오릅니다 그대에 파묻혀 나는, 그
대가 타오르기에 불붙어 버렸습니다 지금 흘러가는 〈이때〉의 이
름은 무엇입니까 나는 누구의 허락도 없이 잎이라고 눈이라고
당신이라고 명명해봅니다 당신에 흠뻑 젖은 내가 어찌 온전하겠
습니까 아아 당신은 나라는 이름의 불쏘시개로 인해 더욱 세차
게 불타오릅니다 오 지금 흐르고 있는 이 꽃 별 그대 잎 눈 풀씨

허나 그러나 나도 세간 사람들처럼 당신을 시간이라 불러봅니다 꽃이 별이 아니 시간이 흐릅니다 나도 저만치 휩싸여 어디론가 떠내려갑니다 아아 무량겁 후에 단지 한줄기 미소로밖엔 기억되지 않을 그대와 나의 시간, 난 찰나를 저축해 영겁을 모은 적이 없건만 이 어이된 일입니까 미소여 미소여 당신의 이름은 무엇입니까

　(하략)

　　　　　　　　— 진이정, 「지금 이 시간의 이름은 무엇입니까」*

* 　진이정, 『거꾸로 선 꿈을 위하여』, 문학동네, 2022, 14쪽

56

"지혈! 막아!"

"여기를 누르라고! 더 세게."

"병원에 연락했어? 어서!"

난쟁이 세 명이 공열 주변에서 필사적으로 싸우고 있다. 간당간당 넘어서려는 죽음의 경계 이편에서 힘겹게 맞서며 티격태격 앵앵거리고 있다. 그러나 쉬워 보이지 않는다. 물어뜯긴 목덜미 부위가 대단히 심각하다. 피를 너무 많이 흘렸다. 공열의 움직임이 점점 둔해지고 있다. 가쁜 숨소리가 조금씩 잦아들고 있다.

차연이 불타오른다. 가슴 안쪽이 훨훨 불타오른다. 뜨거운 것이 부글부글 끓어넘친다. 분노다. 난생처음 경험하는 분노다. 저편에서 위태위태 격돌하는 은원과 권석의 대결을 지켜보고만 있을 수 없다. 당장 저놈에게 달려가서 벽돌처럼 넓적한 턱을 부숴버리고 싶다. 당장 저놈에게 달려들어 미친 듯 주먹을 휘두르고 싶다. 당장 저놈에게 달려들 수 있다면 정반대의 결과가 나오더라도 후회는 없을 것이다. 그러나 꽁꽁 묶인 손목이 문제다. 결박을 끊어내고자 온 힘을 다 쓴다. 굵은 케이블 타이가 저주스럽도록 딱딱하고 질기다. 힘주어 당기면 당길수록 플라스틱 칼날이 맹렬하게 손목을 잘라내는 것 같다. 뜨겁다. 손목이 끊어지는 것 같다. 딱. 마침내 손목이, 아니, 타이가 끊어진다. 성공이다. 덜덜 떨리는 손을 들어 보인다. 양 손목 피부가 너덜너덜 찢어져 있다. 번들번들 피가 맺혀 흐르고 있다. 차연이 분연히 일어선다. 공격할 것을 찾아 사방을 두리번거린다. 마땅한 것이 보이지 않는다. 마침내 하나를 발견한다. 2층으로 향하는 돌계단. 대리석 장식장 위의 이상한 담금주 술항아리들. 개중 하나를 집어 든다. 묵직하다. 10킬로그램은 넘는 것 같다. 술병을 쳐들고 위태위태 달려간다. 덩치 차이가 두 배도 넘는 두 사람이 벽 가까이 붙어 혈투 중이다. 은원이 벽을 등지고 있다. 더는 피할 곳이 없다. 권석이 칼을 그러쥔 채 기회를 노리고 있다. 리버스 그립(칼날이 손목 아래쪽에 오도록 자루를 쥔 자세)이다. 한순간, 권석이 은원의 안면을 향해 칼날을 내리꽂는다. 주저 없이 무자비한 동작이다. 은원이 두 손을 엇갈리게 포개며 겨우 그 공격을 저지한다. 그러나 힘이 달린다. 팔목이 파들파들 떨리고 있다. 무너지기 일보 직전이다.

"야앗!"

차연이 몸을 날린다. 술항아리를 머리 위로 드높게 쳐든 채. 찢어진 손목이 몹시 화끈거린다. 권석의 뒤통수를 향해 그것을 내려친다. 온몸과 마음을 다해서 힘차게 내리친다.

퍽.

대단히 둔탁한 소리와 함께 술항아리가 부서진다. 노리끼리한 액체가 쏟아지고 여러 조각으로 박살 난 유리조각이 사방으로 흩어진다. 항아리 안에 담겨 있던, 돼지의 태반을 닮은 물체가 바닥에 철벅 떨어져 나뒹군다. 놀란 은원이 차연을 바라본다. 반쯤은 은원 같고 반쯤은 은원 같지 않은 눈빛으로.

정적. 일순간 정적.

권석이 움직임을 멈춘다. 뒤통수가 깨진 것인가. 잘 모르겠다. 철사 같던 장발이 함빡 젖고 말았다. 차연을 향해 천천히 돌아선다. 젖은 얼굴을 타고 노리끼리한 액체가 줄줄 흘러내린다. 부서진 선글라스가 그의 얼굴에 우스꽝스럽게 걸려 있다. 한쪽 눈이 하얀 의안이다. 꿈에 다시 만날까 두려운 얼굴이다. 권석이 콧잔등에 맺힌 액체를 손등으로 닦아낸다. 그러고는 차연을 향해 뚜벅뚜벅 두 걸음 다가간다. 힘차게 팔을 휘두른다. 안 돼! 강력한 라이트훅이 관자놀이에 꽂히는 순간, 납덩이 같은 주먹 관절이 광대뼈를 박살 내는 순간, 은원의 비명 소리가 꿈속에서

처럼 나직하게 들려오는 순간, 눈앞이 희번하게 밝아온다. 둔탁한 충격. 세차게 떠밀리듯 뒤로 벌러덩 나자빠진다. 아찔하다. 귀가 먹먹하다. 속이 메스껍다. 사물이 흔들흔들 두 개 세 개로 보인다.

"그만. 다들 그만!"

눈처럼 하얀 원피스, 길게 늘어뜨린 백발 여인이 두 손을 높이 쳐든다. 움직임이 멈춘다. 소리가 멈춘다. 시간이 멈춘다. 권석이 주춤, 물러선다. 난쟁이들이 하던 것을 멈추고 입을 다문다.

"아니야. 우리가 원했던 것은 이런 장면이 아니야."

하느작하느작 우아한 걸음걸이. 여인이 공열에게 다가간다. 난쟁이들이 주눅 든 얼굴로 두어 걸음 물러선다. 여자가 주저앉는다. 서두르지 않고 무릎 위에 공열의 머리를 누인다. 그 얼굴을 가슴 깊이 감싸 안는다.

"어, 엄마……."

공열의 얼굴이 창백하고, 또한 시뻘겋다. 힘없이 입술을 달싹인다.

"나, 나…… 죽을…….."

"조용. 조용히."

여인이 공열의 머리를 쓰다듬는다. 다정하게 쓰다듬는다. 선혈에 젖은 머리칼이 두피에 찰싹 달라붙는다. 여인의 하얀 원피스가 핏빛 곱게 물들고 있다.

"꿈이 너무 컸던 거야. 생각이 너무 많았던 거야. 그 책임을 질

때가 온 거야."

　공열이 눈을 감는다. 금세라도 끊어질 듯 얇은 숨을 가만가만 들이마시고 내뱉는다. 뭔가 말하고 싶은 눈치다. 하지만 힘이 달리는 눈치다. 여인이 품에 안겨 누운 공열을 바라본다. 그 얼굴에 손을 가져간다. 그 뺨을 조심히 매만진다. 난쟁이들이 주먹으로 입가를 틀어막는다. 어깨를 떨며 훌쩍인다.

　"걱정 말고 쉬어. 두려워 마. 아무 일 없을 거야. 이 순간도 곧 지나갈 거야."

　공열은 대꾸하지 않는다. 편히 눈 감은 채 얇은 숨을 겨우 이어가고 있다. 여인이 공열의 머리를 부축해서 조심조심 바닥에 내려놓는다. 무릎을 펴고 일어선다. 차연을 향해 다가온다. 모로 쓰러진 차연이 겨우 상체를 일으켜 세운다. 그러다가 다시 주저앉는다. 어지럽다. 메스껍다. 강렬한 라이트훅의 후유증이 아직 온몸을 뒤흔들고 있다.

　"안녕."

　여인이 차연 앞에 멈춰 선다. 신비로운 목소리다. 사람의 것 같지 않은 목소리다. 차연이 아아, 입을 벌린다. 깊은 꿈속에 누워 더 깊은 꿈속에 까무룩 빠져드는 기분이다. 여인이, 공열 앞에서 그러했듯, 사뿐히 한쪽 무릎을 꿇고 앉는다. 차연 향해 옅은 미소를 지어 보인다.

　"그대가…… 차연?"

　차연의 뺨에 가만가만 손을 가져간다. 가볍고 촉촉하다. 따뜻하고 부드럽다. 오싹 소름이 돋는다. 불쾌해서는 아니다. 그 반대에 가깝다. 녹슨 쇠 냄새가 난다. 여인의 손에서 나는 냄새다. 공열의 피 냄새다.

"누, 누구신가요."

차연이 고개 들어 여인을 바라본다. 입가의 잔주름을 보니 비로소 60대임을 확인할 수 있다. 그러나 아름답다. 묘하게 소름 끼치는 미모다. 당신은 누군가요. 내 이름을 어떻게 알고 있나요. 먹먹한 귀 한쪽에서 뚜우우우, 강렬한 이명이 시작된다.

정신을 잃는다.

57

눈을 뜬다. 얼마나 오래 잠들었는지 모르겠다. 잠들었던 것인지 정신을 잃었던 것인지도 모르겠다. 아침이다. 아침인 것 같다. 시간은 알 수 없지만 몸의 느낌이 그렇다. 누운 자리에서 몸을 일으킨다. 싱글침대다. 새하얗게 흐트러진 시트를 망연히 바라본다. 창가의 잘 자란 몬스테라 화분이 가장 먼저 눈에 뜨인다. 밝고 쾌적한 방이다. 작고 깨끗하고 하얀 방이다. 아치형 창문으로 맑은 햇살이 쏟아져 들어온다.

은원은 어디 있을까.

〈오셀로〉5막 2장을 방불케 하는 간밤을 떠올린다. 천둥 번개도 치지 않고 폭풍우도 불어오지 않았던, 그러나 지옥의 축제일 같던 장면들을 돌아본다. 오래전 기억 같다. 멀고 먼 시절의 다른 세상 이야기 같다. 은원은 어디에 있을까. 무사할까. 차연이 그러하듯 은원 역시 어느 밝고 쾌적한 방 안의 깨끗한 침대에서 하룻밤을 보내고 눈을 떴을까.

이불을 걷고 침대에서 일어나 앉는다. 길게 기지개를 켠다. 그러다가 아, 미간을 찌푸리고 만다. 왼쪽 광대뼈 부근이 찢어질 듯 뻐근하다. 입을 벌리고 닫는 게 몹시 아프고 불편하다. 칼잡이 남자의 매서운 라이트훅이 얼굴에 작렬하던 순간을 떠올린다. 바로 그 부위다. 검푸른 멍이 들었을 것이다. 후유증이 완전히 사라지려면 일주일은 더 걸릴 것이다. 일어서서 거울을 찾는다. 보이지 않는다. 두리번거리던 차연의 시야에, 불현듯, 자신이 입고 있는 노란 줄무늬 잠옷이 들어온다. 입혀져 있다는 게 보다 정확한 표현이겠다. 일순 여러 가지 의문들이 꼬리를 물고 이어진다. 이곳은 어디이며 간밤의 시공간으로부터 얼마나 멀리 떨어져 있을까. 기절한 나를 이곳까지 데려온 이들은 누구일까. 그들이 내 옷을 벗기고 이 잠옷을 입힌 것일까. 입고 있던 옷은 어디로 치웠을까.

방 저편의 하얀 문으로 다가간다. 손잡이에 손을 가져간다. 조심히 잡아 돌린다. 열려 있다. 그러나 문을 열고 나서기가 쉽지 않다. 문밖의 뭔가 혹은 누군가를 마주할 엄두가 나지 않는다.

다시 침대로 돌아온다.

팔을 베고 드러눕는다.

하얀 천장을 바라보다가, 다시 스르르 눈을 감는다.

58

똑똑.

짧은 노크 소리. 차연이 얼른 상체를 일으킨다. 잠시 후 살며
시 문이 열린다. 실례할게요, 종알거리며 누군가 들어선다. 여인
이다. 전날과 다른 옷차림이고 전날과 다른 머리 모양이다. 눈
처럼 하얀 드레스가 아니라 연한 회색에 분홍 옆줄이 있는 트레
이닝복을 입었고 긴 생머리를 바싹 올려 묶었다. 그럼에도 그녀
가 전날의 그녀임을 단박에 알아볼 수 있다.

"편히 주무셨나요. 잠자리가 낯설었을 텐데."

"잘 잤습니다. 정신없이."

"잠옷 귀엽네."

차연이 노랑 줄무늬 잠옷을 새삼 바라본다.

"이거."

잘 개켜진 옷 한 무더기를 내려놓는다. 차연의 청바지와 티셔츠, 양말.

"지저분해져서 세탁했어요. 갈아입으세요."

"감사합니다. 그런데……."

"아침 드셔야죠. 준비되면 나오세요."

"그런데 여기, 어딘가요."

창밖으로 나뭇가지와 녹색 잎사귀가 작게 한들거린다. 새소리가 들려올 것 같은 풍경이다.

"세상에서 가장 편하고 안전한 곳이지요."

전날 밤을 다시 돌아본다. 귀엽지만 괴물 같은 난쟁이들. 그야말로 단칼에 숨을 거두고 만 이인태와 소현정. 무시무시하게 칼자루를 휘두르던 장발 남자. 부서진 선글라스와 하얀 의안. 은원에게 목덜미를 한입 가득 물어뜯기고 피투성이로 죽어가던 청색 실크가운. 그와 여인과 나누던 대화를 떠올린다.

앉은 자리가 불편하다. 느닷없이 불편해진다.

"어제 그분, 크게 다치신 것 같은데."

내키지 않지만 그의 안부를 묻는다.

"괜찮아요. 다행히."

여인의 표정에는 별다른 변화가 없다.

"큰 위기를 넘겼죠. 하지만 곧 일어나 거예요. 후두가 손상돼서 이제 말은 못 하겠지만."

"아."

"그래도 좋게 생각하면, 하하, 앞으로는 나쁜 말 미운 말 못 하고 살 테니까."

여인이 일어선다. 창가 천천히 다가간다. 창문을 열어 바깥 공기를 들인다. 한가득 숨을 들이마신다. 나무 향기를 맡는 것일까.

"이야기 들었어요. 당신들이 벌인 일에 대해서. 계획했던 일에 대해서."

낯이 익는다.

"많이 놀랐어요. 보기와 다른 친구들이구나. 보기와는 다르게 강단 있는 친구들이구나."

여인의 얼굴이, 표정이, 음성이, 분위기가, 알 수 없이 친숙하다.

"충분히 이해하고 또한 존중해요. 방법에 대해서는 동의하기 힘들지만."

"……."

"당신들의 의지가, 역설적으로, 장차 CL바이오의 행보에 긍정적인 영향력을 행사할 거예요. 이 시점에서 가장 확실하게 이야기드릴 수 있는 부분이에요. 결과적으로, 예, 대단히 의미 있는 일을 하셨어요. 미래를 위해서. 우리 모두의 미래를 위해서. 그러니 충분히 자부심을……."

"은원은 어디 있나요."

놀라운 일이다. 여인의 말을 끊으며 은원, 이라 발음하는 순간, 입술을 떠난 이름이 귓가에 들려오는 순간, 쏴아아, 가슴속 깊은 바닥에 걷잡을 수 없도록 뜨거운 빗줄기가 쏟아져 내리기 시작한다. 뜻하지 않게도 주르륵 눈물이 흘러내린다.

"아이고. 예쁘게도 우시네."

여자가 티슈를 두 장 뽑아 건넨다. 차연이 그것을 움켜쥐고 빠르게 눈가를 닦는다.

"말씀해주세요. 은원은 괜찮은가요. 지금 어디 있나요."

"떠났어요."

"예?"

"새벽 동틀 때쯤 이곳을 나섰어요. 날 밝으면 아침이나 먹고 가라고 했지만 말을 안 듣더군요."

"……."

"씩씩한 얼굴이었어요. 싫은 데 억지로 도망치는 표정은 아니었어요."

"어디로…… 어디로 간다는 말은 안 했나요."

"묻지 않았어요. 은원도 말하지 않았고요. 미안해요."

차연이 앞이마를 감싸 쥔다. 라이트훅을 맞았을 때와는 또 다른 느낌의 두통이다.

"자신을 위해서 스스로 할 수 있는 일이 무엇인지 알고 싶다고 했어요. 그걸 알기 위해 서둘러 떠난다는 것인지, 그 역시 묻

지 않았고 은원도 설명하지 않았어요. 가겠다는 사람을 말릴 이
유가 없었어요. 그래서는 안 될 것 같았어요."

침대 매트리스 아래로 몸이 꺼질 것만 같다.

"차연의 행복을 빌고 은원의 행복을 빌어요."

여인이 작게 환하게 미소 짓는다.

"진심이에요. 두 사람이 함께 오래도록 행복했으면 좋겠어요.
젊은이들을 위한 늙은이들의 권리이자 의무가 그런 거니까. 그
럼에도 떠나는 은원을 막지 않은 것은, 내 능력과 권한 밖의 일
이기도 하지만, 은원이 떠난다고 두 사람이 영영 이별하고 말
것이 아님을 알고 있는 때문이었어요. 오히려 그 반대에 가깝다
는 것을 알고 있는 때문이었어요."

"그걸, 어떻게."

"어디로 가느냐고 묻는 대신에, 혹시 남기고 싶은 이야기가
있느냐고 물었지요. 차연이 잠 깨어나면 가장 먼저 은원을 찾을
텐데, 그때 대신 전해줄 말이 있겠느냐고."

창가에서 돌아온 여인이 차연 곁의 침대에 앉는다.

"혼자 떠나서 미안하대요. 차연 씨에게 나쁜 감정이 있는 건
아니래요."

"……."

"그러고는, 뭐랄까, 아주 조금 뜸을 들이더군요. 더 할 말이 남
은 사람처럼. 할 말이 있었는데 그걸 잠깐 잊어먹고 만 사람처
럼. 그래서 뭔가 조금 헷갈리는 사람처럼. 하지만 그뿐이었지

요."

"······."

"그 순간 알겠더군요. 확신이 들더군요. 은원, 그리고 차연. 이대로 헤어질 사이는 아니겠구나. 아마도 그렇겠구나."

순간 차연이 놀란다. 목덜미에 오싹 소름이 돋는다.

"잠깐."

팔 뻗으면 닿을 거리에 앉아 다정히 속삭이는 여인으로부터, 알 수 없이 기이한 낯익음으로부터, 뜻밖의 사실 하나를 깨달은 때문이다.

"당신······ 아, 당신은."

눈앞이 뽀얗게 흐려진다.

재차 정신을 잃고 만다.

59

여인은 은원이었다. 은원1을, 은원2를, 은원3을, 은원4를, 은원5를 닮은 은원이었다. 은원들보다 서른 살 정도 더 나이 먹은 은원이었다. 아직은 그 사실을 완벽하게 인정할 수 없지만 얼마 전 갑자기 세상을 떠난 은원이 죽지 않고 살아서 언젠가 여인만큼 나이를 먹는다면 지금의 여인과 거의 같은 모습일 것이다. 깊이 잠든 차연을 놓아두고 지난 새벽 어디론가 떠나간 은원이 장차 기대수명보다 몇 배 오래 살 수 있다면 여인의 지금과 거의 같은 모습으로 나이가 들어갈 것이다. 그것은 제1연구동 건물과 함께 한 줌 재가 되고 만 은원3과 은원4와 은원5에게도 똑같이 대입하여 예측할 수 있는 미래일 것이다.

60

수이가 묻는다.

"오빠 긴장했어?"

차연이 고개를 젓는다.

"아니."

"긴장했네."

"전혀."

민규가 비웃는다.

"웃기고 있네. 너 아까부터 표정이 어떤 줄 알아?"

"어떤데."

"면접장 복도에서 자기 차례 기다리는 놈 같아. 존나게 간절한 놈."

그제야 차연이 피식 웃는다.

"형이 내 입장 같으면 달랐을 거 같아?"

금요일 오후 2시. 하늘은 흐리고 바람은 거세다. 제주 성산항. 승선신고서와 신분증을 매표소에 내밀고 배표 한 장을 끊는다. 우도행 편도. 안내방송이 다시 울려 퍼진다. 하우목동항으로 출발하는 우일1호가 곧 출항한다고 한다. 배 타는 곳으로 세 사람이 함께 걸어간다. 경유 연소되는 냄새가 점점 더 심해지고 있다.

"몇 번 얘기했지만 난 아직도 믿기지 않아."

차연이 챙겨 온 여분의 손가방을 들고 빠르게 뒤따르며 수이가 재잘거린다.

"도대체 어떻게 찾아낸 거냐고. 말 한마디 안 하고 숨은 사람을. 어쩜 그렇게 빨리."

"그러게."

"메모를 남긴 것도 아니고. 특별한 암시나 힌트 같은 것도 없었고. 핸드폰이 있어 통화를 하거나 문자 한 통을 주고받은 것도 아니고. 이 넓은 세상에서."

민규가 껴든다.

"사랑의 힘으로?"

"맙소사."

수이가 온 얼굴로 질겁한다.

"언제 봤다고 사랑 타령이야. 안 지 얼마나 됐다고."

"히히."

"그러니까 내 결론은, 제발 잘 좀 하라 이거지. 응?"

수이가 차연의 가방을 냅다 떠밀듯 건넨다.

"기회는 단 한 번뿐이라는 말, 바로 이런 경우에 바로 오빠 같은 사람에게 해당하는 소리라 이거지."

"명심하고 있다."

"분위기 띄운다고 오버 떨지 말고. 말 한마디 한마디 상처가 안 되게 조심하고."

"알았어."

"어떤 반응을 보이건 절대 존중하고 절대 받아들여. 그렇게 오빠 진심을 보여줘. 절대 서두르지 말고."

"알았다고."

선착장으로 이어지는 통로 앞. 차연이 걸음을 멈추고 수이를, 민규를 돌아본다.

"다녀올게."

"그래. 힘내."

수이가 차연을 안아준다. 토닥토닥 어깨를 두드려준다.

"언제 돌아올 거야?"

민규가 묻고 차연이 어깨를 으쓱, 해 보인다.

"모르지. 일주일이 걸릴지 한 달이 걸릴지. 이삼 년은 섬 생활을 해야 할지."

"건강 잘 챙기고."

"형도."

차연이 주먹을 내민다. 민규가 그 주먹에 자기 주먹을 톡, 가져간다.

"그런데 두 사람은 어떻게 할 거야."

"두 사람?"

민규가 수이를 돌아본다. 수이가 미간을 찌푸린다.

"간만에 제주도 왔는데 좀 돌아다녀야지. 렌터카도 내일까진데."

세 사람이 제주공항에 도착한 것은 어제 늦은 저녁이다. 차연의 사연을 꿰뚫고 있는 수이와 민규가 시키지도 않은 길을 함께 해주었다. 동문시장에 가서 흑돼지꼬치, 전복내장김밥, 자리돔회 등을 사가지고 숙소로 돌아와 새벽 2시까지 마구 먹고 마셨다. 오늘은 11시까지 늦잠을 잤고 일어나자마자 성산으로 달려왔다. 콩나물과 선지가 듬뿍 들어간 해장국을 한 그릇씩 먹고는 우도 가는 배를 타기 위해 터미널에 도착한 게 조금 전이다.

사흘 전, 지난주 금요일. 그날 오후 이 시간쯤에도 차연이 이곳 성산여객터미널에 있었다. 생애 두 번째로 찾아온 제주도였고 내내 혼자였다. 오늘보다는 화창했지만 마음 여유가 없기로는 오늘보다 더한 날이었다. 오후 3시 넘어 우도에 도착해서는 일주일 넘게 추리하고 궁리하고 연구한 끝에 가까스로 생각해낸 지점으로 곧장 찾아갔다. 그러고는 은원을, 은원 있는 곳을 확인할 수 있었다. 그야말로 기적처럼. 거짓말처럼. 말 한마디 안 하고 숨은 사람을, 그렇게 빨리, 도대체 어떻게 찾아낸 거냐고 수이는 감탄했다. 차연 생각에 반은 틀리지 않는 이야기였다. 수이의 말처럼 아직도 믿기지 않는 일이었다. 수이의 말과 달리 특별한 암시나 힌트 같은 게 없지는 않았다. 그 덕분에 은원이 숨어든 지점을 유추할 수 있었으니 말이다.

먼발치에서 아슬아슬 그녀를, 변함없는 그 모습을 지켜보았다. 그렇게 숨죽여 지켜만 보았다. 그러고는 다가가 아는 체를 하는 대신, 두근두근 20여 분 만에 발길을 돌렸다. 뭍으로 나가는 그날의 마지막 배가 곧 떠날 시간이었다. 섬에서 하룻밤 묵지 못할 이유는 없었지만 아직 은원을 만날 준비가 완벽하지 않은 상황이었다. 성산항으로 돌아와서는 공항으로 가는 좌석버스를 탔고 곧장 김포행 비행기를 탔다. 두 달 전 생애 처음으로 함께 찾은 제주도와 사흘 전 혼자 두 번째로 찾은 제주도는 많은 점에서 달랐다. 사흘 전의 제주도와 어제오늘 세 번째 제주도는 그 이상으로 다른 세상이었다.

"고마워. 이 먼 데까지 같이들 와줘서."

"우리가 남이냐."

"맞아. 오빠 덕분에 느닷없이 제주도 여행도 하고."

차연이 수이를, 민규를 돌아본다.

"잘 살아. 내 걱정 말고."

"뭐야. 영영 헤어지는 인간처럼."

"연락할게. 뭔가 정리되면, 그때."

"그래. 잘 될 거야."

기적 소리가 길게 이어진다. '선착장 입구'라 쓰인 곳에서 표를 받던 남자가 고래고래 소리친다.

"하우목동항 출발해요! 타실 분 서둘러요!"

61

성산항을 출발한 우일1호가 10여 분 만에 속도를 줄이기 시작한다. 배 한 귀퉁이가 이내 뭍에 닿으며 뱃사람들의 소란이 시작된다. 50명은 넘을 승객들이 먼저 내려서고, 이어 차량들이 줄지어 배를 빠져나온다. 하우목동항 주변이 일시에 활기로 넘친다. 바람이 심하고, 구름이 많고, 그러나 종종 햇살이 비치는 오후 2시 20분이다. 종잡을 수 없는 날씨다.

처음 제주도에 왔을 때 은원과 함께 그랬던 것처럼, 지난주 금요일에도 차연 혼자 그렇게 한 것처럼, 전기자전거를 대여할까 하다가 그냥 걷기로 한다. 작은 섬이지만 걷기에 수월한 거리는 아니다. 급한 마음으로 치면 택시라도 부르고 싶다. 한편으로 그런 조급함을 즐기고 싶다. 해변 따라 두 시간 가까이 걸릴 길을 걸으며, 솜먼지처럼 펄펄 날리는 마음을 가라앉히는 한편 곧 다가올 갖가지 예측 가능한 상황들을 미리 정리해보고 싶다. 햇살 비치고 다시 바람이 분다. 왼편에 해안을 끼고 섬 일주도로를 걷는다. 가까운 바다에 하얀 포말들이 피어오른다. 우도 여행자들이 자전거를 타고 앞서거니 뒤서거니 질주한다. 끊임없이 차연을 추월해서 지나쳐 간다. 밝은 웃음소리를 남기며 멀어지는 그들의 뒷모습에서 두 달 전 차연과 은원을 떠올린다. 떠올렸다가, 머릿속에서 바삐 지워버린다. 부질없는 노릇이다. 무엇보다 이 상황에서 그다지 도움이 되지 않는 노릇이다.

전화를 해볼까.

섬을 떠나 도착한 섬에서 걸음을 시작한 이후 20여 분 만에 두 번째로 고민한다. 지금쯤 전화를 걸어봐도 좋지 않을까. 제주도에 왔다고, 지금 우도를 걷고 있다고 말해주면 어떨까. 지난주 금요일, 먼발치에서 두근두근, 그곳의 전화번호를 기록해두었다. 아무것도 모르고 있을 사람을 생각하니 속이 몹시 간질거린다. 아무것도 모르고 있을 사람 앞에 별안간 나타날, 그 장면을 상상하니 속이 미칠 듯 간질거린다. 깜짝 놀라 화를 내는 것 아닐까. 깜짝 놀라 도망치는 것 아닐까. 화나게 하고 싶지 않다. 도망치게 하고 싶지도 않다. 그러나 어쩔 수 없는 일이다. 미리 전화를 걸어 사정을 밝힌대도, 미안하지만, 깜짝 놀라기는 마찬가지일 것이다.

쉬지 않고 서두르지 않고 한 시간을 걸으니 어느새 하고수동 해수욕장이다. 검푸르던 바닷물이 마술 부리듯 옅은 에메랄드 빛으로 바뀌는 구간이다. 길 모습도 분위기도 지금까지의 바닷길과는 180도 달라지는 탓에 지나가던 누구라도 잠시 멈춰 서서 감탄을 뱉곤 하는 곳이다. 그리하여 누구라도 잠시 자리를 잡고 쉬어가곤 하는 곳이다. 은원과 차연도 그랬다. 저편 우도 땅콩아이스크림 가게 옆, 편의점 앞에 내놓은 파라솔 벤치를 바라본다. 두 달 전 그날, 은원과 차연도 자전거를 잠시 세워두고 바로 저 자리를 차지했다. 편의점 도시락과 음료수로 그날 점심을 해결했다. 4박 5일 일정 가운데 우도를 찾은 날은 3일째 토요일이었다. 11시쯤 섬에 들어와서 그날 마지막으로 섬을 출발하는 5시 30분 배를 탔다. 여섯 시간 넘게 머문 셈인데, 그날의 우도에 대해 차연이 기억하는 분량은 희한하게도 그 이상이었다.

혹시라도 착각 같은 거 안 하셨으면 좋겠다고 은원은 말했다. 괜히 잘해줄 필요 없다고도 했다. 나는, 차연이 기억하는 그 사람이 아니에요. 차연과 함께했던 시간들을 기억 못 하는 게 아니라 그런 시간 자체를 경험한 적이 없는 사람이지요. 뭐, 얼굴은 비슷하지만. 그것은 차연이 여태 접해왔던 것들 가운데 가장 이상한, 듣기 괴롭도록 처량한 고백이었다. 듣는 사람을 공연히 미안하게 만드는 고백이었다. 살면서 남달리 많은 고백을 들어왔던 것은 아니지만 말이다. 하여, 그 서운함 그 미안함이 얼굴 밖으로 드러나지 않도록 짧은 순간 진땀 나게 노력해야 했다.

더불어 변명하듯 닥치는 대로 둘러대야 했다. 헷갈리지만, 아직도 많이 혼란스럽지만, 은원이 예전의 은원과 다른 은원이라는 사실을 잊지 않으려고 노력하는 중이라고. 괜히 잘해주는 게 아니라 다만 성격이라고. 다른 사람을 대하는 성격이, 태도가, 원래 이럴 뿐이라고. 거짓말은 아니었다. 그러나 왠지 모르게 거짓을 말하는 기분이었다. 더불어, 알 수 없게도, 은원에게 하는 말이 아니라 차연 자신을 향해서 하는 말 아닌가 싶은 생각이 자꾸 들었다.

해수욕장을 뒤로하고 다시 걷는다. 편의점에서 산 생수를 두 모금 마시고 걸음을 이어간다. 어느새 말끔하게 구름 걷히고 뙤약볕이 쏟아진다. 더운 날이다. 창창한 오후다. 길 저편으로 바다가 멀어지고 벌판이 넓게 펼쳐지기 시작한다. 자전거를 탄 사람들이 이따금 차연을 추월해 지나쳐 간다. 그들의 웃음소리들이 사라지면 다시 먼 바다의 바람 소리뿐 먹먹한 섬 길의 정적이 이어진다. 벌판 오른편에 홀로 자리 잡은, 초록 간판의 수제버거 가게는 쉬는 날인지 망했는지 오늘도 문을 닫았다. 소섬 팩토리. 지난 금요일 오후 홀로 이 앞을 지나쳐 걸으며 느닷없는 궁리에 빠진 적이 있다. 우도에서 이런 햄버거가게를 열고 살아간다면 어떨까. 하루에 몇 개의 햄버거를 만들어 팔고 몇 팀의 손님을 받으면 가게를 그럭저럭 운영해갈 수 있을까. 과연 그 시간을 견딜 수 있을까. 눈이 내리건 태풍이 몰아치건 손님 한 명 없는 날에도 일주일에 6일은 어김없이 가게 문을 열고 패

티를 굽고 양상추와 양파를 다듬는 일상을 과연 얼마나 견뎌낼 수 있을까.

벌판을 바라보며 조금 더 걷자 지편에 기다리던 풍경이 드러난다. 우도봉길이다. 등대로 이어지는 언덕길이다. 오후 햇살을 받은 초원의 구릉이 비현실적으로 반짝이고 있다. 잠시 잊고 있던 걱정이 다시 고개를 쳐든다. 이제 시작이다. 마침내 궁극의 순간이다. 두렵다. 막막하다. 그러나 돌아갈 길은 없다. 얼마 후면 오늘의 마지막 배가 더 큰 섬을 향해 섬을 떠날 것이다. 우도의 저녁과 밤은, 아직 경험한 적은 없지만, 지금에 비할 바 아니게 조용할 것이다.

소머리오름 등대공원. 하우목동항에서 출발하는 제주 올레 1-1코스의 하이라이트. 우도 일주도로 가운데 방문객들로부터 가장 많은 사랑을 받는 곳. 그리하여 여름이건 겨울이건 바람 부는 아침이건 비 오는 오후건 사람들 발길이 끊이지 않는 곳. 후덥지근한 날이다. 두 시간 가까이 쉬지 않고 걸어온 탓에 얼굴이 홧홧 달아오른다. 그러나 하얀 등대와 검푸른 바다와 넓게 비탈진 초원과 그 속에서 한가로이 풀을 뜯는 황토색 조랑말의 장면들은 더없이 상쾌하다. 풍경의 맞은편, 언덕길을 따라 카페와 음식점과 기념품 가게들이 줄지어 늘어섰다. 사람들이 많다. 멀리 등대와 바다를 배경으로 사진을 찍는 사람들, 음식점 앞에 서서 늦은 점심 메뉴를 확인하는 사람들, 벤치에 앉아 일회용 컵에 담긴 음료를 마시는 사람들. 타고 온 자전거를 길가에 잠시 세워두고 핸드폰을 들여다보는 사람들. 밝은 얼굴들이다. 환한 목소리들이다. 어린아이들 같다. 음악은, 종종 사람을 처음 그 음악을 접했던 그 시간으로 데리고 가는 마법을 부린다고 한다. 음악뿐 아니라 모든 소리가 그러한가. 등대공원 주변에 가득 넘실거리는 사람들의 수다한 목소리들이 불현듯 차연을 기억 속 어느 장면으로 안내하고 있다. 두 달 전 토요일. 제주도가 처음이었고 그래서 제주도에서 하는 모든 것들이 처음일 수밖에 없으며 우도 자전거 일주 역시 처음이었던 그날 오후. 그리고 불만 가득하던 누군가의 목소리. 어이가 없네. 안 그래요? 이런 데를 놓고 굳이 서울로 돌아가야 한다니. 서울 가서 뭐 그렇게 대단한 일을 할 거라고. 이런 데가 있다는 걸 몰랐다면 모를까, 알면서도 그런 어처구니없는 짓을 해야 한다니.

언덕길을 따라 줄지어 늘어선 카페와 음식점과 기념품 가게와 난전들이 끝나가는 어름, 조그만 찻집이 나타난다. 주황색 간판이 제주 감귤을 연상시키는, 커피와 생과일주스를 파는 체인점 카페. 사흘 전. 지난주 금요일 오후 4시 17분. 대략 지금 이 시간쯤. 오래 궁리하고 조금 서성인 끝에 마침내 저 카페를 찾아내던 그 순간이 여전히 손에 닿을 듯하다. 창문 너머로 아른아른 서성이는 은원의 모습을 먼발치에서 지켜보던 그 아찔함이 여전히 소름 끼친다.

언덕 아래, 까마득한 섬 풍경을 바라본다.

그새 다시 구름이 끼고 해가 숨어든다. 변덕스러운 날씨다.

길게 숨을 들이마신다.

주황색 간판을 향해 다가간다. 발바닥이 간지럽다. 간질간질 자꾸 허공에 떠오른다. 그럴 때마다 걸음의 속도를 줄이고 둥실 뜬 신체 일부가 지상에 살랑살랑 내려앉기를 기다린다.

딸랑.

"어서 오세요."

아담한 실내. 작은 음악 소리. 쩅한 커피 향기. 누군가 밝게 인사한다. 카페 로고가 새겨진 주황색 챙 모자의 점원이다. 차연이 주문대 앞으로 다가간다. 깊은숨을 들이마신다.

"오랜만이에요."

자기 목소리가 도무지 자기 것 같지 않다. 그게 몹시 실망스럽다. 은원이 고개를 쳐든다. 모자챙 아래로 그 눈빛이 환히 드러난다. 막 들어선 손님이 누군지 그제야 알아본다. 은원이 입을 크게 벌린다.

"세상에."

62

다른 시간대를 생각한다. 다른 세상을 생각한다. 다른 우주를 생각한다. 유니버스. 멀티버스. 평행우주. 다중우주. 지금 여기의 예측 가능한 물리법칙이 그 어느 것도 통하지 않는 우주. 시간이 거꾸로 흐르고 나무가 말라 죽으며 연초록 작은 이파리들이 새롭게 사라지는 우주. 오늘 저녁 태어날 누군가의 슬픔으로 어제 아침에 비바람이 불어오는 우주. 잠시만 머물다 돌아와도 지구의 수천 년이 흘러가는 우주. 그러나 영영 닿을 수 없는 우주 너머 우주. 그곳의 은원과 차연을 상상한다. 그곳에서 살아갈 은원과 은원들을, 차연과 차연들을 생각한다. 은원3이나 은원4가 먼저 눈을 뜨는 세상을. 그리하여 이곳의 차연과 다른 차

연과 차연들을 만나는 세상을. 만남과 만남들, 관계와 관계의
관계들이 무한대의 영역으로 이어지는 세상 밖 세상들을.

63

"안녕."

차연이 인사한다. 환하게 웃어 보이려 했지만 쉽지 않다.

"여긴 어떻게……. 세상에."

4인용 철제 테이블이 다섯 개. 창가 자리 두 곳에 손님들이 앉아 있다. 창밖으로 등대 주변 풍경이 한가득 펼쳐지고 있다. 길에 서서 보는 것과는 또 다른 분위기다.

"멋지네요. 알바 근무 환경으로는 대한민국 최고."

그때 딸랑, 다시 문이 열리고 손님 몇이 들어선다. 그들을 위해 주문대에서 세 걸음 비켜선다. 여자 손님 두 명이 벽에 걸린 메뉴를 보며 소곤거린다. 음료 두 잔을 고르는 데 아주 잠깐의 시간이 소요된다. 드시고 가실 건가요? 주문을 받는 은원이 어딘지 시무룩하다. 9천8백 원입니다, 카드 앞에 꽂아주세요. 창가 맞은편 테이블 위쪽 기둥에 걸린 바다 그림을 바라본다. A4 크기의 유채화다. 바다 풍경인데, 창밖으로 보이는 바다와는 다르다. 깊은 밤의 바다다. 폭풍우가 무섭게 몰아치는, 배도 등대 불빛도 보이지 않는 바다다. 거친 붓질과 탁한 색감의 유화를 명히 바라보다가, 제법 익숙한 동작으로 과일주스를 만드는 은원의 뒷모습을 힐끔거리다가, 창밖으로 사람들 가득한 등대공원 풍경에 시선을 던진다. 주문하신 음료 나왔습니다. 뱃속이 알수 없이 간질거리는 중이다. 딸랑, 저마다의 음료를 들고 손님 두 명이 가게 밖으로 나선다.

차연이 다시, 슬그머니, 은원 앞에 다가간다.

"바쁘시네."

"그렇지도 않아요."

은원이 아주 조금 여유를 되찾는다.

"그나저나 여기, 어떻게 알아냈나요."

"그야……."

차연이 고개를 갸웃.

"왜, 못 찾을 줄 알았나요?"

"나 정말, 아니, 누가 알려준 거예요?"

"알려주긴 누가."

"……"

"그냥. 여기 어디쯤 있을 것 같았어요. 느낌이 그랬어요."

"미치겠네."

벽에 걸린 메뉴판을 바라본다.

"주문해도 되나요."

그러자 은원이, 여태 어느 손님을 향해서도 그렇게 하지 않았을 듯 뻣뻣한 표정으로 차연을 바라본다.

"뭐 그러시든지."

"나는……."

꽤 많은 종류의 음료들을 눈으로 훑는다. 그러다 말고 새삼 은원을 바라본다.

"아, 몇 시까지 일해요?"

"왜요."

"괜찮으면 저녁이나 먹자고요. 할 이야기도 좀 있고."

폰을 들어 시간을 확인한 차연이 중얼거린다.

"어라, 마지막 배 떠날 시간이네?"

"참 나."

은원이 한숨처럼 웃는다. 절레절레 고개 젓는다.

구름 걷히고 다시 쨍하게 해가 난다.

작가의 말

돌이켜보건대, 연애소설입니다

두 번째 퇴고 즈음이다. 46장. 양평 숙소 밖으로 잠깐 나온 두 사람이 강가 흙길을 나란히 걷던 오후 장면이었다. 어느 지점에서 잠깐 멈추어, 이것 봐라? 고개를 갸웃거리고 말았다.

은원에게 너무 무심한 것 아닌가.

차연 아니라 나 자신에게 향하는 질문이었다. 일순 벼락같은 대오각성이 찾아왔다. 쓰라린 깨달음이 냅다 잔등을 휘갈겼다. 은원의 혼란을 지나치도록 외면하고 있는 것 아닌가. 그때 거기 은원 향한 차연의 아픔에 정신이 쏙 빠져, 그런 핑계에 발목 잡혀, 지금 여기 은원의 처절한 상황을 너무 가벼이 다루고 있는 것 아닌가. 소름이 오싹 끼쳤다. 작품을 망칠 뻔했구나. 공감 능력에 심각한 문제를 드러낼 뻔했구나. 이후로 여러 날 다시 찬찬히 은원을 은원의 주변을 들여다보았다. 작중인물들 가운데 단연코, 가장 지옥 같은 시간을 보내고 있을 46장 전후의 은원2에게 올곧이 집중했다. 각고 끝에 그간 미처 떠올리지 못하였던 문장들이 새롭게 씌어졌다. 수이의 "언제 봤다고 사랑 타령이야. 안 지 얼마나 됐다고."가, 은원의 "말하자면 저는, 음, 차연이 기억하는 그 사람이 아니에요. (……) 차연과 함께했던 시간들을 기억 못 하는 게 아니라 그런 시간 자체를 경험한 적이 없는 사람이지요."가, 이에 대한 차연의 "나도 알아요. 제주도 여행에서 돌아오며 마지막으로 헤어졌던 은원, 며칠 전 종로에서 만나 함께 점심을 먹고 차를 마셨던 은원, 그리고 지금 내 앞에 있는 은원이 전혀 다른 은원들이라는 사실을 나도 충분히 이해하고 있어요. 물론 헷갈리지만, 아직도 많이 혼란스럽지만, 은원이 예전의 은원들과 다른 은원이라는 사실을 잊지 않으려고 노력하는 중이에요." 등등의 대사들이 필요한 곳에 그렇게 자리를 잡을 수 있었다. 덕분에 휘청휘청 헷갈리던 소설의 균형감이 그 만큼의 중심을 찾을 수 있었으리라 생각한다. 덩달아 작품의 숨은 의미도, 천만다행히, 그만큼 확장되지 않았을까.

열다섯 번째 장편소설이요 열아홉 번째 작가의 말이다. 『사랑할 땐 사랑이 보이지 않았네』이후 간만에 만나는 연애소설이다. 오랜 세월 함께해온 독자들 모두 동의하시겠지만『사랑할 땐 사랑이 보이지 않았네』와 그 전신인『사랑 그 녀석』처럼 낭만적인, 달콤하고 상쾌한 사랑 이야기는 아니다. 존재의 근원에 대해 관계의 근원에 대해 끌림의 근원에 대해 묻는, 이상하고 머리 아픈 연애소설이다. 정작 연애의 나날 따위는 없는, 있느니 먼지 같은 기억들뿐인, 슬프고 음울한 연애소설이다. 연애소설이라? 그러고 보니 그렇다. 돌이켜보건대『영광전당포 살인사건』(2003)도,『여관』(2006)도,『슬픔장애재활클리닉』(2014)도, 비교적 최근작인『늙은이들의 가든파티』(2019)도, 작품 전체에 걸쳐 이토록 이상하고 음울한 연애소설의 크고 작은 조각들이 군데군데 그림자로 드리워져 전체적 서사와 분위기를 이끌곤 해주었더랬다. 과연『영광전당포 살인사건』에서는 선량한 도끼 살인범 차연과 원형이,『여관』에서는 서투른 여관 여행자 차연과 ㅁ이,『슬픔장애재활클리닉』에서는 '애도와위안의사람들'의 성실한 직원 차연과 이연이,『늙은이들의 가든파티』에서는 뇌 이식수술로 다시 태어난 청년 차연과 정인이 그토록 험한 세상에서 그토록 험하게 만나 서로의 주변을 그토록 험하게 맴돌며 존재에 대해 관계에 대해 끌림에 대해 답도 없는 질문들을 안타까이 던지곤 했더랬다. 그럼에도, 다시금 돌이켜보건대,『영광전당포 살인사건』은 ('엄밀히 말해' 같은 수식어를 갖다 붙일 필요도 없이) 연애소설과는 거리가 먼 작품이었다. 개인 문단사를 통틀어 가장 잡스러운 곡절 끝에 세상 빛을 본『여관』이 출간된 이후에도, 제목하며 소재와 인물 군상과 줄거리 등 그야말로 여관스러운 작품의 형광 색채에도 불구, 어쩌면 이것이 한 편의 연애소설일 수도 있겠다는 의심 같은 것은 작가로서 단 한 번도 가져본 역사가 없었다. 마찬가지로『슬픔장애재활클리닉』과『늙은이들의 가든파티』역시, 이 작품들을 본격적인 연애소설로 읽은 독자들은 없으리라고 확신하는 바다. 혹시 그런 분이 계시다면, 작가의 진심을 가득 담아 무한한 존경과 감사의 마음을 보낼 것이다. 본론으로 돌아와, 그러한즉, 이번 작품에 대해서 감히 천명하는 바는 이렇다.『은원, 은, 원』은 2024년 소설가 한차현이 쓸 수 있는 가장 절절한 연애소설이다. 은원과 차연이라는 동명이인 남녀 주인공이 활약했던『사랑할 땐 사랑이 보이지 않았네』가 2017년의 한차현이 쓸 수 있는 가장 달달하고 낭만적인 연애소설이었듯 말이다.

겉핥기식으로 인간 복제에 대해 그려보았다. 초거대 기업인지 마피아 집단인지 쉬 구분이 가지 않는 세력들과 거기 기생하는 언론의 뒷모습에 대해, 역시 깊이보다는 넓이에 집중해서, 그려보았다. 나로서는, 소설가이자 내 소설을 늘 처음으로 읽는 독자인 나로서는 유난하거나 엉뚱한 글감들이 아니다. 혁명을 꿈꾸는 유전자합성인간, 외계인으로 변신하는 교회 목사, 남성용 정조대에 갇혀 고생하는 여관 여행자, 자신의 허벅지살을

도려내어 그것으로 만두를 만들어 파는 분식점 사장, 가글액으로 외계 좀비를 물리치는 고등학생(2023년 발표한 청소년소설『입맞춤 바이러스 주의보』) 등등, 일반적이고 정상적인 등장인물을 찾아보기 힘든 것은 내 소설의 오랜 특징이었다. 소재적인 '낯설게 하기'로 주제의 명징함을 오히려 부각시켜온 것은 내 소설 쓰기의 오랜 잡기였다.『은원, 은, 원』의 줄거리를 열심히 끌고 갔던 SF적이고 누아르적인 요소들 역시 그러므로 은원과 차연의 연애사 이면에 자리한 주제 의식을 희번히 밝히기 위한 장치이자 설정이었노라고 이해하셔도 좋겠다. 이상의 보잘것없는 작가적 견해에 대해, 누구보다 먼저 완성된 원고를 검토한 나무옆의자 출판사의 하지순 주간께서도 흔쾌히 동의를 해주었다. 참 다행한 일이고 더불어 나에게만 다행한 일이다. 이 소설을 어떻게 읽고 어떻게 느끼고 어떻게 해석하느냐의 문제는, 두말할 나위 없이, 독자 개개인의 자유요 권리에 속하는 영역이니 말이다.

2015년 발표한『우리의 밤은 당신의 낮보다 요란하다』의 몇몇 장면들을 소설 속에 다시 불러들였다. 남산에서의 격투 장면과 캡슐 안에 은원이 잠든 모습 등이 그러하다. 가장 개성적인 신(scene)들이었기에 전작의 독자라면 충분히 의아한 마음이 들었을 것이다.『은원, 은, 원』을 시작할 때, 크고 작은 청사진을 여러 장 그리고 구겨버리고 다시 그리던 즈음, 내내 머릿속을 떠

나지 않았던 것이 『우리의 밤은 당신의 낮보다 요란하다』였고
작품 속의 N이었다. 작품의 마지막 탈고를 끝낼 때까지 내내 마
음속에서 떠나지 않은 것들이 그 작품이요 그 이름을 가진 인
물이었다. 물론 N과 은원은 다른 존재다. 같은 존재일 수 없다.
그럴밖에 한 사람은 700년 뒤 미래에서 온 GSC(Gene Synthesis
Cyborg)요 한 사람은 9년 전 어느 가을날 배양에 성공한 유기
체 100퍼센트 복제인간이다. 출신이 다르고 고향이 다르다. 그
러나, 그럼에도, 『은원, 은, 원』을 집필하는 내내, 알 수 없게도,
N의 기억 N의 이야기들 N의 목소리와 눈빛이 자꾸만 신경을
건드려대는 것이었다. 『우리의 밤은 당신의 낮보다 요란하다』
의 구석구석에 그림자로 드리워진, 존재의 근원과 관계의 근원
과 끌림의 근원을 정면으로 응시하는, 이상하고 음울한 연애소
설의 크고 작은 조각들로부터 한시도 자유로워질 수가 없는 것
이었다. 하여 『은원, 은, 원』을 쓰는 일이란 『우리의 밤은 당신의
낮보다 요란하다』보다 몇 배로 괴상하고 울적한 연애소설을 완
성하고자 몇 배로 괴상하고 울적한 시간을 견디는 시간들이라
고 할 수도 있지 않을까, 하는 공상으로 아까운 시간을 종종 허
비했던 것이다. 중복된 장면들에 관한 변명은 이 정도로 대신할
까 한다.

　대한민국 영화계의 귀하디귀한 인재, 김철웅 감독과 따로 또
같이 집필 작업을 진행했다. 아무것도 있을 게 있을 리 없는 태

초의 백지 상태부터 함께 광대한 청사진을 그려 나갔으며, 터를 잡고 뼈대를 세우고 살을 채우고 피부를 입히고 예쁘게 단장을 마치는 순간까지 그의 현란한 아이디어와 기획력이 집필에 큰 도움과 격려로 함께했다. 그가 없었다면 단언컨대 『은원, 은, 원』이 이처럼 번듯한 모습으로 세상에 존재치 못했을 것이다. 이쯤에서 또 하나의 꿈이라면, 애초에 함께 계획했던 바대로, 『은원, 은, 원』을 원작 삼아 김철웅 감독이 직접 연출해낸 작품이 완성되고 세상에 소개되고, 어느 좋은 날 영화관의 제일 좋은 좌석에 앉아 두근두근 그것을 관람하는 일이겠다. 불가능은 없다. 변명이 많을 뿐이다. 그 좋은 날이 어서 오기를 바란다.

작가의 말, 이라는 것을 써야 할 때가 되면 늘 기분이 좋아진다. 아니다 괜히 비장해진다. 온갖 생각이 많아진다. (정작 소설이 형편없으니) 작가의 말이라도 좋은 말 훌륭한 말 멋진 말을 보태봐야겠다는 조급함에 쫓기다 보면 늘 통상 수준 이상으로 긴데다 장황한 작가의 말이 나오기 마련이다. 그래서인가 신작이 나오면 때로 소설 자체보다 작가의 말에 대해 더 많은 잔소리를 들었다. 소설보다 작가의 말이 더 재미있다는, 모르긴 몰라도 칭찬은 아님이 분명한 칭찬도 들었다. 훗날 언젠가 수십 편에 달하는 작가의 말만 따로 엮어 출간하면 어떨까, 하는 고민을 나 역시도 어느 작가의 말에 털어놓았던 기억이 있다. 때로는 한 달 넘게 작가의 말을 붙들고 고민하다 보면, 농담이 아니라, 생각도 못 한 사람들을 느닷없이 만나곤 한다. 어느 날은 지금보다 더 굽은 어깨로 책상 앞에 앉아 지금보다 더 흐릿한 시력 때문에 지금보다 더 미간을 찌푸리며 서른 몇 번째 장편소설 속 작가의 말을 쓰느라 고심하는 나를. 어느 날은 세기말이던 1999년 늦가을 첫 번째 장편소설 출간을 앞두고 매일 매순간 막막하고 아리송하고 야릇하고 서투르던 20대의 나 자신을.

소설은 설령 거짓이어도 문제 될 게 없지만, 작가의 말은 여하한 경우건 거짓이 될 수 없다. 열다섯 번째 장편소설에 싣는 작가의 말의 결론이다.

느리게 산다. 느리게 살려 한다. 그러고자 하루에도 여러 번 노력한다. 되도록 오래 한 곳을 바라보려 한다. 되도록 천천히 술잔을 들고 또 내려놓으려 한다. 되도록 일찍 잠들고 되도록 일찍 일어나려 한다. 되도록 느리게 되도록 많이 걸으려 한다. 되도록 적게 먹으려 한다. 되도록 많은 사람들의 눈을 마주 보려 한다. 되도록 자주 다정한 말을 하려 한다. 되도록 집 앞 텃밭에서 보내는 시간을 많이 가지려 한다. 되도록 자주, 되도록 멀리, 겪어보지 않은 세상으로 여행을 다니려 한다. 누군가 뭐라고 중얼거리면 헤헤 웃고 넘어가는 대신에 되도록 분명히, '미안해 못 들었어. 뭐라고?' 물으려 한다. 창작에 관해서는, 되도록 오래 궁리하되 글을 쓰는 시간은 되도록 늘어지지 않으려 한다. 하여 되도록 튼튼하게 늙은 소설가의 삶을 연습하고자 한다. 그러다 보면, 이것이 노력해서 되는 일이라기보다 자연히 그리 되는 과정 아닌가 싶은 생각이 들기도 한다.

추운 계절, 열여섯 번째 장편소설이 될 차기 작품을 멀리 바라보면서, 작품이 나아갈 크고 구체적인 목표들을 곁에 가까이 두고 만지작거리면서, 이런저런 잡생각에 빠지는 시간이 많아지고 있다. 이상의 근황까지 소상히 전했으니, 그렇다, 이제 작별의 인사를 전할 시간이다.

안녕.
새 작품과 함께 다음 인사를 언제쯤 전할 수 있을지, 예전의 간격들보다 짧아질지 길어질지, 그것은 소설의 신만이 아실 일이다.
그리하여 안녕.
또 만날 때까지
안녕.

2024년 3월
종로 누상동
한차현

은원, 은, 원

초판 1쇄 인쇄 2024년 3월 18일
초판 1쇄 발행 2024년 3월 25일

지은이 한차현·김철웅
펴낸이 이수철
주   간 하지순
교   정 박은경
디자인 최효정
마케팅 오세미, 전강산
영상콘텐츠기획 김남규
관   리 전수연

펴낸곳 나무옆의자
출판등록 제396-2013-000037호
주소 (10449) 경기도 고양시 일산동구 호수로 358-39 동문타워1차 703호
전화 02) 790-6630 팩스 02) 718-5752
전자우편 namubench9@naver.com
페이스북 @namubench9
인스타그램 @namu_bench

ISBN 979-11-6157-172-0 03810